Hypertonie und Hypotonie

Ursachen, Verlaufsformen, Therapie

von

Karl Lühr

Chefarzt am Privatsanatorium Bad Wiessee

und

Horst Wunderer

Privatdozent für Pharmazie an der Universität Würzburg

45 Abbildungen, 28 Tabellen und zahlreiche Formeln

Vorträge und Arbeitsunterlagen der Fortbildungsveranstaltungen im Herbst 1983 in Kulmbach, Regensburg, Würzburg, Nürnberg, Kempten und München veranstaltet von der Bayerischen Landesapothekerkammer
– Fortbildungsausschuß –

Schriftenreihe der Bayerischen Landesapothekerkammer · Heft 28

Deutscher Apotheker Verlag Stuttgart 1983

Die Wiedergabe von Gebrauchsnamen, Handelsnamen, Warenbezeichnungen usw. in diesem Buch berechtigt auch ohne besondere Kennzeichnung nicht zu der Annahme, daß solche Namen im Sinne der Warenzeichen- und Warenschutzgesetzgebung als frei zu betrachten wären und daher von jedermann benutzt werden dürfen.

CIP-Kurztitelaufnahme der Deutschen Bibliothek

Lühr, Karl:
Hypertonie und Hypotonie: Ursachen, Verlaufsformen, Therapie /
von Karl Lühr u. Horst Wunderer.
[Hrsg.: Bayerische Landesapothekerkammer]. — Stuttgart:
Deutscher Apotheker Verlag, 1983.
Schriftenreihe der Bayerischen Landesapothekerkammer; H. 28)
ISBN 3-7692-0767-X

NE: Wunderer, Horst; Bayerische Landesapothekerkammer; Schriftenreihe der Bayerischen Landesapothekerkammer

ISSN 0341-2407

Printed in Germany
Satz und Druck: Druckerei Karl Hofmann, 7060 Schorndorf

Vorwort

Die Landesapothekerkammer Bayern bringt seit Jahren im Rahmen ihrer Fortbildungsarbeit eine Schriftenreihe heraus, die großen Anklang gefunden hat. Nachdem wir im Frühjahr dieses Jahres die Fortbildungsveranstaltung „Allergische Erkrankungen" als Buch in unserem Verlag herausbringen konnten und dieses erfreuliches Echo gefunden hat, legen wir hiermit ein weiteres Bändchen vor. Möge ihm ein ähnlicher guter Erfolg wie dem Bändchen „Allergische Erkrankungen" zukommen.

Stuttgart, im Oktober 1983 | Deutscher Apotheker Verlag

Vorwort

Mit dieser Fortbildung kommt Teil B des im Frühjahr 1982 begonnenen Themas Herz- und Kreislauferkrankungen zur Durchführung. Ursachenforschung und Behandlungsmöglichkeiten der Volkskrankheit Hypertonie haben in wenigen Jahren große Fortschritte erzielt, gleichermaßen stellen die Arzneimittel zur Behandlung von Hypertonie und Hypotonie einen beträchtlichen Anteil der ärztlichen Verordnungen dar.

Die vorliegende Broschüre wird einmal eine hilfreiche Arbeitsunterlage der landesweiten Fortbildungsveranstaltungen sein, sie wird auch als Nachschlagewerk im täglichen Apothekenbetrieb dienen können.

Die Bayerische Landesapothekerkammer dankt den Autoren dieser Broschüre für deren umfangreiche Vorbereitungsarbeit. Den medizinischen Teil hat wiederum Herr Prof. Dr. med. Karl Lühr übernommen, der Abhandlung der Arzneimittel zur Behandlung der Hypertonie und Hypotonie unterzog sich Herr Kollege Privatdozent Dr. Wunderer.

Der Fortbildungsausschuß der Bayerischen Landesapothekerkammer und sein Sprecher, Vizepräsident Dr. Speth, zeichnen für die Durchführung verantwortlich, sie gehen davon aus, daß dieses wichtige Thema auf großes Interesse der Kollegenschaft stoßen wird.

Bayerische Landesapothekerkammer
Dr. Hermann Vogel
Präsident

Inhaltsübersicht

Teil I: Arterielle Hypertonie und Hypotonie
Karl Lühr

Arterielle Hypertonie

Arterielle Hypotonie

Teil II: Arzneimittel zur Behandlung von Hypertonie und Hypotonie

Horst Wunderer

Die Autoren dieses Heftes

Professor Dr. med. Karl Lühr, Facharzt für innere Krankheiten,
Münchener Str. 36, 8182 Bad Wiessee

Apotheker Dr. Horst Wunderer, Privatdozent für Pharmazie an der Universität Würzburg, Spitalstraße 1, 8852 Rain am Lech

Teil I

Arterielle Hypertonie und Hypotonie

Karl Lühr

Arterielle Hypertonie

1. Einleitung Definition der arteriellen Hypertonie

Die Bluthochdruckkrankheit, arterielle Hypertonie, ist über die ganze Welt verbreitet, in unterschiedlichen Ausmaßen [214], bei amerikanischen Negern höher als bei den in der gleichen Gegend lebenden Weißen, auch höher gegenüber afrikanischen Negern, bei Indianern, Chinesen und Indern weniger als bei Weißen, bei in Afrika geborenen Israeli weniger als bei in Südeuropa zur Welt gekommenen, bei uns in Deutschland in hohem Prozentsatz des allgemeinen Krankheitsbefalls. Über lange Zeit verläuft diese Krankheit beschwerdefrei — nach einem Fragebogentest an 307 Männer und 307 Frauen 16,9% [133] — und auch ohne bemerkenswerte Einschränkung der Leistungsfähigkeit, was sie nur gefährlicher macht.

Hypertoniker, die — häufig als zufällige Entdeckung ihrer Krankheit anläßlich eines aus anderen Gründen notwendigen Besuchs beim Arzt oder durchaus nicht unmöglich beim Apotheker — bereits in diätetischer und medikamentöser, ärztlicher Behandlung stehen, befolgen diese nur unaufmerksam und vernachlässigen sie ihres guten Befindens wegen leichtfertig. Nicht umsonst wurde aus dieser Erfahrung heraus die arterielle Hypertonie als „the silent killer" bezeichnet [276].

Das Problem dieser Krankheit, der, wie auch bei der arteriellen Hypotonie als gegensätzliche Störung der Grundstimmung [245], eine Entgleisung der Druckregulation zugrundeliegt, ist in vielen Fragestellungen unvollständig oder gar nicht gelöst [222]. Die Anschauungen über diese Problematik haben häufig gewechselt.

1.1 Normale Blutdruckwerte

Alle Werte bis zu 140/90 mm Hg und nicht unter 110/70 mm HG dürfen als normal angesehen werden.

1.1.1 Normale Schwankungen des Blutdrucks

Wie jede funktionale Leistung im lebenden Organismus ist auch die Druckleistung Schwankungen unterworfen, die entweder dem *zirkadianen Rhythmus* (der inneren Uhr) entspringen oder durch körperliche, seelische oder geistige Belastungen bedingt sind.

1.1.2 Einflüsse auf die normalen Blutdruckwerte

So erleben wir in der ersten Sprechstundenbegegnung mit dem Patienten gewöhnlich einen ganz unterschiedlich erhöhten Blutdruck, der unter Umständen nach wenigen Minuten, wenn die Gemüter sich beruhigt haben, in den normalen Bereich abgesunken sein kann. Ihm ist als Ausdruck einer meist kurzen Reaktion keine krankhafte Bedeutung beizumessen.

Jedoch kann die *Heftigkeit* einer solchen Reaktion als Folge der ersten Begegnung Arzt-Patient einen gewissen Hinweis geben auf die Ungezügeltheit der Reaktionsfähigkeit, eben auch der des Blutdruckes, aus der sich m. E. das manifeste Krankheitsbild der arteriellen Hypertonie entwickeln kann. Hier liegen Charakterzüge des Hypertonikers verborgen, die nicht Folge der Krankheit, sondern bereits vor ihrem Ausbruch nachweisbar sind [177]. „They" — die Hypertoniker — „are more vulnerable to repetite rises in blood pressure, which may lead ultimately to essential hypertension" [124]. Mit diesen Reaktionen muß jeder rechnen, der in die Lage versetzt wird, Blutdruckmessungen vorzunehmen, also auch der Apotheker, bei dem eine Meßgerät aufgestellt ist. Weitere Einflüsse auf die Höhe des Blutdruckes werden weiter unten noch besprochen (Kap. 2.1.1).

1.2 Grenzwerthypertonie

Da wir in der ärztlichen Tätigkeit uns vor jeglicher Zahlengläubigkeit hüten und uns nicht einem „mehr oder weniger undifferenzierten und unbarmherzigen Zahlenfetischismus ausliefern" [215] sollten, da es zudem zwischen normalen und krankhaften Zuständen nur fließende Übergänge gibt, wird der die oberen Normalgrenzwerte überschreitende Bereich zwar als verdächtig, beobachtungswert und immer wieder kontrollbedürftig angesehen, soweit er sich bis zu 160/95 mm Hg anhebt. Welche Bedeutung aber solchen Kontrollen beizumessen ist, geht allein aus der Tatsache hervor, daß die Gesamthäufigkeit der *Grenzwerthypertonie* bei 15- bis 35jährigen Menschen, also einen der gesündesten Lebensalterabschnitte, auf etwa 11% geschätzt wird [40], in einem anderen Untersuchungsalter 18 bis 21%. Die Werte dieses Grenzbereichs von 140/90 bis 160/95 bezeichnen wir dementsprechend als Grenzwerthypertonie, oder auch *Indifferenzzone* [169], die noch keiner medikamentösen Therapie, wohl einer Ordnung der Verhaltensweisen bedarf, denn die Möglichkeit, daß sich aus ihr eine bleibende Hypertonie entwickelt, ist durchaus gegeben, [26, 122, 123], es wird sogar die Meinung vertreten, daß die Grenzwerthypertonie eine statistisch gesicherte Lebensverkürzung bedingt [100, 127], die Mortalität beträgt 200% [122]. Diese Ergebnisse erscheinen durchaus verständlich, wenn man bedenkt, daß Grenzwerthypertoniker „sich unter isometrischer und dynamischer Belastung im Hinblick auf arteriellen Druck, Herzfrequenz und systolischem Druck-Frequenz-Produkt wie Hochdruckkranke" verhalten [279].

1.3 Die Blutdruckkrankheit

Alle Werte des Blutdruckes, die über 160/95 mm Hg bei kontrollierter Messung in Ruhe liegen, sind als Krankheit anzusehen [8, 204, 246].

Allein im Hinblick auf diese Feststellung ist, ohne auf die Tatsache Rücksicht zu nehmen, ob Beschwerden oder andere Symptome zusätzlich bestehen, eine medikamentöse Behandlung erforderlich. Leider ist zu erwarten, daß man für den weiteren Verlauf einer solchen Blutdruckkrankheit ohne eine derartige Behandlung nicht mehr auskommen wird.

Eine *Altersabhängigkeit der Blutdruckhöhe* im Sinne einer gesetzmäßigen Steigerung mit Zunahme des Alters ist nicht anzunehmen [33]. Wenngleich die Frage noch nicht klar, eindeutig und somit endgültig beantwortet sein dürfte [6, 184, 270], so glauben nach einer Betriebsuntersuchung an 2956 Männern und 395 Frauen einer Fahrzeugfabrik Kornhuber und Lisson erst jüngst ein Ansteigen des Blutdruckes mit dem Alter nachgewiesen zu haben [146]. Ausgehend von einem Wert von 140/90 mm Hg als oberen Normwert fanden sie erhöhte Werte in der Altersgruppe bis zu 20 Jahren in 25%, 20 bis 29 Jahre in 38%, 30 bis 39 Jahre in 50%, 40 bis 49 Jahre in 59%, 50 bis 59 Jahre in 68% und 60 bis 69 Jahre in 77% [146]. Diese Ergebnisse decken sich auch mit früheren Untersuchungen [183, 244], wobei damals allerdings bei Frauen eine stärkere Zunahme mit dem Alter zu finden war als bei den Männern, zudem bei Personen, die das 65. Lebensjahr überschritten hatten, in einer Untersuchungsreihe wieder durch den Arbeitskreis um Master [186] — im wesentlichen bestätigt auch von anderer Seite [220] — eine weitere Blutdruckerhöhung nicht mehr feststellbar war, so daß sich naturgemäß die Manifestationshäufigkeit einer Hypertonie in diesem Lebensabschnitt deutlich verringerte (Abb. 1).

Liegen die Blutdruckwerte eindeutig über 160/95 mm Hg und findet keine sachgerechte Behandlung statt, so ist mit einer Verschlechterung des Krankheitsbildes, mit gehäuftem Auftreten von Komplikationen und einer Verkürzung der Lebenserwartung ohne Zweifel zu rechnen.

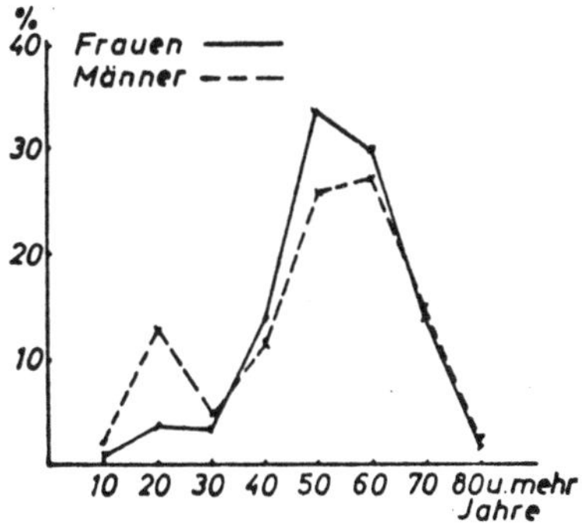

Abb. 1: Altersverteilung der essentiellen Hypertoniker. Aus: K. Kühns und O. Brahms, Die Prognose der essentiellen Hypertonie, Kreislauf-Bücherei Band 20, S. 11, Dr. D. Steinkopff Verlag. Darmstadt 1964.

2. Meßtechnik des Blutdrucks

2.1 Indirekte Meßmethode (extravasal)

Die *Messung des Blutdrucks,* die fester Bestandteil jeder ärztlichen Untersuchung — gleichgültig welches Beschwerde- bzw. Krankheitsbild vorliegt — schon aus präventivmedizinischen Gründen sein sollte, erfolgt mit einem eigens dazu konstruierten Apparat, und die gemessenen Werte werden in mm Hg angegeben. Die Versuche, in Anlehnung an technische Disziplinen andere Benennungen (Torr, Kp.) einzuführen, dürften zunächst als gescheitert anzusehen sein, zumal die dafür eingesetzte Kommission der Deutschen Gesellschaft für Kreislaufforschung und auch die Deutsche Liga zur Bekämpfung des hohen Blutdruckes sich ausdrücklich für die Beibehaltung der Bezeichnung mm Hg ausgesprochen haben. Es werden jeweils zwei Werte, ein oberer *(= systolischer, Ps)* und ein unterer *(= diastolischer, Pd)* gemessen. Der Abstand zwischen beiden Zahlen heißt *Blutdruckamplitude (*Δp). Für genaue Beurteilung der Druckverhältnisse insbesondere unter wissenschaftlich experimentellen Verhältnissen wird der sogenannte *mittlere Blutdruck (Pm)* zugrundegelegt, der sich aus der Formel $0{,}43 \times \Delta p + pd$ errechnet [273].

Die Manschette, die möglichst fest um mindestens ¾ des nackten *Oberarmumfangs* angelegt sein sollte, darf nicht abschnüren und sollte etwa 2 cm oberhalb der Ellenbeuge ihre untere Begrenzung haben. Der Arm sollte in minimal gebeugter Stellung, auf keinen Fall überstreckt [50], gehalten werden. Die Palpation des Pulses in der Ellenbeuge läßt den Auskultationspunkt zur Wahrnehmung der Strömungsgeräusche fixieren. Von untergeordneter Bedeutung ist die Lage des Patienten, ob sitzend oder liegend. Die Erstmessung sollte an beiden Armen erfolgen. Unter Palpation des Radialispulses am Meßarm wird die Manschette aufgeblasen, bis der Puls nicht mehr tastbar ist. Dann wird bei gleichzeitig aufgesetztem Stethoskop auf die eingangs fixierte Stelle der Ellenbeuge die Luft langsam — pro Pulsschlag um 2 bis höchstens 4 mm Hg — abgelassen und auf das Erscheinen des ersten Tones gehört. Beim ersten hörbaren Geräusch wird am Manometer der *systolische Blutdruck* abgelesen oder elektronisch registriert, der *diastolische* gilt im Augenblick des ersten deutlich leiser werdenden gedämpften Geräusches. Wird eine umgehende Kontrollmessung erforderlich, ist zunächst eine Pause von mindestens einer Minute einzulegen und die Manschette völlig von Luft zu befreien, um eine venöse Stauung zu vermeiden. Das so gebotene langsame Ablassen der Manschettenluft während des Meßvorgangs erlaubt ein genaues Ablesen, auf das in jedem Fall wert gelegt werden sollte. Die so häufig erfolgenden Abrundungen nach oben oder unten sind abzulehnen.

2.1.1 Fehlermöglichkeiten in der Beurteilung

Wie jede Meßmethode am Menschen zeigt auch die Blutdruckmessung technische Fragwürdigkeiten, die sich aber durch Vermeidung sich einschleichender beliebter Fehlerquellen einengen lassen.

2.1.1.1 *Manschettenbreite*

So sollte *die Manschettenbreite* ausreichend, mindestens 15 cm lang sein; ergibt sich einmal aus besonderen medizinisch-diagnostischen Gründen die Notwendigkeit einer Blutdruckmessung an den unteren Gliedmaßen, also entsprechend dem Oberarm am Oberschenkel mit Auskultation in der Kniekehle, so genügt die übliche Manschettenbreite nicht, und es sollten solche von 20 cm Breite und 60 bis 80 cm Länge benutzt werden, um einwandfreie Ergebnisse zu erzielen.

2.1.1.2 *Oberarmdicke*

In gewisser Beziehung zur Bedeutung der Manschettenlänge steht die *Oberarmdicke.* Je größer der *Oberarmumfang* umso höher der Blutdruck [211]. Ist sie größer als 40 cm sollte auf jeden Fall nicht nur eine längere Manschette benutzt, sondern auch durch eine Korrektur der abgelesenen Drucke ein Ausgleich versucht werden, der im Einzelfall dann aber durchaus nicht sicher zu sein braucht.

2.1.1.3 *Bedeutung der stummen Zone*

Gelegentlich kommt es während des Meßvorgangs vor, daß bereits kurz nach Bemerken des ersten (= systolischen) Tones im weiteren Druckabfall das bereits hörbare Strömungsgeräusch wieder verschwindet und im späteren, niedrigeren Druckbereich vor dem eigentlichen diastolischen Druck wieder zu vernehmen ist. Diesen Bereich bezeichnet man als *stumme Zone.* Er kann naturgemäß zu Fehleinschätzungen führen, insofern als das zu frühe Verschwinden des Geräuschs fälschlicherweise als diastolischer Druck abgelesen wird, wie andererseits ein Aufpumpen der Manschette unter Nichtbeachtung des zu palpierenden Pulses bis zufällig in den Bereich der stummen Zone viel zu niedrige systolische Werte ergäbe. Die Entstehung dieses Phänomens ist nicht ganz klar.

2.1.1.4 *Einfluß von Tageszeit und zirkadianem Rhythmus*

Wie jede Funktion im lebenden Organismus zeigt auch die Druckregulation Anpassungen an Anforderung, die aus verschiedenen Ursachen an sie gestellt werden. Der Blutdruck weist zu verschiedenen Zeiten und unter verschiedenen Bedingungen unterschiedliche Werte auf, deren Schwankungswerte ein bißchen von der Reaktionsgewohnheit des Individuums abhängig ist. So wie der Mensch morgens und abends unter-

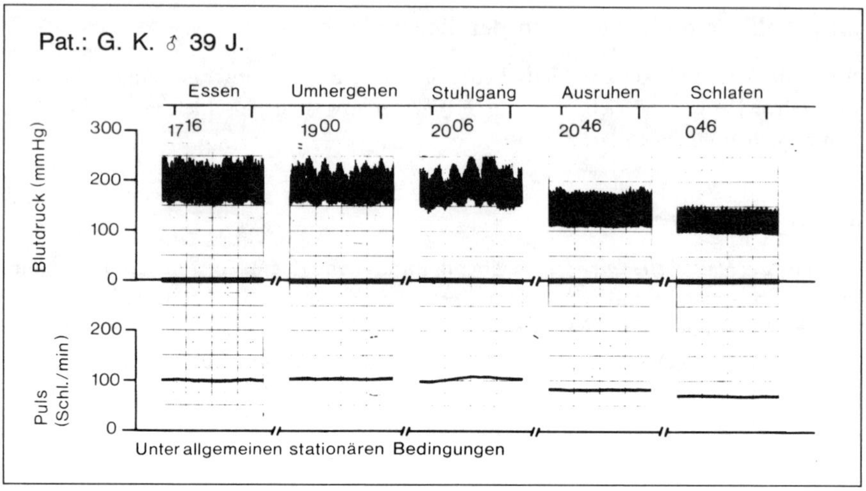

Abb. 2: Blutdrucktagesprofil (Alltagsblutdruck) eines Hochdruckkranken. Aus: J. Jahnecke, Probleme der Blutdruckmessung und Blutdrucküberwachung durch Arzt und Patient. In: Hypertonie. Risikofaktor in der Angiologie, Herausgegeben v. E. Zeitler, S. 49, Verlag G. Witzstrock, Baden-Baden, Brüssel, Köln 1976.

schiedliche Körpertemperaturen aufweist, bestehen bei ihm auch unterschiedliche Blutdruckwerte. Es wird sich deshalb insbesondere bei Kontrollmessungen als nützlich erweisen, den Blutdruck immer zur gleichen Tageszeit zu bestimmen. Es gibt einen *zirkadianen Rhythmus,* der am deutlichsten im Absinken des *Blutdrucks in der Nacht* und während des Schlafes auffällt [128]. Im Rahmen der labilen Grundstruktur der Hypertoniekranken wird der Umfang eines nächtlichen Blutdruckabfalls auf 15 bis 50% geschätzt [25], Khati und Freis erwähnen bei Hypertonikern im Alter von 33 bis 69 Jahren ein Absinken des arteriellen Mitteldruckes (Pm) um 7,3 bis 8,8% (Abb. 2), des *Herzzeitauswurfvolumens* um 8,8 bis 10,3%, bei im wesentlichen gleichbleibender Herzfrequenz und *Gesamtwiderstand.* Deshalb ist in der Therapie der Hypertonie die Gabe von kräftigen Dosen eines antihypertensiven Mittels oder auch anderer Mittel, die eine bereits erzielte antihypertensive Wirkung noch verstärken, in den Abendstunden immer mit einem gewissen Risiko verbunden und nur in Krisensituationen vertretbar.

2.1.1.5 *Einfluß von Belastungen auf den Blutdruck*

Belastungen des Körpers jeglicher Art verlangen zu ihrer Bewältigung einen erhöhten Stoffwechsel, der im allgemeinen mit einer Mehrarbeit von Herz und Kreislauf, ihren einzelnen Teilfaktoren *Herzzeitvolumen,* Blutdruck, Herzfrequenz, periphere Sauerstoffausnutzung in unterschiedlichen Ausmaßen verbunden ist. Zu solchen für einen Blutdruckanstieg relevanten Belastungen gehören eine reiche „völlerische“ Nahrungs-

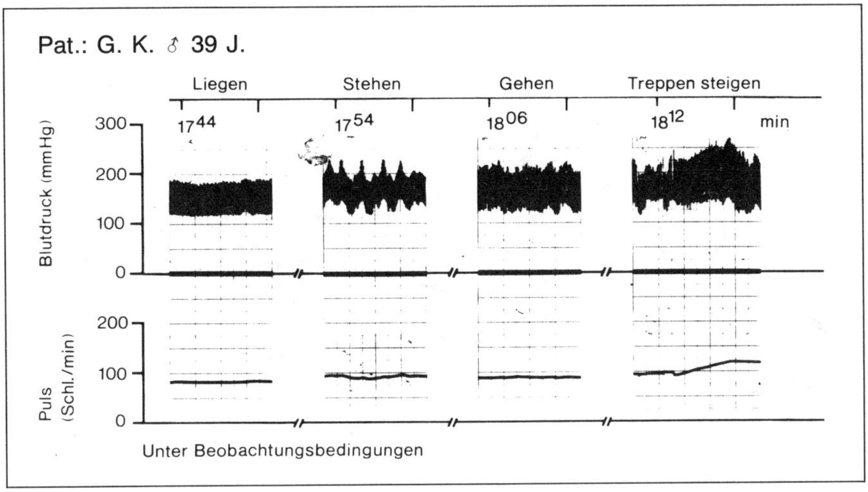

Abb. 3: Blutdrucktagesprofil (Alltagsblutdruck) eines Hochdruckkranken. Aus: J. Jahnecke, Probleme der Blutdruckmessung und Blutdrucküberwachung durch Arzt und Patient. In: Hypertonie. Risikofaktor in der Angiologie, Herausgegeben v. E. Zeitler, S. 49, Verlag G. Witzstrock, Baden-Baden, Brüssel, Köln 1976.

aufnahme, jede kurze, etwa sogar ruckartige und damit besonders gefährliche Anstrengung (Reifenwechsel!), naturgemäß auch langdauernde, sich wiederholende und auch für unkennbar gezeichnete Menschen meist gefährliche *Trainings- oder Fitneßprogramme,* wenn sie besonders von Menschen jenseits des 50. Lebensjahres in vielfach leichtfertiger Weise mit angeblich begeistertem Engagement (Trimm-Dich, Aerobic) ohne rechte ärztliche Kontrolle durchgestanden werden. Allerdings haben Untersuchungen an vergleichbaren Kollektiven (150 Nomotoniker, 223 Grenzwerthypertoniker, 60 Hypertoniker) bei Voll- wie maximaler Leistung in Belastung keine signifikanten Unterschiede der systolischen Blutdrucke erkennen lassen, die eine Trennung der Kollektive und damit eine eventuelle diagnostische Aussage möglich gemacht hätte [59]. Jedenfalls sind Dauer und Ausmaß eines belastungsbedingten Hypertonus von Dauer und Intensität der Übungsbehandlung abhängig, wobei eine hohe, aber kurze Belastung einen stärkeren Anstieg nach sich zieht als eine von geringer Intensität aber längerer Dauer [257] (Abb. 3). Erstaunlicherweise haben mehrere Untersuchungen während einer Karakorumexpedition bis in eine Höhe von 4800 m keine Blutdrucksteigerungen, jedenfalls bei den gut trainierten Hochalpinisten finden lassen [3]. Das steht allerdings im Gegensatz zu früheren Untersuchungen von Inama [114], was durchaus mit dem unterschiedlichen Untersuchungsgut zusammenhängen könnte.

Natürlich sind *psychische Erregungen* niemals ohne Einfluß, ob in Freud oder Leid, in familiären oder beruflichen Fragen, in einem den Menschen faszinierenden mitreißenden Konzert oder auf dem Fußballplatz, sie alle putschen das gesamte System des Kreislaufs und damit auch den Druck in oft ungebührlicher Stärke an und werden mit

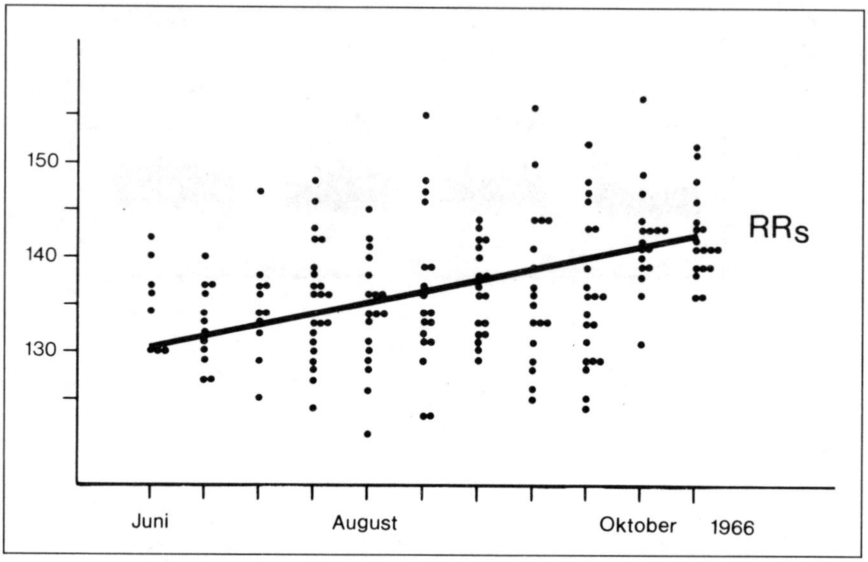

Abb. 4: Verhalten des systolischen Blutdrucks gesunder Medizinstudenten in den letzten Monaten vor dem Examen. Aus: A. W. v. Eiff. Die Bedeutung des Zentralnervensystems und der weiblichen Sexualhormone für die Hypertonie. In: Hypertonie. Risikofaktor in der Angiologie. Herausgegeben v. E. Zeitler, S. 36, Verlag G. Witzstrock, Baden-Baden, Brüssel, Köln 1976.

zunehmendem Alter oder bei vorgeschädigten Kreislaufverhältnissen gefährlich (Abb. 4). Jede fremde Umgebung, Situation oder Person (z. B. der Arzt oder die Schwester bei der Blutdruckmessung) beeinträchtigen den Erhalt eines normalen Meßwertes, immer werden — zumindesten zunächst — erhöhte Werte aufgezeichnet werden.

2.1.1.6 *Selbstmessung durch den Patienten*

Es besteht deshalb im großen und ganzen die einhellige Meinung, der *Selbstmessung* des Blutdruckes das Wort zu reden [92], ja sie „vorbehaltlos" zu empfehlen [119, 266, 267], da auf diesem Weg unter den Bedingungen des gewohnten Lebens am besten die Bestimmung des individuellen Blutdrucks möglich wird [100, 151].

2.2 Direkte, intravasale Druckmessung

Der extravasal gemessene Blutdruck entspricht natürlich nicht genau den Druckverhältnissen innerhalb des Gefäßsystems, zudem finden sich in den verschiedenen Gefäßprovinzen unterschiedlich hohe Drucke, wobei der Druck umso höher liegt, je herznaher er gemessen wird. Es gibt allerdings auch Gefäßabschnitte, die über eine *autonome*

Regulation verfügen (Gehirn, Niere), mit denen sie kurzzeitig starke Druckabfälle kompensatorisch aufzufangen vermögen. Die Möglichkeit einer intravasalen Druckmessung steht seit erfolgreicher Katheterisierung des Herzens und der Gefäße über diesen Weg zur Verfügung.

Hierzu benötigt man druckaufnehmende Systeme (Druckrezeptoren) an Spezialkathetern, mit denen heute alle wissenschaftlichen Erkenntnisse auf diesem Gebiet, insbesondere wenn sie Grundfragen betreffen, gewonnen werden. Auch in komplizierten Krankheitsfällen und vor allem präoperativ (Klappenersatz, Bypassoperation an den Herzkranzgefäßen u. a.) werden diese Druckmessungen, weil notwendig, trotz der hohen Kosten angewandt.

Für die Alltagspraxis spielen diese Verfahren keine Rolle, sind zudem technisch recht kompliziert.

3. Epidemiologie der Blutdruckkrankheit

Zu den bisher besprochenen Problemen der arteriellen Hypertonie gaben umfangreiche epidemiologische Studien breite Aufklärung. In den letzten Jahrzehnten hat die Zahl der Hypertoniekranken ständig zugenommen, von 1948 bis 1969 von 9 auf 25% [111]. Eigenartigerweise leidet die Stadtbevölkerung seltener an einer Hypertonie als die Landbevölkerung, auch wenn beide Gruppen kein Übergewicht aufweisen [236], besonders auffällig unter Frauen [204, 236]. Zum großen Teil ist diese Entwicklung bedingt durch die zunehmend bessere und kalorienreichere Ernährung und die damit zwangsläufig verknüpfte Gewichtszunahme [67]. In den entwickelten Ländern, in denen an sich keine geographisch bedingten Unterschiede der Blutdruckverhältnisse vorliegen sollen, weisen in der männlichen wie weiblichen Bevölkerung unter 40 Jahren 15% bereits eine eindeutige Hypertonie auf [58]. Eine der bislang umfangreichsten Studien in Deutschland ging vom Heidelberger Arbeitskreis um Schettler aus, die sich be-

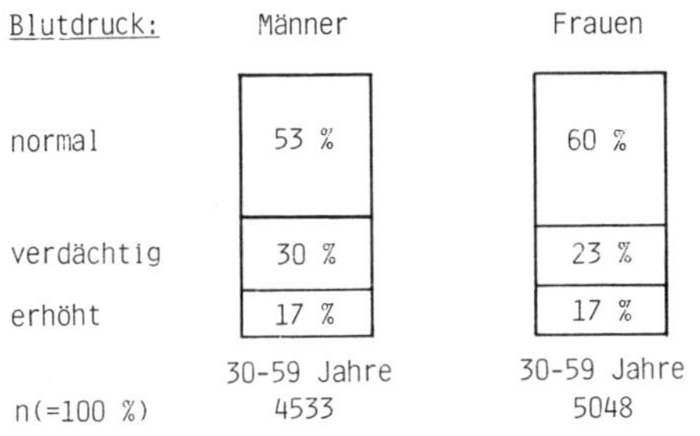

Abb. 5: Blutdruck (WHO Projekt CVD 018 Heidelberg Jan 80) nach E. Nüssel. Aus: G. Schettler, Epidemiologische Fakten als Ausgangspunkt praeventiver Zielsetzung, Verh. Dtsch. Ges. inn. Med. **86**, 276—285 (1980).

sonders auf die Bevölkerung der Kreise Wiesloch und Ebersbach konzentrierte. Unter 4533 Männern fanden sich 17% mit erhöhtem Blutdruck, 30% mit noch verdächtigen Werten und 53% im normalen Bereich, unter 5048 Frauen entsprechend 17%, 23% und 60% [228] (Abb. 5). Im benachbarten Ludwigshafener Raum wurden von Wagner an 37404 Belegschaftsangehörigen der BASF Untersuchungen vorgenommen, innerhalb deren Ergebnisse sich bei 16% der Männer und 11,3% der Frauen ein Blutdruck von 160/95 mm Hg oder mehr fand [263]. Aber selbst unter *Schülern* ist die *Hypertonie* erstaunlich häufig, wenn man bedenkt, daß von 15594 im Rahmen eines Screeningprogrammes untersuchter Schüler 2,2% = 350 eine Hypertonie aufwiesen. Zwar sind bei ihnen nur in seltenen Fällen Beschwerden geäußert, aber eine Diskrepanz zwischen verlangter Leistung und tatsächlicher Leistungsfähigkeit wird offenbar [11]. Man sollte allerdings bei Adoleszenten mit der Endgültigkeit der Diagnose einer arteriellen Hypertonie zurückhaltend sein, denn nur weniger als 30% dieser Adoleszenten, bei denen zunächst ein erhöhter Blutdruck gemessen worden war, hatten 7 bis 10 Tage später noch immer den erhöhten Blutdruck, alle übrigen waren auch bei weiteren Kontrollmessungen in den Normbereich abgesunken [134].

4. Einteilung der Bluthochdruckkrankheit

Es ist möglich und macht sich für das Verständnis des Krankheitsgeschehens bei der Hypertonie auch bezahlt, wenn man für diese Krankheit Einteilungsversuche unter den verschiedensten Gesichtspunkten, die sich im großen und ganzen an die Vorschläge von Page anlehnen, vornimmt. Die daraus resultierende Zusammenschau, der Blick von mehreren Seiten, gibt mehr Klarheit.

4.1 Einteilung der Hypertonie nach ihrer Ätiologie

4.1.1 Bekannte Ursachen

Die zu dieser Gruppe gehörenden Hypertonien, die zuerst auf einen ursächlichen Faktor zurückzuführen ist, wird unter dem Begriff *„sekundäre Hypertonien"* zusammengefaßt.

4.1.1.1 *Hypertonieformen bei Erkrankungen der Niere*

Die größte Gruppe unter ihnen sind die Hypertonieformen bei *Erkrankungen der Nieren* und ableitenden Harnwege, wenn sie unter Mitbeteiligung der Nieren, was sehr häufig ist, verlaufen *(Renale Hypertonien)*, wobei allerdings das Erscheinen eines Hoch-

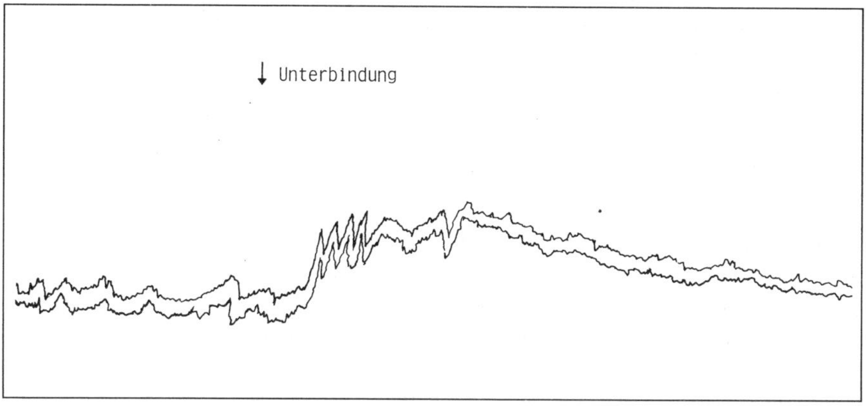

Abb. 6: Grundversuch zur Darstellung der Blutdrucksteigerung nach Verminderung der Nierendurchblutung (Unterbindung von 2 Ästen der rechten Nierenarterie beim Hund). Aus: A. Hartwich, Der Blutdruck bei experimentellen Uraemie und partieller Nierenausschaltung, Z. ges. exp. Med. **69,** 462—481 (1930).

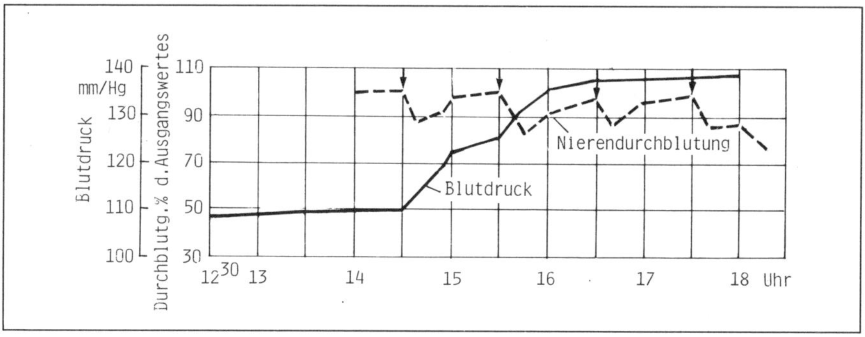

Abb. 7: Blutdrucksteigerung bei wiederholter Drosselung der Nierendurchblutung mit Schraubklemme beim Hund. Aus: R. Enger et. al., Die Wirkung quantitativ abgestufter Drosselung der Nierendurchblutung auf den Blutdruck, Z. ges. exp. Med. **104,** 1—9 (1938).

drucks von dem Charakter und dem Stadium der Nierenkrankheit abhängt. Etwa ein Drittel aller Hypertonieformen fallen in diese Rubrik. Symptomatologie und Verlaufschilderung des renalen Hochdrucks verdankt die Medizin im wesentlichen der Klinik Franz Volhards, dessen Mitarbeiter Hartwich als erster aus seinen experimentellen Untersuchungen 1929/1930 die bis heute gültige Feststellung traf, daß eine mangelhaft durchblutete Niere einen Stoff freisetzt und an das Venenblut abgibt, der pressorische, also drucksteigernde Eigenschaften (Abb. 6) sowohl nach Denervierung der Nieren [65] wie auch beim hypophysenlosen oder nebennierenlosen Hund besitzt und als mit dem Renin identisch angesehen wurde [96] (Abb. 7). 4 Jahre später hat der Amerikaner

Goldblatt nach Drosselung einer Nierenarterie das gleiche Ergebnis bekannt gegeben [82] und den „*Goldblatt-Mechanismus*“ geschaffen, ein sicher ihm eigentlich nicht zukommender Verdienst. Auf diesen renalen Mechanismus werden wir weiter unten noch eingehender zu sprechen kommen müssen.

4.1.1.2 *Endokrine Hypertonien*

Es gibt körpereigene Stoffe, durch deren — krankhafte — Mehrproduktion oder Zufuhr von außen ein Hochdruck erzeugt wird. Zunächst sind es Stoffe, die ihre Entstehung in der Nebenniere haben und als Hormone fungieren. Zu ihnen gehört der von dem Nebennierentumor *Phäochromozytom* ausgehende, mit vermehrter Bildung von *Adrenalin* und *Noradrenalin* und damit erhöhter Ausscheidung von *Katecholaminen* im Harn ($> 200\ \gamma/24$ St.) einhergehende Hochdruck, der nach dem Produktionsverlust des Tumors in anfallsartigen Weisen verläuft. Ein Metabolit dieser ausgeschiedenen Katecholamine, die *Vanillyl-Mandelsäure* (normal 2—6 mg/24 St.) kann im Urin dieser *Phäochromozytom*kranken nachgewiesen werden und die Diagnose sichern. Auch wenn die Nebennieren — meist auf Anreiz der Hypophyse und eines dort sitzenden Tumors — vermehrt Cortisol produzieren, kommt es zu Hochdruck. Diese Menschen haben ein charakteristisches Aussehen, ein Mondgesicht, vermehrten Haarwuchs (besonders auch bei Frauen), Fettsucht, Büffelnacken, Periodenstörungen, viel Durst. Entkalkung der Knochen und dadurch überraschend auftretende Knochenbrüche kommen hinzu. Der Blutdruck steigt auf erhebliche Werte an. Ähnliches Schicksal mit einem bleibenden Bluthochdruck können Patienten erleiden, die über längere Zeit wegen eines Asthma bronchiale, eines Rheumatismus oder einer Allergie mit *Cortison* behandelt werden. Nun gibt es noch ein drittes Hormon der Nebennierenrinde, das *Aldosteron*, das bei einem Überfunktionszustand der Nebenniere aus meist gutartigen Tumoren sezerniert wird und einen gewöhnlich gutartigen Hypertonus mit gleichzeitig auftretenden Störungen des Elektrolytstoffwechsels hervorruft. Schließlich vermag auch das Schilddrüsenhormon blutdrucksteigernde, anhaltende Wirkungen zu entfalten.

4.1.1.3 *Schwangerschaftshypertonie*

Unter sehr ähnlichen Ausspizien entwickelt sich ein erhöhter Blutdruck im Verlauf einer Schwangerschaft. Hier liegt eine Schädigung der Nieren vor, die sich aber nach Beendigung der Schwangerschaft, wenn nicht zuvor schon ein hoher Blutdruck bestanden hat, spontan zurückzubilden pflegt. Mit Vorliebe zeigt sie sich nur bei der ersten *Schwangerschaft* in ihrem letzten Verlaufsdrittel.

4.1.1.4 *Kardiovaskuläre Hypertonie*

Die Höhe des Blutdruckes im Kreislaufsystem ist ganz entscheidend abhängig von der Höhe des *Herzauswurfsvolumens*, Schlag- bzw. Minutenvolumen, und der Größe des

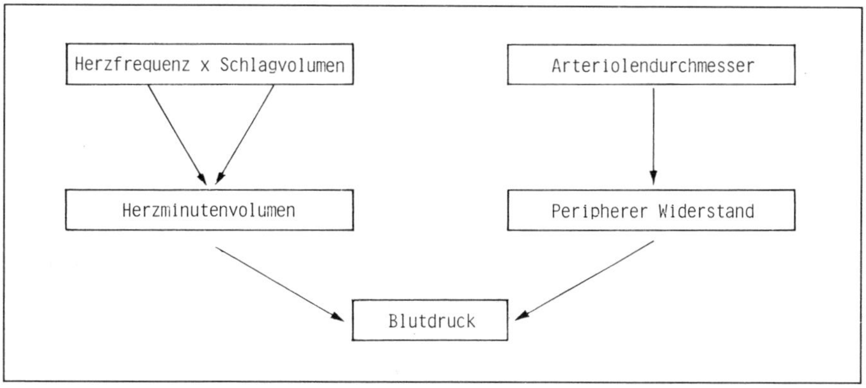

Abb. 8: Komponenten, die den Blutdruck bestimmen. Aus: W. Siegenthaler et. al., Essentielle Hypertonie, Symptom oder Krankheit. In: Hypertonie. Risikofaktor in der Angiologie. Herausgegeben v. E. Zeitler. S. 7. Verlag G. Witzstrock, Baden-Baden, Brüssel, Köln 1976.

Gesamtquerschnitts der peripheren Strombahn, also dem *Widerstand* (Abb. 8). Von dem Arzt Poiseuille wurde ein Gesetz für ein starres Röhrensystem, das ja der Kreislauf in Wirklichkeit nicht ist, entwickelt. Wezler hat dann aus langjährigen Experimenten auch dieses Gesetz zu einem solchen für dehnbare Röhren entwickelt [274]. Nähere Erörterungen würden zu weit führen und sind in ihrer Theorie sehr kompliziert. Wir dürfen aber annehmen, daß der Blutdruck steigt, wenn das *Herzauswurfvolumen* oder der periphere *Widerstand* der Gefäßbahn steigen, oder was sehr selten vorkommt, beides gleichermaßen ansteigt. Dementsprechend gibt es kardiovaskuläre Hochdruckformen mit einem HZV > 7,5 l/Min. oder einem Widerstand von > 2500—4000 dyn/erg/cm $^{-5}$.

Je nachdem, welcher Parameter des Kreislaufs verändert ist, sprechen wir in der Gruppe der kardiovaskulären Hypertonien von *Volumenhochdruck* oder *Widerstandshochdruck*, wobei die letztere Form die wesentlich unangenehmere und folgenschwerere ist.

4.1.1.5 *Hypertonie durch Medikamente*

Auch gewisse *Medikamente*, natürlich zunächst einmal solche, die zur Behandlung eines zu niedrigen Blutdruckes bestimmt sind, aber auch zu anderen therapeutischen Zwecken verabfolgte, vermögen eine nicht erwünschte Steigerung des Blutdrucks, auch eine weitere des bereits erhöhten, als Nebenerkrankung hervorzurufen. Vom *Cortison* wurde schon gesprochen. Von besonderer Bedeutung sind hier *Appetitzügler*, die zum Teil aus diesem Grunde, wie das Menocil, aus dem Handel gezogen sind, des weiteren die Lakritze, Succ. Liquir., deren Wirksubstanz die Glycyrrhizinsäure ist [32] und *hormonale Kontrazeptiva*, bei denen sich als Folge der *Östrogenwirkung* eine Hy-

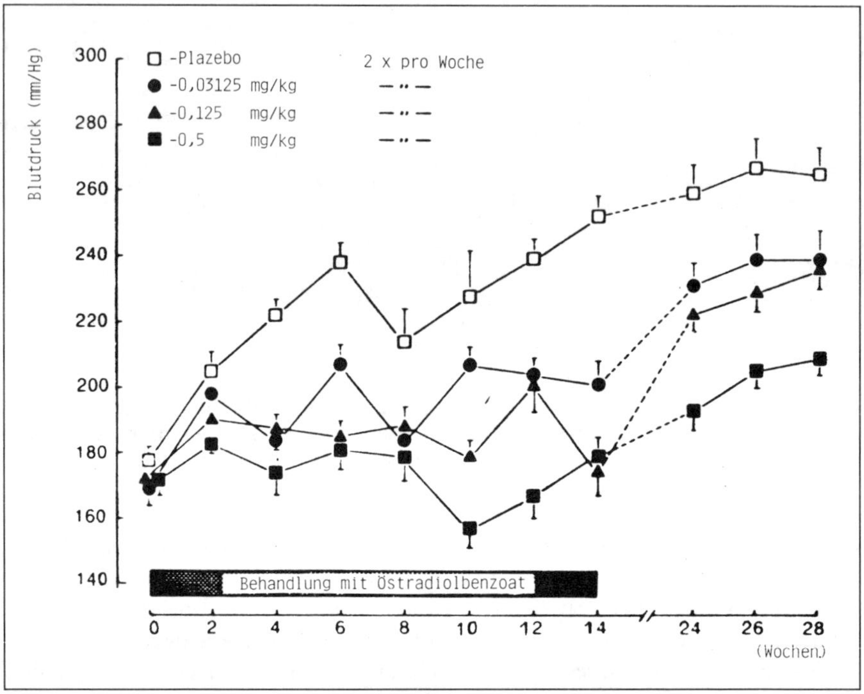

Abb. 9: Effekt einer prophylaktischen Behandlung unterschiedlicher Dosen von Östradiolbenzoat auf den Blutdruck männlicher SHRSP. Aus: A. W. v. Eiff et. al., Weibliche Sexualhormone als Risiko- und Schutzfaktoren für den Blutdruck, Verh. Dtsch. Ges. inn. Med **88,** 779—783 (1982).

pertonie, unter Umständen von maligner Verlaufsform [95], entwickelt. In einer ausführlichen Studie an 349 Frauen mit und 683 ohne *Ovulationshemmer*einnahme im Alter zwischen 15 und 45 Jahren fand sich eine altersmäßige Steigerung in beiden Gruppen, aber mit signifikanten Unterschieden zueinander: bei Frauen im Alter von 26 bis 30 Jahren 18% Hypertonien mit und 6% ohne *Ovulationshemmer,* bei Frauen im Alter von 41 bis 45 Jahren 57% Hypertonien mit und 30% ohne Ovulationshemmer. Die Differenzen sind signifikant [272]. Das ist auch im Auslaßversuch — also vorübergehendem Absetzen des Medikamentes und späterer Wiedereinnahme — bewiesen [268]. In Abhängigkeit von der Dauer einer Einnahme der *Ovulationshemmer* erhöhen sie den Ruheblutdruck und die Blutdruckreaktion [269]. Über die Ursache oder den pathogenen Wirkmechanismus gibt es nur Vermutungen, wobei auch eine Vermehrung der *Angiotensin*konzentration angenommen wird [268]. Sowohl *Oestrogen* wie *Gestagen*komponente bestimmen das Ausmaß dieser krankhaften Druckreaktion, während physiologisch gebildetes *Oestrogen* einen protektiven Effekt auf das Blutdruckverhalten ausüben soll [63] (Abb. 9). Der Arbeitskreis um Scheler beschrieb 1976 den Verlauf von 5 Fällen einer Hypertonie und Nephrosklerose nach Einnahme von *Ovulations-*

hemmern. Es kam zu zusätzlichen Gefäßveränderungen der Niere im Sinn einer *benignen* oder *malignen Nephrosklerose,* jede Verlaufsform war möglich. Frauen, die betreffs Hypertonie erblich belastet sind, werden bevorzugt durch die Schäden der *Ovulationshemmer* befallen und sollten deshalb von vornherein vor der Einnahme *kontrazeptiver Hormone* ausgeschlossen bleiben [81].

Mit dem Absetzen des jeweiligen hypertonieerzeugenden Arzneimittels pflegt der erhöhte Blutdruck zu verschwinden, wenn nicht die Hypertonie durch ihre Dauer und dadurch bereits erfolgte Schädigung der Nieren ihre Selbständigkeit als Krankheitsgeschehen gefunden hat [80] und dann perpetuiert, gleichgültig wodurch sie ursprünglich induziert wurde [30].

Die Schnelligkeit ihrer Entwicklung bestimmt dann die Prognose und führt wie auch bei anderen Verlaufsarten in die *maligne* oder *akzelerierte Hypertonie* [187].

4.1.2 **Ursächlich unbekannte Hypertonieformen**

Die primäre oder genuine bzw. essentielle Form wurde erstmals als Krankheitseinheit im Sinn einer primären Erkrankung der Blutdruckregulierung von Israel [116] beschrieben. Die Bezeichnung stammt von Frank [73]. Diese Form, deren Ursache immer noch unklar ist, ist die häufigste Form einer Bluthochdruckkrankheit. Sie wird in ihrem Anteil am Gesamthochdruckanteil unterschiedlich eingeschätzt, 45—55 % [214], auch 80 % [240], bedingt wahrscheinlich durch nicht immer vergleichbare Definition, durch medizinisch-geographische Unterschiede, durch sehr variable diagnostische Abklärung, die oftmals Konsequenz und Schärfe vermissen läßt und nicht wohl zuletzt durch ihr im letzten unbekanntes Wesen. „Die essentielle Hypertonie ist bis heute nur negativ definiert, nämlich als eine Hochdruckform ohne erkennbare Ursache", [56] „trotz jahrzehntelanger Forschung fehlt die Möglichkeit die e. H. positiv zu charakterisieren" [206]. Es muß bei der Besprechung dieser *essentiellen Hypertonie,* die zweifellos eine multifaktorielle Genese hat, unterschieden werden zwischen den Momenten, die man als Ursache ansehen zu dürfen glaubt, und solchen, die zur Perpetuierung führen, den erhöhten Druck aus ihrem eigenen primären Krankheitsgeschehen heraus aufrecht erhalten. In dieser letzten Frage sind sich im pathogenetischen Mechanismus primäre und sekundäre Hypertonien sehr ähnlich.

Der von Riecker angegebene Anteil der *essentiellen Hypertonie* am Gesamthypertoniekontingent ist aus der Sicht des Klinikers, sicher mit fremder Literatur verarbeitet, gesehen.

In einer ganz neuen Übersicht werden von allen Patienten mit erhöhtem Blutdruck 90 % als zur *essentiellen Hypertonie* zugehörig angesehen [206]. Die klarste Übersicht über dieses Problem kann nur aus der Praxis des niedergelassenen praktischen Arztes bzw. Internisten — sicher aus beiden — kommen [12, 247], die letztlich rund 90 % aller kranken Menschen in Behandlung und Betreuung haben. Aus dieser Sicht ist der Anteil an e. H. um eine Vieles höher und m. E. den Gegebenheiten entsprechender, daß für den Alltag die sekundären Formen, die selbstverständlich in jedem Fall aus ihrer Gruppe durch eine umfassende Diagnostik ausgeschlossen oder bestätigt werden müssen, kaum ins Gewicht fallen. Der gemeinhin bekannte hohe Blutdruck ist die primäre, *essentielle Hypertonie,* der nunmehr unsere Aufmerksamkeit und weitere Besprechung gelten soll.

4.2 Einteilung nach Verlaufsformen

Die Verlaufsform kann sehr unterschiedlich sein.

4.2.1 Gutartige oder benigne Verlaufsform

Zunächst die gutartige oder benigne Verlaufsform der e. H., die durchaus und gar nicht selten beschwerdearm ist. Sehr früh fällt zunächst eine deutliche Diskrepanz zwischen verlangter Leistung und tatsächlich vorhandener Leistungsfähigkeit [11] nach m. M. treffender Leistungsreserve genannt, auf. Mit weniger schweren und oft auch weniger eindrucksvollen Komplikationen behaftet, kann sie im Laufe der Dauer ihres Bestehens naturgemäß auch zu *Folgeerscheinungen an Herz und Kreislauf* selbst, wie auch an *anderen Organsystem* führen, am ehesten über die sich an den Gefäßen und am Herzen [154] selbst ausbildende Sklerose. Diese benignen Hypertoniker haben meist eine rote Gesichtsfarbe, weshalb auch die Bezeichnung „roter Hochdruck" gebraucht wurde. Je mehr — was möglich ist — die Niere aus Gründen, die noch zu besprechen sein werden, mitbefallen ist, umso mehr geht der rote Hochdruck in einen blassen über, was besagt, daß die Patienten blaß, meist auch leicht gedunsen aussehen mit gelegentlich etwas hervortretenden Augen. Sie kommen dann schon sehr nach der zweiten Verlaufsform, der malignen Hypertonie.

4.2.2 Maligne Hypertonie

Sie kann, wie aus dem vorher Gesagten leicht zu entnehmen ist, aus der benignen Form hervorgehen, sich entwickeln, aber auch von vornherein als maligne Form verlaufen. Die frühere, insbesondere auch zunächst noch von der Volhard'schen Klinik und Schule vertretene Meinung, daß *maligne Hypertonie* und *maligne Nephrosklerose* (Nierenschwund) identisch seien, hat sich, noch aus Untersuchungen Volhardscher Schüler [98], nicht aufrecht erhalten lassen. Gegenüber der Definition einer malignen Hypertonie im Sinne Volhards ist zweifellos ein Wandel dieses Begriffes eingetreten. Die diagnostischen Kriterien dieser Hypertonieform sind der Schweregrad und die Schnelligkeit im Fortschreiten des klinischen Verlaufs [187]. Nicht primär der Grad der Nierenveränderungen, die keine Voraussetzung der *malignen Hypertonie* sind [223], auch nicht die alleinige Tatsache des Bestehens eines erhöhten Blutdrucks, sind entscheidend. Wichtig ist die „kritische Geschwindigkeit", die den Blutdruck in eine „kritische Höhe" treibt [192]. Bei 96 Patienten mit der klinischen Diagnose *maligne Nephrosklerose* fand sich nur in 17% autoptisch eine *maligne Nephrosklerose* [98] im

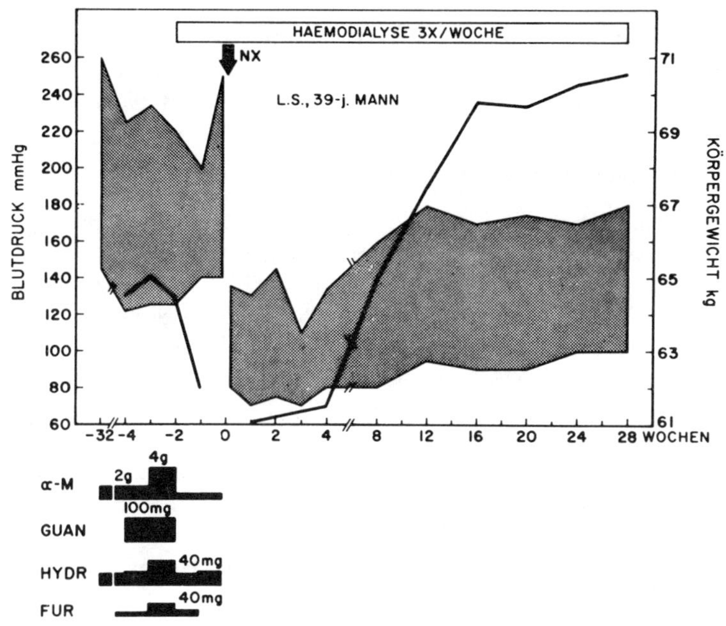

Abb. 10: Effekt einer bilateralen Nephrektomie bei einem Patienten mit therapieresistenter Hypertonie in Begleitung von Nephrosklerose und terminaler Niereninsuffizienz, postoperativ bleibt der Blutdruck trotz Absetzens der antihypertensiven Medikamente normal. Aus: P. Weidmann und G. Keusch, Behandlung des therapieresistenten Hochdrucks. Verh. Dtsch. Ges. Kreislaufforschung **43**, 120—131 (1977).

Sinn des Pathologen Fahr [70]. Vorausgesetzt eine gute Einstellung des Blutdrucks über längere Zeit ist es möglich, daß, wie anatomische Untersuchungen gezeigt haben, die akuten Läsionen der *malignen Hypertonie* im Bereich der kleinen Arterien und Arteriolen der Nieren — insbesondere deren fibrinoide Nekrosen [208] — sich fast vollständig zurückbilden können [178]. Wie das Eigenschaftswort maligne dieser Hypertonieform sagt, ist die Prognose schlecht und nur in seltenen Fällen, dann allerdings durch sehr konsequente und von Glück begleitete Therapie (Abb. 10), mit der man etwa durch operative Entfernung beider kranker Nieren die Reninproduktion zum Erlöschen bringt, in ihrem schnellen Entwicklungsgang zum schlechten, tödlichen Ausgang hin zu verlangsamen und damit dem Patienten das Leben weiterhin lebenswert zu gestalten.

4.3 Einteilung nach der haemodynamischen Umstellung

Es wurde schon erwähnt, daß der Blutdruck vom *Auswurfvolumen des Herzens,* vom *Widerstand* in den peripheren Gefäßen und schließlich auch vom Elastizitätszustand der großen herznahen Gefäße abhängig ist. Danach können wir unterscheiden:

4.3.1 Der Volumenhochdruck

Das Schlagvolumen des Herzens steigt in Ruhe über 100 ml pro Herzschlag und die Minutenvolumenleistung über 7,5 l. Wodurch diese Umstellung in eine erhöhte Volumenleistung erreicht wird, ist in keiner Weise geklärt, „is still obscure" [25]. Es sind Beobachtungen bekannt, und ich selbst habe 1958 an einem großen klinisch experimentell durchgetesteten Krankengut nachweisen können, daß die vermehrte Volumenleistung ein Vorstadium der arteriellen Hypertonie sein kann, daß also die erhöhte Auswurfleistung des Herzens als prähypertone [175] Phase der Blutdruckkrankheit angesehen werden kann. Diese Form des Hochdrucks, die auch Freis beschreibt [75], ist therapeutisch relativ leicht in den Griff zu bekommen. Allerdings sind die diagnostisch vorzunehmenden Maßnahmen zur Abklärung dieser Hochdruckform kompliziert und im allgemeinen nur in Spezialeinrichtungen und an Kliniken möglich. Eine laufende Kontrolle sowohl der Druck- wie Volumenleistung des Herzens und die ärztliche Behandlung bleiben notwendig.

4.3.2 Der Widerstandshochdruck

Ist der Widerstand hoch, was zumeist mit einer Verkleinerung des Gefäßquerschnitts verbunden ist, so spricht man von *Widerstandshochdruck.* Man kann sogar die Beziehung gelten lassen, daß eine Hypertonie umso schwerer ist, je höher der *Widerstand* gemessen wird [93]. Diese Umstellung hat naturgemäß zur Folge, daß die Blutversorgung der Peripherie und der Organe herabgesetzt ist. Das Herz muß unter solchen Umständen, um den erhöhten *Widerstand* zu überwinden, vermehrte Druckarbeit leisten, die immer schwerer und vor allem für das Herz unökonomischer zu leisten ist, als eine vermehrte *Volumenarbeit* [83]. Diese Tatsache wird sich eher nachteilig auf das Herz auswirken, wenngleich die vermehrte Druckarbeit allein nicht in der Lage ist, das Herz zu vergrößern [143, 144]. Im allgemeinen beantwortet das Herz eine Druckbelastung des linken Ventrikel nicht mit einer Erweiterung [148], stellt sich gegenüber dem erhöhten Druck beim *Widerstandshochdruck* so um und versucht sich die Arbeit zu erleichtern, als es seine *Volumenleistung* verringert, d. h. das Schlagvolumen sinkt unter 70 ml und die Minutenleistung unter 5 bis 4 l/Minute. In dieser Phase bezeichnet Linzbach das Herz als eine „hochspezialisierte Druckpumpe" [161].

4.3.3 Der Elastizitätshochdruck

Die Höhe des Blutdrucks wird aber neben dem *Auswurfvolumen* und peripherem Gesamt*widerstand* noch eingestellt von der *Elastizität* der großen Gefäße, im wesentlichen der Aorta und der von ihr abgehenden Adern. Dieser Elastizitätsfaktor der Gefäßwand, der natürlich bei der Dehnung des Gefäßes durch den Blutdruckfluß einen *Widerstand* bildet, wird durch krankhafte Prozesse der Arterienwand, z. B. einer Arteriosklerose, verändert und zwar verschlechtert, wodurch der *systolische Blutdruck* sich erhöht, während der *diastolische Druck* gleich bleibt oder sogar abfällt. Dies wird als *Elastizitätshochdruck,* gelegentlich auch als persistierende systolische Hypertension, die bei älteren Personen im ersten Untersuchungsgang zu 13%, im zweiten nur noch zu 2,7% der Untersuchten gefunden wurde [43], bezeichnet, eine Form, die naturgemäß wegen ihres Entstehungsmechanismusses aus der Arteriosklerose der Gefäßwand zumeist erst im Alter vorkommt. In diesem Zusammenhang hat aber die Erhöhung des *systolischen Blutdruckes* die ausgleichende Funktion für den Elastizitätsverlust zu übernehmen und somit unter Umständen und bis zu einem gewissen Grad, so meine ich nach meinen klinischen Erfahrungen und eigenen klinisch experimentellen Ergebnissen im Gegensatz zu Koch-Weser [142] einen nützlichen Sinn in Richtung auf eine bessere Perfusion der Organe, besonders von Gehirn und Herzkranzgefäßbereich. Dementsprechend bedürfen therapeutische Maßnahmen einer genauen Abwägung und müssen mit viel Vor- und Umsicht [253] korrigiert werden. Immerhin findet sich auch in diesem Zusammenhang die Feststellung, daß Morbidität und Mortalität an kardiovaskulären Erkrankungen bei der systolischen Hypertension deutlich höher liegen [43, 258] und kardiale, sowie zerebrale Komplikationen häufiger auftreten.

4.4 Einteilung nach den Grundsätzen der Behandlung

Schließlich sollte man nicht vergessen, daß man die Hypertonien der arteriellen Strombahn — wenigstens in zwei Gruppen — nach der Art grundsätzlicher Behandlung einteilen kann in die operablen und damit zumeist heilbaren und die nicht operablen, d. h. konservativ zu behandelnden Hochdruckformen.

4.4.1 Die operablen (= heilbaren) Hochdruckformen

Zu dieser Gruppe gehören fast ausschließlich die *sekundären Formen,* in deren Verlauf Tumoren durch Abgabe pressorisch wirkender Stoffe an das Blut, zumeist aus Nebenniere oder Hypophyse, den Hochdruck erzeugen und einer operative Entfernung der Tumoren Ursache und damit meist auch das Krankheitsbild der Hypertonie beseitigt; insgesamt fallen etwa 5% aller Hochdrucke auf diese Gruppe [214].

4.4.2 Die nicht operablen, konservativen (symptomatisch) zu behandelnden Hochdruckformen

Diese Gruppe ist die therapeutisch sehr viel schwieriger zu beeinflussende Zahl von Hypertoniekranken (mehr als 90%). Wegen ihrer vielfältigen Ursachengestaltung benötigt sie auch eine differenzierte Arzneimitteltherapie. Dadurch wird das Krankheitsbild nicht geheilt. Bei konsequenter Durchführung der Behandlung werden jedoch die größten Gefahren, insbesondere das Auftreten lebensbedrohender Komplikationen, verhindert.

5. Die Entwicklung der Krankheit bestimmenden Faktoren

Die Zahl der Faktoren, welche das Entstehen einer arteriellen Hypertonie beeinflussen, ist groß und vielfältig, damit schwer überschaubar und zu einem Ordnungsprinzip zu bringen. Das gilt vor allem unter den Bedingungen des kausalen Denkens, einer Betrachtungsweise, die in der Medizin selten zu im Urteil abschließenden Resultaten führt, wahrscheinlich auch gar nicht zu führen vermag. Vielleicht wollte Martini im Rahmen seiner Forschung über therapeutische Fragestellungen dies schon ausdrücken, wenn er sagte: „Der Gegensatz der theoretischen Anerkennung des Kausalnexus zu seiner Mißachtung im praktischen Verhalten ist etwas sehr merkwürdiges in der klinischen Medizin.“ [180] Wir deuten an Begriffen herum, die wir letztlich dann nur durch andere, vielleicht etwas differenzierendere ersetzen; das sollte uns zumindestens darauf bringen, vom ätiologischen Denken in der Medizin mehr und mehr abzubringen und auf Denken in *Regelkreisen* hinzuführen [17].

5.1 Die Regelkreistheorie

Für das hier interessierende Problem der arteriellen Hypertonie kann eine solche Denkumschaltung nicht schwer fallen, ist doch die Hypertonie selbst eine Störung im Regelkreis der Druckverhältnisse, in dem, wie wir sehen werden, eine Unzahl von Stellwerken von entscheidender Bedeutung eingebaut sind; Änderungen *einer* Variante ziehen Ausgleiche an *anderen* nach sich [199] (Abb. 11).

„Die wesentliche Störung bei der *essentiellen Hypertonie* scheint vielmehr eine gestörte Reaktion verschiedener für die Blutdruckregulation bedeutsamer Faktoren zueinander zu sein.“ [56]

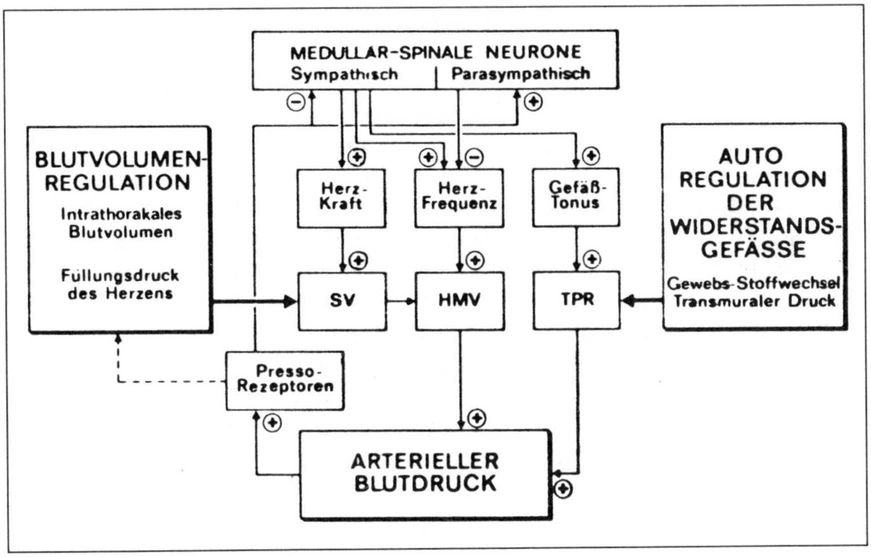

Abb. 11: Klassischer Regelkreis des arteriellen Druckes. Aus: R. Gotzen. Einleitung. In: Diurese und Gefäßerweiterung in der Hochdrucktherapie. Herausgeg. v. F. Groß, R. Gotzen, S. 9, MMW Medizin Verlag, München 1982.

Ehe aber auf weitere Einzelheiten eingegangen werden kann, muß der Versuch, eine Übersicht über die im Bereich der Pathophysiologie wirksam werdenden *Regelkreise* zu gewinnen, gemacht werden.

5.1.1 Das Renin-Angiotensin-Aldosteron-System

Der erste, für das Krankheitsbild der arteriellen Hypertonie induktiv wirkende Regelkreis ist das *Renin-Angiostensin-Aldosteron-System.* Erkannt wurden solche ersten Zusammenhänge bei der *renalen Hypertonie,* schon in den 30iger Jahren an der Frankfurter Medizinischen Universitätsklinik Volhards. In der Niere aus welchen Gründen auch immer freigesetztes *Renin* (Abb. 12), ein Enzym, begünstigt über das *Angiotensinogen* der Niere, das durch das erwähnte *Renin* gespalten wird, die Bildung von *Angiotensin I,* das mit Hilfe eines *Converting* (= Umwandlungs-) *Enzyms* in *Angiotensin II* übergeführt wird [155].

Hiermit entsteht die stärkste und wichtigste [139] pressorische, also drucksteigernde Substanz mit vasokonstriktorischem Effekt besonders an der Haut, in den Gefäßen des Bauchraumes und der Nieren [188]. Gleichzeitig stimuliert dieses *Angiotensin II* die *Aldosteronsekretion* [156]. Dieses vermehrt sezernierte *Aldosteron* beeinflußt im wesentlichen den Ionenaustausch im distalen Tubulus, einem Harnkanälchen noch im Bereich des Nierengewebes, und führt zu Natrium- und Wasser-Retention. Zwischen der Aktivität dieses Systems und der Natriumausscheidung mit dem Urin besteht eine negative

Korrelation [157], d. h. je aktiver das System umso mehr Natrium bleibt infolge mangelnder Ausscheidung im Organismus. Natrium ist in den Zellen, besonders den Erythrozyten, vermehrt nachzuweisen [165, 167]. Natrium wirkt blutdrucksteigernd [167]. Dieser Zustand ist selbst bei 6 Monate alten Kindern, die eine familiäre Hochdruckbelastung, also *genetische Disposition*, aufweisen, nachweisbar [225].

Mit dieser *Kochsalz*zunahme setzt aber ein Schutzmechanismus (so ist es wohl zu denken) ein, indem unter dieser Entwicklung die den ganzen Vorgang eigentlich und ursprünglich bewirkende *Renin*produktion übergangslos wieder abfällt [39]. Auch Störungen im Kaliumstoffwechsel treten auf. Und schließlich erfolgt auch noch durch die hohe intrazelluläre Natriumkonzentration bei Hypertonie ein vermehrter Einwärtstransport von *Calcium* in die Zelle mit dem Erfolg erhöhter Wirkung auf die kontraktiven Elemente der Gefäßmuskulatur im Sinne einer Tonussteigerung, die eine Erhöhung des peripheren Gefäß*widerstandes* und damit auch des Blutdruckes nach sich zieht [221]. Nicht umsonst erreichen wir deshalb mit *Ca-Antagonisten* eine Senkung des Blutdrucks [166, 131]. Eine derartige Entwicklung der intrazellulären Ionenverhältnisse steigert wiederum die Wirksamkeit pressorischer Substanzen [210], also auch die des *Angiotensin II* und führt so zur Eskalation der Druckwerte im arteriellen System.

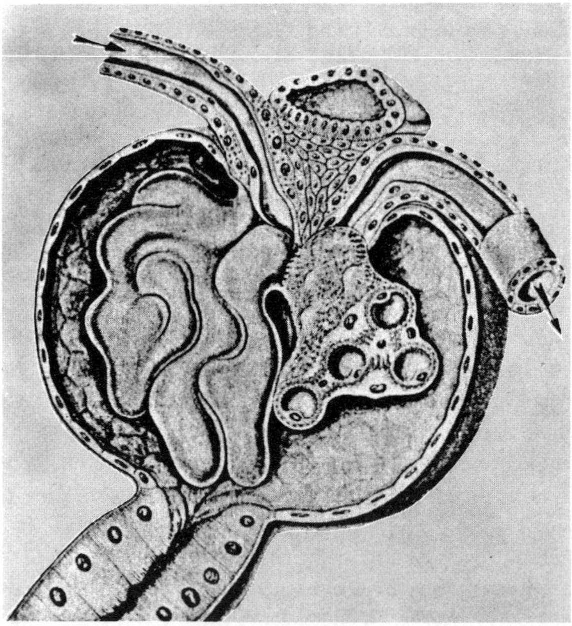

Abb. 12: Lokalisation des juxtaglomerulären Apparates (JGA) der Nieren am Gefäßpol eines Glomerulums. Hier wird das Renin freigesetzt. Nach Bohle und Mitarbeiter 1969. Aus: K. A. Meurer, Das Renin-Angiotensin-Aldosteron-System. Kurzmonographie Sandoz 14, S. 7, Sandoz AG, Nürnberg 1975.

5.1.2 **Das System der Rezeptoren**

Ein weiterer Regelkreis, der in die Steuerung auch der Druckregulation des Kreislaufs eingreift, läuft über die sogenannten *Rezeptoren.* Ihre Funktion liegt in der Aufrechterhaltung des Kreislaufs als ausgleichendes und den jeweiligen Anforderungen sich anpassendes Organsystem durch Auslösen von Reflexen. Diese *Rezeptoren* sind als feine Fühler in die Gefäß- oder Herzwände, aber auch andere Organe, z. B. Lunge, Fettgewebe eingebaut. Je nach ihrem Reizauslöser, auf den sie ausgerichtet sind, kennen wir Druck-, Volumen-, Schmerz-, Temperatur-, im wesentlichen also *mechanische Rezeptoren,* die doch deutliche, von den anderen getrennten Aufbaustrukturen aufweisen [45]. Insgesamt sind diese Rezeptoren auffälligerweise gehäuft in der Umgebung des Herzens und an bzw. in den großen herznahen Gefäßen angeordnet [196, 202].

5.1.2.1 *Druckrezeptoren (Barorezeptoren)*

Sie sind im wesentlichen in der Wand der Herzvorhöfe und des herznahen Aortenanteils vorhanden [44], sowie an der Carotis (Halsschlagader)-Gabel [103], die bedeutungsvollsten die *Barorezeptoren* [108], von denen speziell wir aus den Erkenntnissen des sogenannten *Carotisdruckversuchs* wissen, daß damit ein Blutdruckabfall und eine Pulsverlangsamung erzeugt wird. Der gleiche Erfolg kommt auch zustande durch intravasale Druckschwankungen. Die Preßrezeptoren werden von der Ausdehnung der

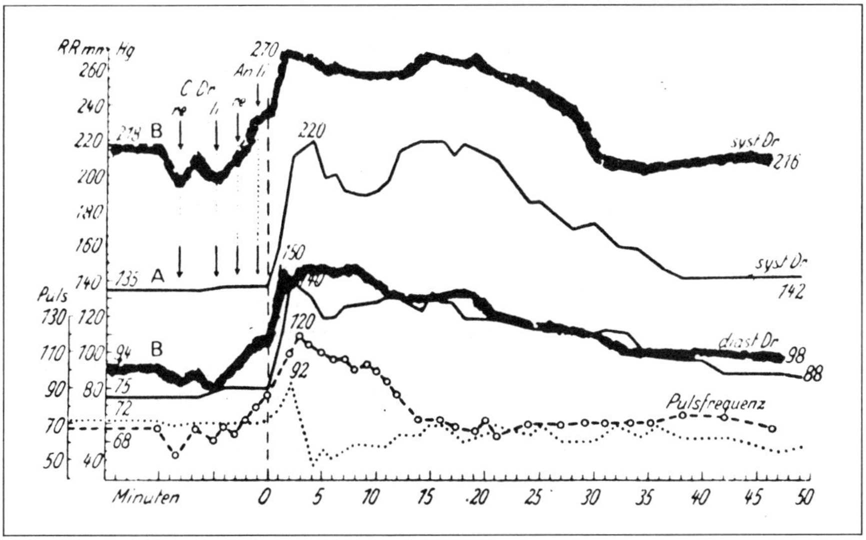

Abb. 13: Entzügelungshochdruck am Menschen durch Novocainblockade des Karotissinus. A. Normotoniker. B. Hypertoniker. Aus: H. Lampen et. al., Entzügelungshochdruck am Menschen, Klin. Wschr. **27,** 272, 1949.

Arterienwand mit jeder Pulswelle gereizt und senden demgemäß mit jedem Herzschlag Impulse aus, deren Frequenz einmal von der Höhe des mittleren Blutdruckes, zum anderen von der Geschwindigkeit des Druckanstiegs und der Größe der Blutdruckamplitude abhängt [264]. Betupft man z. B. den blutleeren Carotissinus mit Medikamenten wie einem Vasokonstriktor, wie es der Hallenser Palme [201] als erster durchgeführt hat, oder mit Norocain, kommt es zum Absinken des Blutdrucks [152a, 275] (Abb. 13), so unterliegt der arterielle Blutdruck einer *Selbsteuerung*, die nicht nur durch die Druckänderung im Gefäß an sich, sondern auch durch die Änderungsgeschwindigkeit des Druckes aktiv wird. Ist der Blutdruck nicht mehr im Normbereich, darf man annehmen, daß in den Zellen dieser Druckrezeptoren degenerative, krankhafte Veränderungen im Elektronenmikroskop erkennbar werden. In arteriosklerotischen Gefäßen sind solche Veränderungen besonders deutlich und beeinträchtigen in Abhängigkeit vom Grad der Veränderung den Reflexerfolg [193].

5.1.2.2 *Chemorezeptoren*

Sie sind speziell gestaltete Zellanhäufungen in enger örtlicher Beziehung zum Gefäßsystem. Zum Beispiel sind sie in der Carotisgabel zu finden. Steigt der CO_2-Gehalt im Blut an oder kommt es zu einer Senkung des physikalisch im Blut gelösten Sauerstoffs, so werden die chemischen Rezeptoren gereizt und führen nach physiologischen Studien zu einer Steigerung des *Herzminutenvolumens*, des peripheren *Widerstandes* durch Vasokonstriktion und damit einer Steigerung des Blutdruckes [27]. Diese Art *Rezeptoren*, die häufig mit Druckrezeptoren zusammen vorkommen, sind gern in der Umgebung lebenswichtiger Kreisläufe, wie z. B. dem Gehirn- und Koronarkreislauf, angebracht und sichern den jeweils wichtigen und ihnen zugeordneten Kreislaufabschnitt ab.

5.1.2.3 *Alpha- und Beta-Rezeptoren*

Es gibt an der Zellmembran einen aus verschiedenen Komponenten bestehenden Komplex, der durch Aktivierung seiner Zellen *Noradrenalin* und *Adrenalin*, also *Katecholamine* freisetzt und damit einen Prozeß an der Zellmembran in Gang bringt. Diese Stoffe, die als Transmitter bezeichnet werden, wurden im Experiment mittels mimetisch oder lytisch auf sie wirkende Substanzen getestet. Dabei fanden sich ganz uneinheitlich Wirkungsspektren, die zunächst nur dadurch verständlich zu machen waren, daß nicht nur verschiedene Effektororgane sondern auch unterschiedliche Rezeptoren, eben diese von Ahlquist benannten *α- und β-Rezeptoren* [1], für diese adrenergen Transmitter angenommen wurden. Die *α-Rezeptoren* vermitteln im allgemeinen stimulierende Wirkungen des Sympathicus, d. h. Vasokonstriktion, die *β-Rezeptoren* vorwiegend hemmende. Im Grunde ist der Mechanismus noch ungemein verwickelter und ineinandergreifender. Unter den *β-Rezeptoren* wiederum unterscheidet man zwei unterschiedlich lokalisierte Gruppen, die am Herzen und im Fettgewebe liegenden β_1-Rezeptoren, vorwiegend mit *Noradrenalin*affinität [35], die bes. an Lungen und Gefäßen befindlichen β_2-Rezeptoren, mehr mit *Adrenalin*affinität [35]. Die Ausschaltung oder Blockade dieser Rezeptoren, die durch Medikamente herbeigeführt wird, führt zu einer Sympathikolyse — auch einer Abnahme der *Katecholamine* — d. h. zu einer Pulsfrequenzverlangsamung, Blutdrucksenkung und damit Abnahme der Herzarbeit und in ihrem Gefolge Sauerstoffeinsparung des Herzens, aber auch zu einer Herabsetzung der Kontraktionsstärke des Herzmuskelgewebes als nachteilige Nebenwirkung. Es gibt also auch hier noch viel Unklares und Verwirrendes. Wen wundert es, wenn unter diesen noch verschwommenen Verhältnissen festgestellt werden muß, daß „der Mechanismus der Blutdrucksenkung unter einer Betablockade bisher nicht erkannt" werden konnte [77].

5.1.2.4 *Zusammenschau der Regelkreiserkenntnisse*

Alle diese hier nur oberflächlich und in ihren Wirkungsmechanismen äußerst grob besprochenen Regelmechanismen wirtschaften im menschlichen Organismus nicht nebeneinander los, sondern sind auf das Genaueste untereinander abgestimmt, greifen ineinander, so daß die *Regelkreise* auch miteinander regeln, wobei das *vegetative Nervensystem* eine koordinierende und ausgleichende Rolle spielt. Auch höher zum Zentralnervensystem hin gelegene Regionen, wie besonders das Limbische System und das Vasomotorenzentrum in der Medulla oblongata können von induzierender Wirkung für eine arterielle Hypertonie sein (Abb. 14). In der praktischen Medizin kam es am deutlichsten im Zusammenhang mit einer Erkrankung an Fleckfieber, das ja im wesentli-

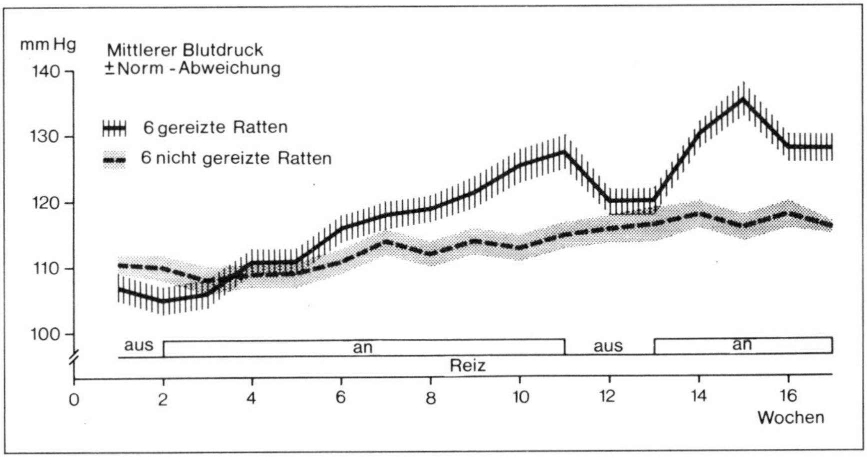

Abb. 14: Verhalten des Blutdrucks bei Reizung der hypothalamischen „Defence Area". Aus: B. Folkow u. E. Rubinstein, Acta physiol. scand. **68,** 48 (1966). In: A. W. v. Eiff. Die Bedeutung des Zentralnervensystems und der weiblichen Sexualhormone für die Hypertonie. In: Hypertonie. Risikofaktor in der Angiologie. Herausgegeben v. E. Zeitler. S. 34, Verlag G. Witzstrock, Baden-Baden, Brüssel, Köln 1976.

chen eine Enzephalitis im Bereich der *vegetativen* Regionen ist, in seinen Früh- und Spätfolgen zum Ausdruck [171]. In diesem Mechanismus ein Nacheinander der einzelnen Vorgänge im Funktionieren herausfinden oder konstruieren zu wollen und damit quasi den Versuch einer Befriedigung des kausalen Denkens zu finden ist unangebracht und auch unfruchtbar. „Die pathophysiologischen Zusammenhänge sind jedoch in den meisten Fällen noch ungeklärt." [84a] Hier muß nach Regelmechanismen, ja im Kybernetischen gedacht werden. Wir besitzen „ein normalerweise selbstregulatorisch funktionierendes System, das in der Lage ist, für die Lebenshaltung wesentliche Kenngrößen wie Blutdruck, Körpertemperatur, Sauerstoffversorgung der Gewebe, Energiezufuhr zu den Zellen, Optimalisierung von Zellstoffwechselprozessen aufrecht zu erhalten" [129].

5.2 Die wesentlichen Faktoren der Hypertonieentstehung

5.2.1 Die familiäre Disposition

Ein sehr wesentlicher Faktor, der aus der Forschung der letzten Jahrzehnte in seiner Bedeutung aufgestellt wurde, ist genetischen Ursprungs. Der Erbfaktor, die *familiäre Disposition* summarisch genannt, ist eine spezifische, durch ein Gen vererbte Abweichung von der Norm [271]. Aus zahlreichen Untersuchungen und einer aufmerksam geführten klinischen Beobachtung kennen wir das gehäufte Vorkommen dieser Krankheit in bestimmten Familien [190]. In der Erkenntnis weiterführend waren besonders die Untersuchungsergebnisse an Zwillingen [121]. So haben eineiige Zwillinge geringe-

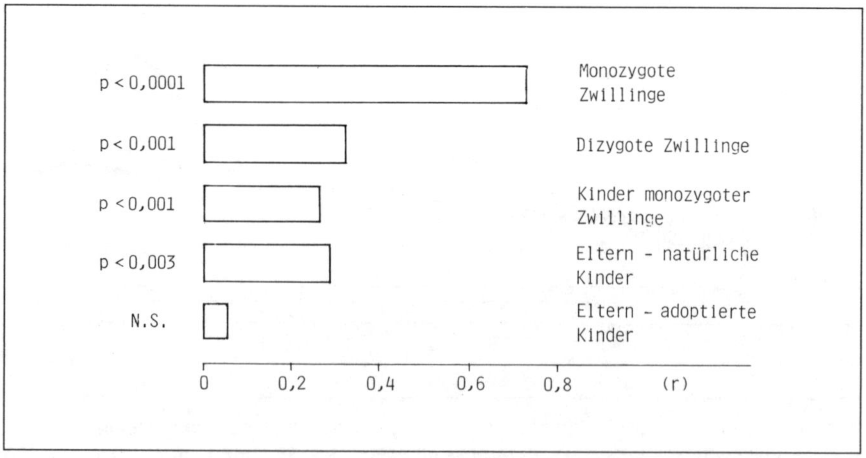

Abb. 15: Blutdruckkorrelationen (r) zwischen genetisch unterschiedlich eng verwandten Personen. Aus: P. Weber und B. Scherer, Genetische Disposition als erster Schritt der Hochdruckentstehung, Verh. Dtsch. Ges. inn. Med. **86**, 285—294 (1980).

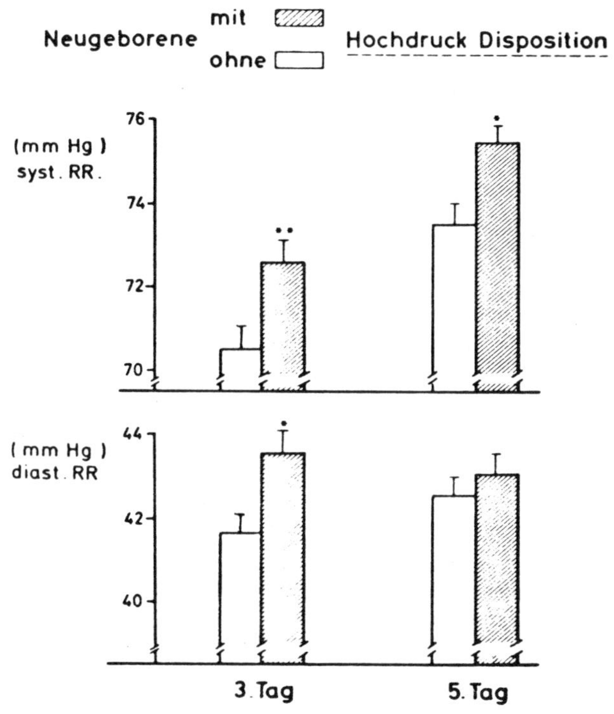

Abb. 16: Nachweis eines genetischen Einflusses auf die Blutdruckhöhe bei Neugeborenen. Aus: P. C. Weber und B. Scherer, Genetische Disposition als erster Schritt der Hochdruckentstehung, Verh. Dtsch. Ges. inn. Med. **86,** 285—294 (1980).

re Blutdruckdifferenzen als zweieiige, und die Wahrscheinlichkeit einer Blutdruckerhöhung bei einem monozygoten Zwilling ist bei Hypertonie des anderen Zwilling 2 bis 3 mal höher als unter zweieiigen Zwillingen [136] (Abb. 15). Untersuchungen an 172 Neugeborenen und deren Familienangehörigen zeigten bei denjenigen mit familiärer Hochdruckbelastung, daß diese Neugeborenen bereits am 3. und 5. Lebenstag höhere Blutdruckwerte aufwiesen. Am 5. Lebenstag fand sich bereits eine positive Korrelation zwischen dem Blutdruck der Neugeborenen und dem ihrer Mütter (Abb. 16), sowie eine positive Korrelation zwischen der Blutdruckhöhe des Neugeborenen und ihrer eigenen Prostaglandin F 2α-Ausscheidung als ein gleichfalls genbedingter Faktor [265]. Dieser Stoff, dessen gesteigerte renale Synthese bei spontan hypertensiven Ratten bereits im prähypertensiven Stadium gefunden wurde [2], bewirkt eine direkte Vasokonstriktion [227] und damit die Voraussetzung zur hypertonen Regulation.

Hypertone Eltern haben häufig Kinder, die früher oder später von der gleichen Krankheit befallen werden. Hypertone Kinder sind immer dort zu finden, wo auch zumindestens ein Teil der Eltern und/oder der Geschwister erhöhte Blutdruckwerte [121], manchmal nur unter Provokationsbedingungen nachweisbar, oder auch andere bekanntermaßen der Entwicklung einer arteriellen Hypertonie fördernde Faktoren, wie die *genetisch bedingte Funktionsstörung* des autonomen Nervensystems [153] sowie der Nieren mit den Folgen einer verminderten renalen *Kochsalz*-Ausscheidung, die zu eben dieser Hochdruckgenese beiträgt [24, 90, 153].

5.2.2 **Die Umwelt**

Der Mensch lebt in und von seiner Welt. Lebendige Organismen sind offene Systeme, die in einem ständigen Austausch mit ihrer *Umwelt* stehen [17]. Zunehmend an Zahl und Vielfältigkeit sind die Reize, die aus der *Umwelt* auf den Menschen treffen und von ihm in irgendeiner Form über das autonome Nervensystem verarbeitet werden und dabei irgendwo im Organismus in irgendeinem — meist individuell besonders sensiblen — Funktionskreis ihren faßbaren Niederschlag finden. Der Weg dorthin führt allerdings durch Dunkles. Aber an der Tatsache, daß die Schwere des arteriellen Hochdruckes entscheidend durch die Intensität und Dauer der Einwirkungen exogener *Umwelt*faktoren bestimmt wird, dürfte kein Zweifel bestehen [136].

Zu einem der bekanntesten und von kranken Menschen sicher allzu leichtfertig in Schuld genommenen Reizfaktoren der Umwelt gehören *Klima* und *Wetter*. Gegen sie, die den Frauen stärker zuzusetzen pflegen als den Männern [74, 149], ist der Mensch im 6. Lebensjahrzehnt, einem äußerst labilen und nicht ungefährlichen Lebensabschnitt, am empfindlichsten [71, 259]. Auch im Jahresverlauf (November-Januar und März-April) [117] wie im *Tages-Nachtrhythmus* (später Abend- und früher Nachtstunden) [117] finden sich auffällige Druckspitzen. Starke Barometerschwankungen bringen gesteigerte Blutdruckänderungen. Vorstellbar und verständlich erscheint auch der Einfluß des *Lärms*, der uns allerorten — am stärksten in Großstädten [97] quält und reizt. Trotzdem ist auch sein Wirkungsmechanismus nicht ganz klar. Wahrscheinlich erfolgt durch die akustischen Reize, im übrigen auch durch optische, über das autonome Nervensystem die Auslösung subkortikaler Reflexe mit dem Effekt — neben anderen hämodynamischen Umstellungen — der Blutdrucksteigerung [97]. So hat eine Arbeitsgruppe um v. Eiff [60, 61], die sich seit Jahren mit diesem und ähnlichen Problemen auseinandersetzt, zunächst in einer Fragebogenaktion mit 149 Einzelfragen an 931 Personen festgestellt, daß in verkehrsarmen Gebieten der *Lärm* in 33%, in verkehrsreichen in 65% als Hauptreiz angesprochen wurde, mit ausgesprochener Bevorzugung — im negativen Sinn — des Autolärms.

Dementsprechend war in verkehrsreichen Gebieten die Zahl der Behandlung von Hypertonikern unter den Patienten 22,8%, in verkehrsarmen nur 14,6% ein signifikanter Unterschied. Der Befall wird umso höher, je länger der Aufenthalt in verkehrsreichem Gebiet besteht [60].

Daß auch verstärkte optische Reize auf den Blutdruck nachteilig wirken, wissen wir aus Beobachtungen während des *Fernsehens* und in Räumen mit starken und vor allem in der Intensität wechselnden künstlichen Lichtquellen. Die Augenklinik der Universität Münster hat aufschlußreiche Untersuchungen über den Einfluß künstlicher, flackender *Lichtreize,* wie sie ja heute bei Lichtreklamen, Vorspann von Filmen oder Sendungen im Fernsehen, in Diskotheken und Nachtlokalen üblich und in grotesker Weise überproportioniert sind, auf das *vegetative Nervensystem* an Kriegsblinden (10 völlig Blinde mit Augenprothesen, 23 nur lichtschimmerwahrnehmende) durchgeführt. Eine ausschließliche, etwa 14tägige Kunstbeleuchtung durch mit 50 HZ-Wechselstrom betriebenen Leuchtstoffröhren führte zu einem starken Anstieg zahlreicher Hormone wie das ACTH und *Cortison* im Blut bis auf das Vielfache der Norm [110], von denen wir wissen, daß sie massiv blutdrucksteigernd wirken.

Natürlich ist auch die *Erlebniswelt* des einzelnen, sei es die im Beruf, der Stellung, der Familie — auch bei Ratten — (Abb. 17) in der Gesellschaft (Politik, Ökonomie), von erkennbarem und bei Dauereinwirkung von bleibendem Einfluß. Von 129 befragten Hypertonikern hatten 42% ihr schwerstes, sie beeindruckendes und folgenschweres Erlebnis im Familienbereich und nur 3,4% im Beruf [205], bei Menschen mit normalen Blutdrucken sind die Prozentzahlen eigenartigerweise genau umgekehrt [205].

Mit Blick auf die Persönlichkeitsstruktur des Hypertonikers, bei dem sich hinter einer Fassade äußerlicher Beherrschung wenig Anpassungsfähigkeit [124] findet, ein sensitiver, leicht verwundbarer, beruflich aber ehrgeiziger Charakter [13], sind diese Störungen im Leben einer Gemeinschaft wie die Familie gut vorstellbar. Es gibt sicher noch eine Unzahl uns bis heute unbekannter, oder nicht sicher faßbarer Faktoren der

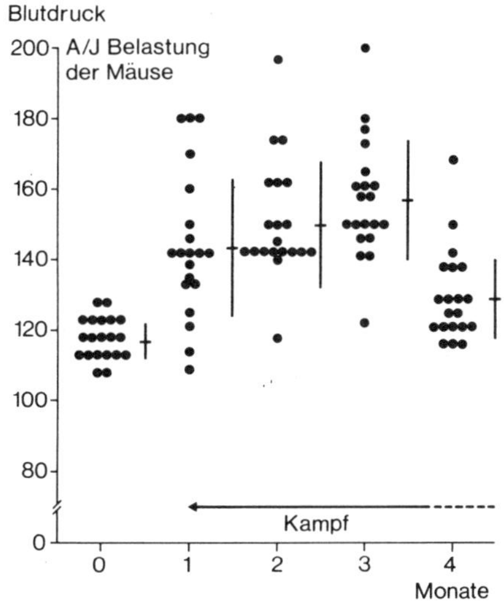

Abb. 17: Blutdruck von 20 männlichen Mäusen während isolierter Aufzucht für 4 Monate (Monat 0) und nach Zusammenbringen mit 10 weiblichen Mäusen. In: I. P. Henry et. al. Physiologiy, Emotion and psychosomatic illness. Ciba Found. Symp. 8. Elsevier. Amsterdam. 1972. Aus: A. W. v. Eiff, Die Bedeutung des Zentralnervensystems und der weiblichen Sexualhormone für die Hypertonie. In: Hypertonie. Risikofaktor in der Angiologie. Herausgegeben v. E. Zeitler.

von der Menschheit verschmutzten oder verseuchten *Umwelt*, die krankheitsauslösend für die arterielle Hypertonie sein können. Erwähnen sollte man als eingehender beforscht das *Cadmium*, das in subtoxischen Dosen (= 2 mg/kg KGW) [229] blutdrucksteigernd wirken soll [233].

Aus seinen Anwendungsbereichen in der Farbenindustrie, bei der PVC-Herstellung sowie durch die Verwendung von Nickel-*Cadmium*-Batterien gelangt es in zunehmendem Ausmaß in den ökologischen Kreislauf und damit auch vermehrt in die Nahrungskette der Menschen [229].

5.2.3 **Der Streß**

Diese nur mehr kursorisch abgewandelte Frage der Umwelteinflüsse auf die Höhe des Blutdruckes führt zwangsläufig zur Einbeziehung eines Begriffs, der heute in aller Munde ist, ohne daß man sich dabei an die ursprüngliche Definition hält: Der *Streß*. Er ist heute alles, was dem menschlichen Körper und seiner Seele schadet. Kaum ein Patient, der nicht in seinem Gespräch mit dem Arzt, sich als „zu gestreßt" — natürlich durch die Arbeit — und dadurch krank definiert. *Streß* ist ein von Selye geschaffener Begriff [238], abgeleitet von dem lateinischen Wort distringere, das soviel bedeutet wie foltern, auseinanderreißen. Er ist der Zustand einer Anpassung des Organismus an eine Belastung oder Bedrohung, also nicht diese selbst, wodurch der bedrohte Mensch seine Abwehrkräfte zu mobilisieren genötigt ist, in dieser drohenden Situation begegnen zu können. Der *Streß* ist also etwas völlig Natürliches, zum Leben Gehöriges — es gibt sogar Beziehungen zwischen Heredität und *Streß* [62] — von dem der Mensch erst nach dem Tod befreit sein wird [94], eine Existenzhilfe, die über einen endokrin-vegetativen Mechanismus, vorwiegend aus der Hypophyse und Nebenniere, geregelt wird. Wenn also Reize aus der *Umwelt* auf den Organismus eintreffen, die nicht mehr verkraftet, abgefangen werden können, dann erleidet die Anpassung des Menschen an seine *Umwelt* einen Einbruch, der quasi zu einer Anpassungskrankheit führt, die das System aus seinen geordneten Regelverhältnissen heraushebt, d. h. vegetatives Nervensystem, hormonaler und durch beide Faktoren gestörter Mineralhaushalt werden dysreguliert und verursachen vielfältige krankhafte Erscheinungen, unter ihnen besonders solche am Herz- und Kreislaufsystem, auch in der Form der arteriellen Hypertonie.

Um die Belalstungsfähigkeit eines Menschen, erst recht aufklärenderweise eines Hypertoniekranken, gegenüber einem Streß zu testen, gibt es zahlreiche Untersuchungen, in denen Hypertoniker solchen künstlich erzeugten, definierten *Stresses* ausgesetzt wurden. In einem Konzentrations-Leistungstest an 10 Studenten und 10 Studentinnen war 5 Minuten nach Testbeginn bereits eine signifikante Erhöhung zahlreicher Kreislaufparameter, unter ihnen auch des Blutdruckes ohne nennenswerte geschlechtsspezifische Muster, aber mit großen individuellen Schwankungen erkennbar [54]. Aus verständlichen Gründen hat man sich auch der Frage gewidmet, ob sogenannte Industriestressoren, wie *Lärm* oder *Akkordarbeit* wichtige Ursachen eines Bluthochdruckes sein können [147]. Die Ergebnisse waren gegenüber dem bisher angenommenen vernichtend. An 3351 Personen eines Fahrzeugbauwerks wurde keine Korrelation dieser Industriestressoren mit dem Blutdruck gefunden [147].

Zwar weisen bei einer Belastung Hypertoniker eine stärkere Blutdruckreaktion auf als Normotoniker, im Zweitversuch aber adaptieren sich Herzfrequenz und systolischer Blutdruck, während bei Normotonikern noch keine Adaption der vegetativen Größen, auch des Blutdruckes, eintritt [195]. Die Hyperreaktivität des Hypertonikers auf emotionalen *Streß* ist im Zweitversuch nicht mehr nachweisbar, sie erschöpft sich schneller, wie ja allgemein die Leistungsreserve des Hypertonikers wegen seiner sympathikotonen (= ergotropen) Ausgangslage deutlich herabgesetzt ist, die ich in meinen umfangreichen Kreislaufanalysen zwar nicht immer, aber doch häufig gefunden habe. Das entspricht auch anderen Angaben in der Literatur: „Insgesamt scheint bis heute nicht gesichert, ob bei Patienten mit essentieller Hypertonie eine Aktivitätserhöhung des sympathischen Nervensystems vorliegt." [206] Wenn man Normotoniker und Hypertoniker mit fortlaufender Addition ein- und zweistelliger Zahlen, also einem Rechentest, und zusätzlich *Lärm* von etwa 88 dB über Kopfhöhrer belastet, so steigen die Blutdruckwerte gegenüber dem vorherigen Endruhewert signifikant höher an [234]. Je stärker ausgeprägt die Hypertonie ist, eine umso deutlichere Streßreagibilität zeigt sich [235].

5.2.4 Die Lebensweise

Der Mensch ist durchaus in der Lage, durch eine unvernünftige *Lebensweise* den Verlauf einer bestehenden Krankheit oder aber auch schon ihre Manifestation bei bestehender Veranlagung nachteilig zu beeinflussen. Am deutlichsten erleben wir solche Verschlechterungen bei der *Zuckerkrankheit*, wenn der Patient in seiner für ihn notwendigen und vom Arzt verordneten Begrenzung bestimmter Nahrungsmittel nicht den Vorschriften gemäß lebt. Für die Hypertonie gilt in entsprechender Weise Ähnliches. Aus den Betrachtungen über die Pathogenese ging hervor, daß das *Kochsalz* auf die Höhe des Blutdruckes einen Einfluß derart hat, daß mit der Zunahme der *Kochsalz*menge der Blutdruck ansteigt. In einer Bevölkerungsgruppe, die im Querschnitt weniger als 5 g *Kochsalz* pro Tag verzehrt, ist die Arterielle Hypertonie sehr selten; bei bereits 10 bis 15 g *Kochsalz*verbrauch pro Tag und Kopf ist deutliche Häufung der Hypertonie zu finden [46, 47]. Freis schätzt die Häufigkeit des Hypertoniebefalls bei einem Salzkonsum bis höchstens 5 g/Tag auf um 80% vermindert [76]. Bei Bestehen oder auch nur schon Verdacht einer Hypertonie wird man die *Kochsalz*aufnahme pro Tag auf eine Menge von 3 bis 5 g reduzieren.

Damit entfällt gleichzeitig ein anderer, den Blutdruckanstieg fördernder kochsalzbedingter Faktor, nämlich die Flüssigkeitsretention im Gewebe. Auch *Körpergewicht* und Blutdruckhöhe haben eine positive Korrelation; ihm wird sogar ein entscheidender Einfluß zugeschrieben, so daß man auf Gewichtskontrolle drängen sollte, um eine Gewichtszunahme zu vermeiden oder bei bestehendem *Übergewicht* eine gleichmäßige, konsequente, aber nicht überstürzte Abnahme durch entsprechende diätetische und im Rahmen des Möglichen physikalische (Trainings-) Maßnahmen zu erzwingen. Im umgekehrten Sinn ist auch aus Beobachtungen während der Blokade und Hungerperiode im 2. Weltkrieg in Leningrad, nicht minder nach dem 2. Weltkrieg auch in Deutschland [224] bekannt, daß — trotz der zweifellos starken seelischen Daueranspannungen — ausgesprochen niedrige Blutdrucke gemessen wurden [36]. Diese Regulation nach unten ist natürlich auch durch ärztlich verordnete befristete Nahrungskarenz zu erreichen [78].

Von ausgesprochen schädlichen Einfluß sind *Zigarettenrauchen* vor allem wenn eine maligne Form der Hypertonie vorliegt [32, 28, 115, 28], das im Kreis der Hypertoniker sowieso übertrieben wird (Abb. 18) und der Genuß von *Alkohol* [32], insbesondere in konzentrierter Form, aber natürlich auch durch die mit diesem Genuß verbundene reichliche Flüssigkeitszufuhr. *Alkoholiker* weisen in einem Untersuchungsgut von 83947 Menschen [135] doppelt so oft einen Hochdruck auf als Nichtalkoholiker [16].

Großzügiger erscheint mir die Möglichkeit des Zugeständnisses von *Kaffee,* es sei denn *Kaffee* wirkt auffallend erregend [32], insbesondere schlafstörend. Ansonsten gilt *Kaffee* als ein gefäßerweiterndes Mittel und damit sicher eher gegen eine Vasokonstriktion als auf sie verstärkend wirkend. So ergaben Untersuchungen an 72000 Angestellten keinen Hinweis für einen eindeutigen Zusammenhang zwischen Kaffeekonsum und Blutdruck bzw. auch kardiovaskulären Komplikationen [23, 48, 218].

Jede zusätzliche Erregung, in welcher Richtung auch immer, wird sich in der Reaktion am Blutdruck bemerkbar machen; das gilt sowohl in der beruflichen Anspannung wie in einer überzogenen pausenlosen Arbeitszeit, wie in der Übernahme von Sonderfunktionen und Ehrenämtern, wozu der Hypertoniker aus seinem Tätigkeitsdrang und Ehrgeiz sich gern bereit erklärt, und schließlich in der vernünftigen Gestaltung der Reisezeit und des Urlaubs, die seinem eigentlichen Zweck auch voll und ganz zugeführt werden sollte.

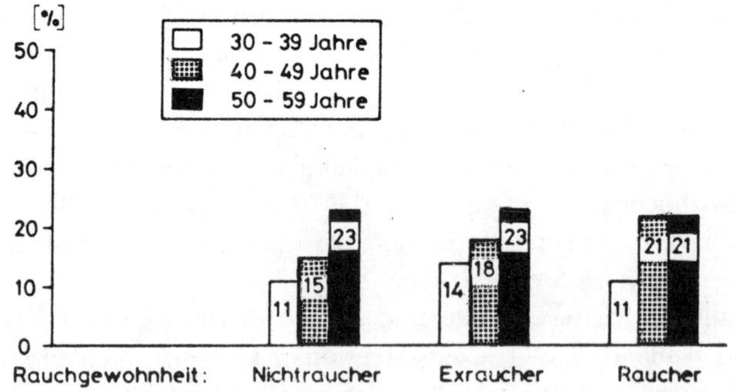

Abb. 18: Hypertonie und Rauchen 30 bis 59 jähriger Männer (WHO Projekt CVD 018 Heidelberg Jan. 80) nach E. Nüssel. Aus G. Schettler, Epidemiologische Fakten als Ausgangspunkt präventiver Zielsetzung. Verh. Dtsch. Ges. inn. Med **86**, 276—285 (1980).

5.2.5 **Andere — zweite — Krankheiten**

Zahlreiche andere Krankheiten sind bevorzugt mit der arteriellen Hypertonie kombiniert, ob als ursächliche oder nachfolgende Erscheinung ist nicht immer ganz klar. Selbst nicht beim *Diabetes mellitus,* der *Zuckerkrankheit,* die als häufigste Kombination einer Zweitkrankheit zu finden ist. So sind bei 60,4% aller Hypertoniker Kohlenhydratstoffwechselstörungen im Sinn eines noch latenten oder schon manifesten Diabetes mellitus beschrieben [14]. Andere nennen für Männer 34,5% und für Frauen 46,6% [133]. Man stellt sich vor, daß entweder durch die Kohlenhydratstoffwechselstörung es zu einer diabetischen Angiopathie [170] mit bevorzugter Beteiligung der Nieren und anschließender Hypertonie kommt, oder wie Michel vermutet, daß die Arteriosklerose des Hypertonikers zu einer chronischen Durchblutungsinsuffizienz der Langerhans'schen Inseln des Pankreas und auf diesem Weg zu einem *Diabetes* führt [191a]. Die unterschiedliche Entwicklungsmöglichkeit der Kombination von arterieller Hypertonie und *Diabetes mellitus* läßt auch deutlich unterschiedliche Formen der Hypertonie erkennen, wobei die renal bedingte, aus der diabetischen Glomerulosklerose hervorgehende häufiger bei jugendlichen, insulinbedürftigen Diabetikern, die andere nach jenseits des 50. Lebensjahres vorkommt und eine unterschiedliche Prognose hat. Jedenfalls verlangt das Vorliegen einer dieser beiden Krankheitsbilder besondere Aufmerksamkeit im Aufspüren der ersten Symptome des anderen durch häufige Kontrollen und Anwendungen von Provokationsmethoden.

Sehr ähnlich, häufig ja sogar kombiniert mit den beiden oben erwähnten Krankheiten, verhält sich das gleichzeitige Befallensein einer Person mit einer arteriellen Hypertonie und *Fettstoffwechsel*störungen; hierbei muß nicht unbedingt auch ein *Übergewicht* zugleich vorliegen, wenn es auch ein beliebtes Begleitbild der Hypertonie ist. Diese *Fettstoffwechsel*störung ist häufig eine Folge zu reichlichen Fettgenusses, werden doch heute im Durchschnitt 130 g Fett pro Tag und Person aufgenommen [7], das normale Verhalten wären 80 g. Da eine *Fettstoffwechsel*störung nicht mit *Übergewicht* verlaufen muß und die erhöhten Cholesterol- und Triglyceridwerte im Blut keine subjektiven Symptome zu verursachen pflegen, gilt auch hier die Forderung für den Hypertoniker einer blutchemischen Kontrolle der Fettwerte, anderenfalls schreiten die Gefäßschäden rapide fort. Auch Funktionsstörungen der Schilddrüse sollten bei einer diagnostizierten arteriellen Hypertonie, wenn sie besonders systolischer Natur ist, in differentialdiagnostische Überlegungen einbezogen werden. Die Überlegungen sind verständlich, denn Schilddrüsenhormone und *Katecholamine* entfalten „ähnliche, eventuell sogar identische Wirkungen auf das Herz" [164].

Bei Patienten mit Hyperthyreose findet man entsprechend den experimentellen Ergebnissen ein großes Schlagvolumen, das in typischer Weise als *Volumenhochdruck* vorwiegend den systolischen Wert in die Höhe treibt und den diastolischen unter Umständen eher niedriger als normal hält. Der hormonell ausgelöste Wirkungsmechanismus ist recht kompliziert und geht wahrscheinlich mit Interferenzen der Schilddrüsenhormone mit dem *Katecholamin*-Rezeptoren einher.

Letztlich ist noch in den haemodynamischen Verhältnissen bei Hyperthyreose ähnliches, aber doch deutlich abzugrenzendes Bild einer erhöhten Volumenleistung des Herzens mit arterieller Hypertonie bekannt, bei dem keine Funktionsentgleisung der Schilddrüse, aber eine beschleunigte Auswurfzeit des Herzens für das erhöhte *Auswurfvolumen* meßbar festgestellt werden kann [84]. Ich selbst habe noch vor Gorlin über erhöhte *Volumenleistungen* des Herzens berichtet, bei denen in der Folgezeit unter genauer haemodynamischer Kontrolle die Entstehung einer arteriellen Hypertonie verfolgt werden konnte [172, 174].

Diese Gruppe von arterieller Hypertonie entspricht auch der später von Freis im Frühstadium des labilen Hochdrucks beschriebenen Form [75].

Das Krankheitsbild ist, wenn im klinischen Routinebetrieb eingehende haemodynamische Untersuchungen unternommen werden, sehr viel häufiger zu finden als allgemein angenommen, auch wenn man, was eigentlich korrekt genannt werden dürfte, an der ursprünglichen Definition Gorlins also ohne gleichzeitiges Bestehen einer Tachykardie, festhält. Der pathogenetische Mechanismus ist auch hier, wie bei vielen Formen der arteriellen Hypertonie, unklar, sehr wahrscheinlich spielt aber eine erhöhte Aktivität des sympathischen Nervensystems keine Rolle [109].

6. Folgen der Hochdruckkrankheit

Die Erhöhung des arteriellen Druckes bleibt, da sie eine eindeutig abnorm ablaufende Regulation im Organismus darstellt, naturgemäß nicht ohne Folgen auf das Gefäßsystem und — meist über diese Veränderungen mittelbar — auch auf andere Organsysteme, in Sonderheit das Herz, das im Sinne einer *hypertensiven Myokardiopathie* von vornherein miterfaßt ist. Man darf deshalb ruhig sagen, daß die essentielle Hypertonie auch eine kardiale Erkrankung ist [154, 250, 278].

Je länger die krankhaften Druckverhältnisse bestehen, je schneller und steiler sie sich entwickeln, umso umfangreicher werden die nachfolgenden oder parallel mit ihr sich entwickelnden Schäden an anderen Organen sein, mit ihnen auch die Zahl der Todesfälle (Abb. 19 und 20).

6.1 Das Herz

Es hat die erhöhte Arbeit zu leisten, um durch Überwindung des erhöhten Druckes die periphere Durchblutung und mit ihr den Stoffwechsel des Gewebes sicher zu stellen. Das fällt dem Herzen nicht schwer, selbst bei Belastung nicht [249], es leistet immer das, was der Stoffwechsel verlangt [212]. Immerhin ergaben sich daraus Folgestö-

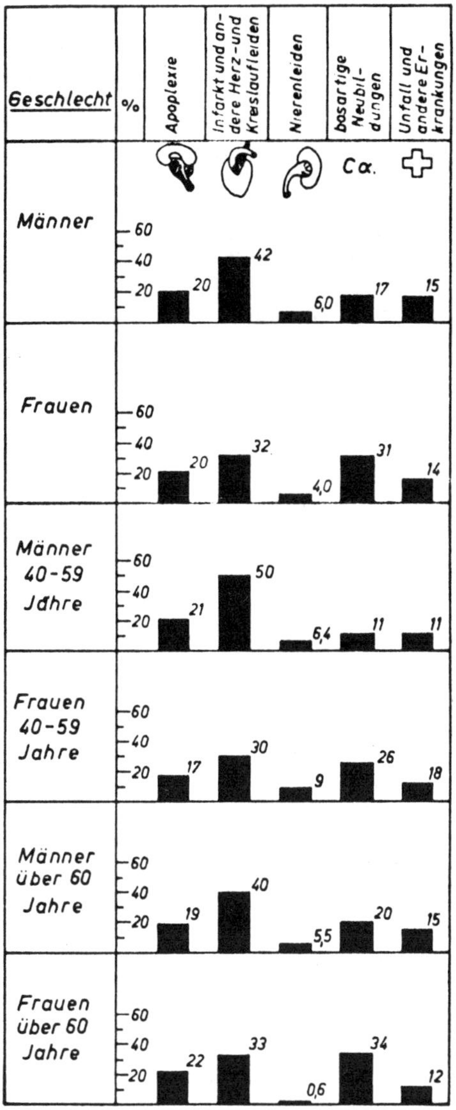

Abb. 19: Todesursachen bei essentieller Hypertonie (1521 Männer und 2808 Frauen). Aus: K. Kühns und O. Brahms. Die Prognose der essentiellen Hypertonie. Kreislauf-Bücherei. Band 20, S. 23, Dr. Dr. Steinkopff Verlag, Darmstadt 1964.

rungen, gleich welcher Art, am Herzen in 80% [240]. Als leistungsbezogenen Ausgleich wird das Herz hypertrophieren, aber nicht sich erweitern und damit insuffizient werden. Diese Wende in der Herzleistung zum Schlechten, zum Nachlassen tritt erst ein, wenn die Herzmuskelfasern aus anderen Gründen (Entzündung, mangelhafte Durchblutung u. a.) zusätzlich geschädigt sind. Deshalb wird dem Hypertonikerherz nicht aus Gründen der Druckerhöhung per se, sondern erst dann *Digitalis* zugeführt

	Alle Blutdruck-Bereiche		Bereich I (90–104 mmHg)	
	Intensiv-therapie	Kontroll-gruppe	Intensiv-therapie	Kontroll-gruppe
Apoplexie	29	52	17	31
Myokardinfarkt	51	69	30	56
Andere ischämische Herzerkrankungen	80	79	56	51
Myokardversagen	5	7	5	5
Andere Hypertonie-bedingte Todes-ursachen	4	7	2	3
Andere kardiovaskuläre Erkrankungen	26	26	12	19
Alle kardiovaskulären Erkrankungen	195	240	122	165
Nierenversagen	15	10	7	5
Diabetes	5	10	4	8
Karzinom	61	74	45	57
(Brustkrebs)	(2)	(5)	(2)	(4)
Gastrointestinale Erkrankungen	11	20	9	15
Bronchial-erkrankungen	13	17	9	10
Infektions-krankheiten	6	3	4	2
Unfälle, Suizide, Morde	26	25	20	17
Andere Todesursachen	17	20	11	12
Alle nicht kardio-vaskulären Krankheiten	154	179	109	126
Gesamtzahl	349	419	231	291

Abb. 20: Zahl der Todesfälle entsprechend den Ursachen in der Intensivtherapie- und in der Kontrollgruppe. Alle Blutdruckbereiche zusammengefaßt und Bereich I (90 bis 104 mm Hg) Aus: S. Heyden, Präventive Kardiologie. Studienreihe Boehringer, Mannheim 1981, S. 27.

werden müssen und dürfen, wenn es erweitert und damit insuffizient wird; das tritt am häufigsten dann ein, wenn eine Erkrankung der Herzkranzgefäße vorliegt [249]. Hier kann viel wertlos und überflüssig verabfolgtes *Digitalis* gespart werden. Diese *Herzinsuffizienz* tritt beim Hypertoniker auch umso eher und bleibender ein, wenn die Hypertonie selbst unbehandelt geblieben ist; diese unbehandelten Fälle erleben 6 mal so häufig eine *Herzinsuffizienz* wie ordnungsgemäß behandelte [104, 105, 107, 126].

Die Sterberate liegt unter diesen Umständen bei 43 % solcher herzinsuffizienter Hypertoniker [251].

Für die Regulation der Herzleistung spielt die „Nachlast“ (= afterload), d. h. der erhöhte *Widerstand* im peripheren Kreislauf und damit sein in ihm herrschender Druck eine wichtige Rolle [181]. Von Vorteil dürfte sein, die Suffizienz/Insuffizienzgrenze so früh als möglich, bzw. auch die dazu führenden anderweitig, wie durch die Hypertonie selbst bedingten Schäden am Herzen zu erkennen. Dazu ist neben der sorgfältigen körperlichen Untersuchung am besten das Elektrokardiogramm mit typischen Veränderungen und das Röntgenbild des Herzens in zwei Ebenen geeignet [231], da der Charakter der antihypertensiven Therapie bzw. die eventuelle notwendige Zusatzbehandlung aus deren Ergebnissen heraus bindende Erkenntnisse erhält [254].

6.2 Das Gefäßsystem

In allen Gefäßbereichen des Körpers zeigen sich Folgen des Hochdruckes, fast ausschließlich in Form der *Arteriosklerose*, die an verschiedenen Stellen unterschiedliche Entwicklungsgeschwindigkeit erlebt.

6.2.1 Die Herzkranzgefäße

Die gängige Komplikation ist die *Koronarsklerose*, die nach katamnestischen Erhebungen an 22000 Sektionsfällen bei arterieller Hypertonie in 50 bis 80%, bei normalen Blutdruckverhältnissen in 5% gefunden wurde [51]. Sie lokalisiert sich im allgemeinen vorwiegend in den distalen, im Muskelgewebe gelegenen Anteilen der Herzkranzgefäße [11a].

Mit ihr kommt die *koronare Herzkrankheit* [4, 217], die — allerdings nach nicht einheitlichen Auffassungen — druckabhängig entstehen soll [228a].

Zu Beginn der Hypertonie und auch der *koronaren Herzkrankheit* macht sich trotz einsetzender Hypertrophie der Herzmuskulatur besonders der linken Herzkammer ein Nachlassen der Durchblutungsgröße des Herzmuskels nicht bemerkbar [163], im Gegenteil ist die Durchblutung der Herzkranzgefäße eher leicht gesteigert, im Mittel etwa um 16%, obwohl der Widerstand in den Herzkranzgefäßen gegen den Blutstrom um 38% angestiegen ist [248]. Dieser wohl kompensierte Zustand bleibt zumindestens so lange bestehen, wie die Hypertrophie des Herzmuskels und mit ihr das *Herzgewicht* die kritische Grenze [66a] von 500 g nicht überschreitet [160, 162]. Mit einer weiteren Zunahme des *Herzgewichts*, d. h. der Hypertrophie als Folge des immer erhöhten Blutdrucks, entsteht ein Defizit in der Blut- und Sauerstoffversorgung des Herzmuskels [260] — O_2-Bedarf im Mittel um 21% erhöht [248] —, da die großen Herzkranzarterien nur bis zum kritischen Herzgewicht mitwachsen [232] und im Zustand der Herzmuskelhypertrophie der innerhalb der Herzkammerwand erhöhte Gewebsdruck die kapilläre Durchströmung besonders der inneren Herzmuskelschichten behindert [230, 150].

Die Sterberate bei dieser mit *koronarer Herzkrankheit* entwicklungsentscheidend verbundenen Hypertonie beträgt etwa 36% [251]. Der Verlauf dieser begleitenden *koronaren Herzkrankheit* bestimmt in vielen Fällen Prognose und Verlauf der Blutdruckkrankheit. Patienten mit normalen Blutdruck erkranken an *koronarer Herzkrankheit* in 6,5%, mit erhöhtem in 12,6% und mit erniedrigtem in 4,5% [237], was nach anderen Untersuchungen nicht besagt, daß eine Abhängigkeit der Häufigkeit, Schwere und Verteilung der stenosierenden *Koronarsklerose* von der Höhe des Blutdrucks zu erkennen sein muß [140].

6.2.2 Die Nierengefäße

Veränderungen, die auf den weiteren Verlauf der Hypertonie von Bedeutung sind und geradezu einen circulus vitiosus heraufbeschwören [277], sind die als Folge der Durchblutungsminderung der Nieren in Gang gesetzten Entgleisungen im *Renin-Angiotensin-Aldosteron-Mechanismus.* Sie sind die Prämissen als Folge ihres pressorischen Charakters zur vermehrten Drucksteigerung und damit einem Verlauf im Sinn einer *malignen Hypertonie.* Die zwangsläufig entstehenden morphologischen Läsionen der Nieren ziehen Funktionsentgleisungen noch anderer Art nach sich, Einschränkung der Harnbildung, mangelhafte Ausscheidungsfähigkeit harnpflichtiger Substanzen, wodurch es zu Vergiftungen im Sinn einer Urämie kommt.

6.2.3 Die Hirngefäße

In den Anfängen häufig wenig bemerkt oder in ihren symptomatischen Äußerungen falsch eingeschätzt und gedeutet sind die Durchblutungsstörungen des Gehirns als Folge der *Zerebralsklerose,* es sei denn sie führen sich in Form eines apoplektischen Insults ein. Im wesentlichen treten diese Durchblutungsstörungen des Gehirns in vier Formen d. h. auch mehr oder minder unterschiedlichen klinischen Bildern auf:

1. als Massenblutung nach Gefäßriß in 20%
2. als embolisch bedingten Hirninfarkt in 13%
3. als thrombotisch, also langsam sich entwickelnder Zellzerfall im Gehirn im Sinne einer Enzephalomalazie in 61,5%
4. als intermittierende, flüchtige und zunächst reversible, in ihrer Häufigkeit nicht abschätzbare Durchblutungsstörung des Gehirns [22, 176], die auch als Gefäßstottern bezeichnet wird.

Anfänglich fallen nur Gedächtnislücken, vielleicht eine gewisse Neigung zu Nörgelei, Gangunsicherheiten, Sehstörungen sehr flüchtigen Charakters, dann aber für den Patienten und seine Umgebung eindrucksvolle Schwindel- und Ohnmachtszustände und schließlich der Verlust aller neuralen Leistungen auf.

6.2.4 Die Gefäße der Gliedmaßen

Eine zunächst schmerzhafte Angelegenheit sind die Durchblutungsstörungen in den unteren Gliedmaßen, die *arterielle Verschlußkrankheit,* für die die arterielle Hypertonie ein entscheidender Promotor in der Ausbildung ist. Der durch die selbst bei gering möglicher Belastung des Gehens schnell einsetzende Sauerstoffmangel der Beinmuskulatur führt zu heftigen Schmerzen und Krampfzuständen besonders der Wadenmuskulatur und mit Zunahme der Hypoxie zu Brand (= Gangraen) und zumeist Verlust der Gliedmaße.

7. Verlauf der Krankheit und ihre Prognose

Im Hinblick auf den *Verlauf der Krankheit und ihrer Prognose* müssen wir, besonders was Spätfolgeaussagen betrifft, zwischen dem Verlauf ordnungsgemäß behandelter und nicht oder unvollkommen behandelter Fälle unterscheiden. Auf jeden Fall gilt als einwandfrei erwiesen, daß der korrekt behandelte Patient mit einer Blutdruckkrankheit sowohl eine bessere und längere Lebenserwartung wie eine deutlich geringere Neigung zum Auftreten von Komplikationen aller Art haben wird (Abb. 21).

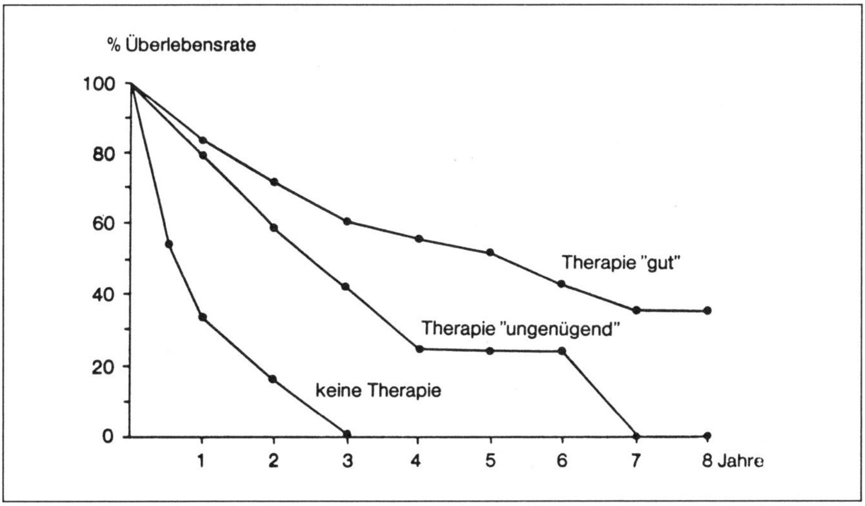

Abb. 21: Überlebensrate von behandelten malignen Hypertonikern in Abhängigkeit von der Qualität der Behandlung. 53 Patienten „gute" Therapie; 20 Patienten „ungenügende" Therapie; 24 Patienten unbehandelt. Nach Hany, A. et. al. Prognose der behandelten malignen Hypertonie. Dtsch. med. Wschr. **90,** 23 (1965).

Es lohnt sich für den Kranken auf jeden Fall so früh als möglich die Behandlung, im wesentlichen zur Senkung des erhöhten Blutdrucks, aufzunehmen und konsequent fortzuführen. Übersichtsmäßig geht aber aus der umfangreichen Studie von Kühns und Brahms hervor, daß die Sterberate der Hypertoniker in den Berufsgruppen Akademiker, leitenden Angestellten und freien Berufe am höchsten (33,2 %), bei Handwerkern, Arbeitern und Landwirten am niedrigsten (19,8 % liegt) [152].

7.1 Einfluß der Form des Hochdrucks auf Verlauf und Prognose

Eine an sich *akzelerierte maligne Hypertonie* hat im allgemeinen eine schlechte *Prognose*, wobei am häufigsten Veränderungen von Seiten der Nieren von Bedeutung sind. Zwischen Blutdruckhöhe und Sterberate besteht eine Korrelation etwa der Aussage, daß bis zu einem systolischen Blutdruck von 170 mm Hg das Doppelte, bei über 200 mm Hg bis auf das Achtfache der Sterberate gegenüber normotensiven Personen zu erwarten ist. Bei der Bewertung des Verlaufs und der Prognose spielt die Höhe des *diastolischen Blutdrucks* eine entscheidendere Rolle als die des *systolischen* (Abb. 22).

Der Verlauf der essentiellen, benignen Hypertonie kann äußerst wechselhaft sein, so daß ihre Dauer zwischen 10 und 50 Jahren schwankt [1].

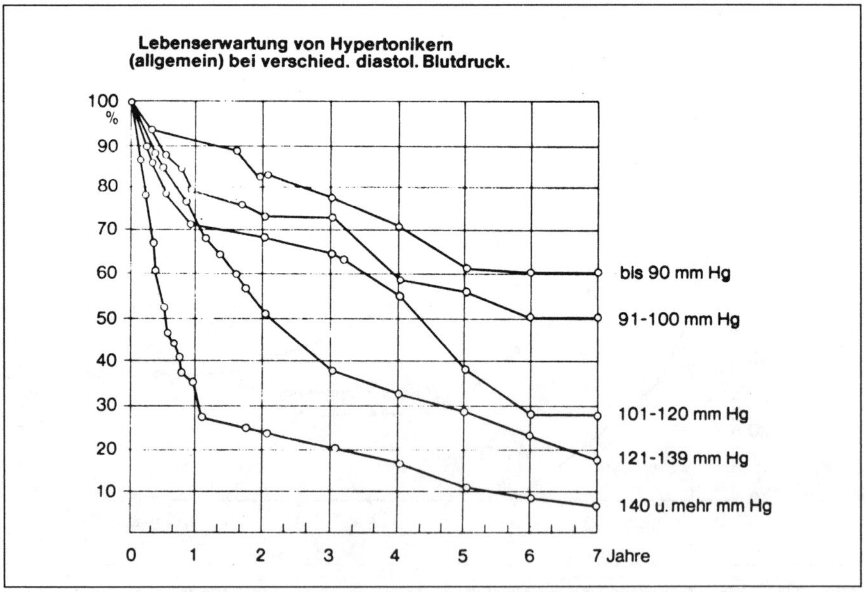

Abb. 22: Mortalität von Hypertonikern bei 5 Gruppen mit verschiedenen diastolischem Blutdruck (Prozentzahlen der nach bestimmter Zeit noch Lebenden) nach Sarre und Lindner [223].

Eine Rolle spielt hier das Auftreten einer Komplikation, die in der Entwicklungsgeschwindigkeit zum Teil von anderen Faktoren, z. B. den Alterungsvorgängen, bestimmt wird. Das gilt vor allem für die Beteiligung der Herzkranzgefäße, d. h. dem Auftreten der *Angina pectoris* oder eines *Herzinfarktes.* Im großen und ganzen sind es die begleitenden Organschäden, die im Gefolge des Hypertonus sich ausbilden oder auch aus anderen Gründen vorliegen und in ihrem Charakter, z. B. degenerative Schäden des Herzmuskels, die Grundkrankheit ungünstig beeinflussen. Ein unkompliziert verlaufendes Krankheitsbild der Blutdruckkrankheit gibt, vorausgesetzt auch einer gut geführten Therapie, keine Veranlassung, einen solchen Menschen aus seinem beruflichen Leben herauszunehmen, wenn man ihm zudem in seiner Lebensführung mit ärztlichem Rat zur Seite steht.

7.2 Einfluß von Zweitkrankheiten und nachgewiesenen Risikofaktoren

Immer wieder erkennbar wird die Tatsache, daß der Verlauf der Blutdruckkrankheit sich verschlechtert, wenn eine zweite Krankheit vorliegt. Das gilt aber auch für eventuell nachgewiesene *Risikofaktoren* (Abb. 23), die ja keine Beschwerden verursachen, deshalb nur dann bekannt werden, wenn sie in der diagnostischen Sicherung vom Arzt

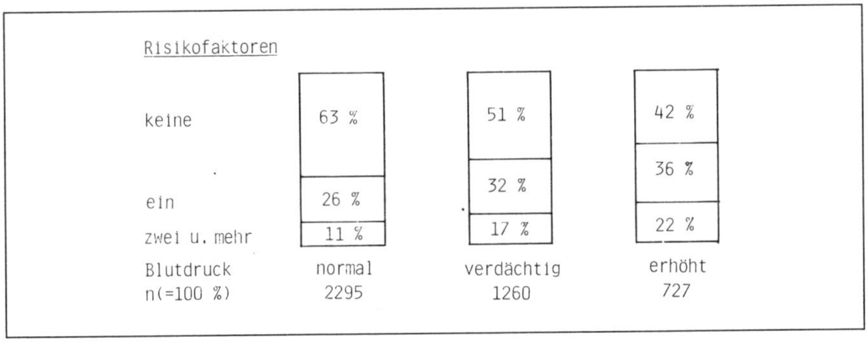

Abb. 23: Risikofaktorenzahl und Blutdruck (Chol. 860, TG > 200, HS > 8,0, BZ > 130) 30 bis 59 jährige Männer (WHO Projekt CVD Heidelberg Jan. 80) nach E. Nüssel, Verh. Dtsch. Ges. inn. Med. **86,** 276—285 (1980).

angesteuert und in den Behandlungsplan einbezogen werden. Hier ist zunächst das *Übergewicht* zu erwähnen; Erfahrung hat gelehrt, daß Gewichtsreduktion zur Blutdrucksenkung führt. Wie bedeutend dieser Faktor für die *Prognose* ist, zeigt die Tatsache, daß die Sterberate der Hypertonie um 74% ansteigt, wenn die Gewichtserhöhung um 25% — kein ausgefallener Prozentsatz — liegt [21]. Auch wenn zunächst bei einem übergewichtigem Menschen kein arterieller Hypertonus vorliegt, sind in hohem Maße (62%) [21] Herz- und Kreislaufkrankheiten zu erwarten [125, 185, 191, 219] bzw. zeigen eine Beschleunigung der Entwicklung. Nicht unbedingt mit einer *Übergewichtigkeit* zusammenfallend, aber nicht minder bedeutungsvoll ist der Risikofaktor *Hyperlipidämie,* der für den Hypertoniker deshalb eher ins Gewicht fällt, weil gegenüber dem normotensiven Menschen mit seinen 8%, der Hypertoniker eine pathologische Fett-Toleranzgrenze von 17% hat [113]. An Hühnern hat man auch festgestellt, daß das frühzeitige Auftreten von *Arteriosklerose,* die ja den Verlauf und die Prognose der arteriellen Hypertonie maßgeblich verschlechtert, offenbar durch den relativ hohen Blutdruck und durch einen im Vergleich zu anderen Tierarten höheren Serumcholesterolspiegel gefördert wird [189]. Welche Fettsorte den bedeutenderen Einfluß hat — Cholesterol, Triglyceride —, wird unterschiedlich beantwortet.

Über die Kohlenhydratstoffwechselstörung, die sich schließlich in einem *Diabetes mellitus* manfestiert, wurde schon im Zusammenhang mit ihr als Zweitkrankheit im Abschnitt 5.5.1 gesprochen. Sie ist, wie dort bereits nachzulesen, ein ganz wesentlicher und energisch zu korrigierender *Risikofaktor.*

Noch eine andere Stoffwechselstörung, die dank des alimentären Wohlstandes erschreckend zugenommen hat, ist für den nachteiligen Einfluß auf die Gefäße und den arteriellen Hochdruck von Bedeutung: die Erhöhung der *Harnsäure* im Blut, die *Hyperurikämie.* Sie verläuft lange Zeit stumm, und ist so — wie die Hyperlipidämie — ein schleichend sich bemerkbar machender *Risikofaktor,* der schließlich und endlich in das Krankheitsbild der Gicht übergehen kann. Im eigentlichen Sinn ist die *Hyperurikämie* eine Allgemeinerkrankung. Die Routinebestimmung des Harnsäurespiegels im Blut ist bei jeder Hypertonie von Nöten und Nutzen, denn die *Hyperurikämie* ist medikamentös leicht und auf Dauer beeinflußbar durch Allopurinol.

Ein kurzes Wort zum *Nikotin*mißbrauch. Abgesehen davon, daß insbesondere mit dem „Genuß" der *Zigarette* ein prinzipiell gesundheitsschädlicher Vorgang abläuft, hat das *Nikotin* auch eine gefäßverengende Wirkung und führt damit zur Einengung der Strombahn, zur Erhöhung ihres *Widerstandes* und weiter zum Anstieg des Blutdrucks. Dieser Ablauf ist während des Rauchens einer *Zigarette* durch laufende Blutdruckkontrolle feststellbar. Die Konsequenz ist klar, muß doch der Raucher bedenken, daß sich bei seinem labilen Gefäßsystem die verengende Wirkung auch und gerade an den Herzkranzgefäßen abspielt mit dem allzu bekannten Ergebnis des *Herzinfarkts* und plötzlichen Herztodes.

7.3 Abhängigkeit des Verlaufs von der Patienten-Compliance

So sehr der Arzt in seiner Persönlichkeit, mit seinem erlernten Wissen und seinen breiten Erfahrungen ein wirklich bedeutender Faktor für den Behandlungserfolg sein dürfte, so ist doch die aktive Beteiligung des kranken Menschen nicht weniger wichtig.

Es ist bekannt, daß ein Patient die selbst schriftlich mitgegebene verordnete Einnahme einer Arznei vergißt, je älter die Menschen umso leichter (89), daß aber andererseits viele aus unterschiedlichen Gründen die Arznei bewußt nicht einnehmen, ja verweigern.

So wurde in einer Allgemeinpraxis die Patienten-Compliance bei einer Langzeitmedikation im Hinblick auf Regelmäßigkeit der Tabletteneinnahme und auf den Informationsstand des Pat. über seine Krankheit geprüft. Den Namen des ihnen verordneten Medikaments wußten nur 47,7 %, das Behandlungsziel allerdings 95,4 %. Je höher die verordnete Tablettenzahl war, umso nachlässiger ihre Einnahme: Bei Gabe von 1 Tablette 50 %, von 2 Tabletten 42 %, von 3 Tabletten 0 % regelmäßige Einnahmen (88). Eine auf die fehlende Mitarbeit des Patienten, seine „Non-*compliance*", ausgerichtete klinische Prüfung ergab, daß 23,8 % der Patienten die verordneten Kapseln gar nicht, 66 % unregelmäßig einnahmen und sich als nicht zuverlässig in der Regelmäßigkeit der Einnahme erwiesen (89), eine fast hundertprozentige *Compliance* in einer klinischen Studie mit Betadrenol fand sich nur ausnahmsweise, in etwa 1 von 50 Patienten (197).

8. Grundsätzliches zur Behandlung der arteriellen Hypertonie

Aus der leider unumstößlichen, auch heute noch unumstößlichen Feststellung, daß dem Arzt die Ursache der arteriellen Hypertonie nicht bekannt ist, müssen wir auch den Gedanken aufgeben, das Krankheitsbild in seiner Ursache bekämpfen zu können und damit zu heilen.

Seine Behandlung wird also symptomatisch bleiben. Aber: sie muß auf jeden Fall erfolgen (99) und sie muß auf Jahre geplant sein. Jede Unterbrechung kann zu Therapieresistenz führen (10). Mortalität und Zeitpunkt des Einsetzens einer antihypertensiven *Therapie* sind bestimmend für die *Prognose* (252).

Es stehen eine Reihe von Medikamentengruppen mit der Aussicht auf eine wirksame Bekämpfung der arteriellen Hypertonie zur Verfügung. Sie sollten stufenweise (120) gezielt eingesetzt werden (102), wobei am besten mit einem natriuretischem *Diuretikum* begonnen wird (57).

Die Kombinationsbehandlung (Abb. 24) hat dann wegen der allgemein niedrigen Dosierung der therapeutischen Einzelelemente den Vorteil der geringeren Befallquote von Nebenwirkungen (239).

Die erfreuliche Folge einer konsequent geführten und vom Patienten energisch mitgetragenen Behandlung ist nicht nur für die Drucksenkung, sondern auch das geringere spätere Auftreten sonst ernster Komplikationen (243), auch der Koronarinsuffizienz (20), weniger des Herzinfarktes (242). Damit wird die immer wieder festgestellte Erkenntnis, daß eine gut behandelte Hypertonie die Lebenserwartung bessert, bestätigt (226).

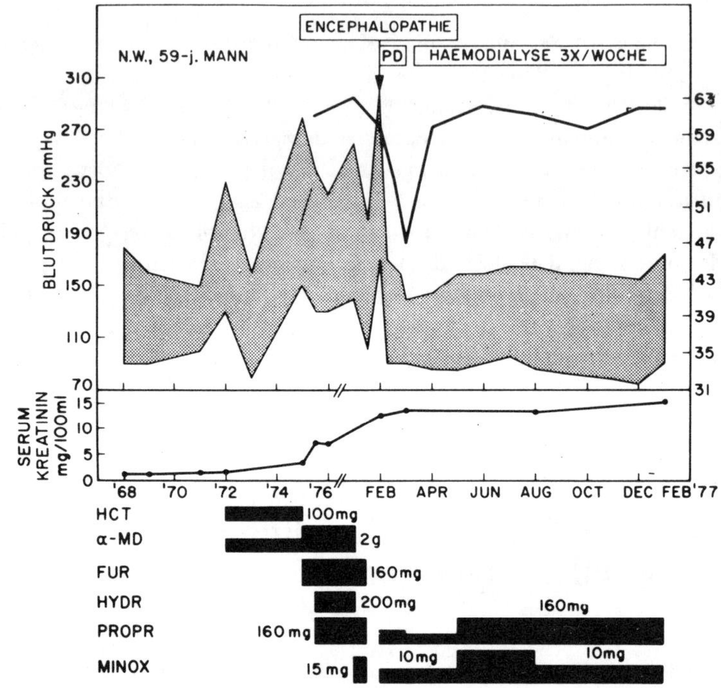

Abb. 24: Effekt von Minoxidil bei einem Patienten mit therapieresistenter maligner Hypertonie und terminaler Niereninsuffizienz infolge Nephrosklerose. Aus: P. Weidmann u. G. Keusch. Behandlung des ,,therapieresistenten Hochdrucks. Verh. Dtsch. Ges. Kreislaufforsch. 43, 120—131 (1977).

9. Schlußbemerkung

Wie alle bisherigen Übersichten dieses Themas muß auch die hier gegebene leider zeigen, welch ungelöstes Problem das Krankheitsbild der arteriellen Hypertonie in seiner ätiologischen und trotz zunehmender Transparenz auch pathogenetischen Erkenntnis und damit naturgemäß seinen therapeutischen Möglichkeiten darstellt.

Arterielle Hypotonie

1. Einleitung und Definition

Zwischen den Krankheitsbildern einer arteriellen Hypertonie, im wesentlichen ihrer essentiellen Form, und dem Krankheitsbild der arteriellen Hypotonie besteht insofern Ähnlichkeit, als beide Formen Ausdruck einer Regulationsstörung der Blutdruckverhältnisse sind, nur mit dem Unterschied der jeweiligen Regulationsrichtungsstörung, d. h. in einem Fall wird in die erhöhten, im anderen in die erniedrigten Druckwerte ausgeglitten. „Was dort zu viel war, ist hier zu wenig.“ [11a] Beiden ist gemeinsam eine Störung der Grundstimmung [34]. Die Richtung des krankhaften Ausschlages ist vorher kaum bestimmbar, insbesondere deshalb nicht, weil genetische oder dispositionelle Faktoren in der Entstehung der arteriellen Hypotonie von vordergründiger Bedeutung sind.

Eine *arterielle Hypotonie* darf angenommen werden, wenn der *systolische Blutdruck* bei einem erwachsenen Menschen unter 100 mm Hg und der *diastolische*, der allerdings eine geringere Rolle in diesem Zusammenhang spielt [15], entsprechend (unter 55—70 mm Hg) gesenkt ist [41]. Wie überall in der Medizin ist die Angabe einer genauen Zahlengrenze für eine derartige Definition kaum möglich. Andere meist individuell bedingte Faktoren sind für die Manifestation dieses Krankheitsbildes arterieller Hypotonie entscheidender.

2. Akute Hypotension

Von der in der täglichen Praxis häufig dem Arzt begegnenden chronischen Form der arteriellen Hypotonie sind die zahlreichen Varianten des akuten mit Blutdrucksenkung einhergehenden Ereignisses seltener. Sie stellen sich im Rahmen von *Notfallssituationen* ein, die mit Kollapsen, Ohnmachten und Schockzuständen verlaufen. Nach einer notdürftigen Versorgung durch den praktischen Arzt bedürfen sie einer klinischen Behandlung.

2.1 Hypotension bei Blut- und/oder Flüssigkeitsverlust

Eine häufige Ursache plötzlichen, jedenfalls schnell ablaufenden Blutdruckabfalls ist die *Abnahme der zirkulierenden Blutmenge* durch große Blut- oder Flüssigkeitsverluste. Der Abfall kann auftreten bei Magenblutungen aus Geschwüren, bei Speiseröhrenblutungen aus dort vorhandenen Venenerweiterungen (Ösophagusvarizen), bei Darmblutungen, selten bei Blutungen aus den Nieren zum Beispiel bei Tumoren. Natürlich können auch *Blutverluste* bei Gerinnungsstörungen (z. B. Hämophilie) eine akute Hypotension mit Ohnmacht und Kollaps herbeiführen. Da der Flüssigkeitsanteil des Blutkreislaufes aus dem Gewebewasser gleichmäßig aufgefüllt wird, führt auch rapider Flüssigkeitsverlust, im wesentlichen aus dem Darm bei Durchfallserkrankungen oder aus dem Magen nach anhaltendem Erbrechen aber auch nach ausgedehnten Gewebezertrümmerungen zum Kollaps mit Blutdruckabfall. Die Beseitigung dieses Zustandes gelingt in den meisten Fällen durch Abdichtung der Blutungsquelle, meist operativ, und Auffüllung der Strombahn durch intravenöse Verabreichung großer, aber langsam zugeführter Flüssigkeitsmengen.

2.2 Hypotension bei akuten Herz-Kreislaufattacken

Der plötzliche Verschluß eines Herzkranzgefäßes mit den Folgen eines *Herzinfarktes* führt zu einschneidenden reflektorischen Umstellungen des gesamten Zirkulationsapparates, nicht immer etwa in dem Sinne einer *Herzinsuffizienz*, wenngleich es im allgemeinen zu einem Abfall des *Herzzeitvolumens* aus verschiedenen Ursachen zu kommen pflegt [31]. Die Herzinsuffizienz kommt meist erst später und in nur 24% einer daraufhin untersuchten Herzinfarktserie [40]. Nach kurzer Erhöhung des Blutdruckes im Zusammenhang offensichtlich mit der Erregung durch das Erlebnis des Anfalles setzt mit dem Bezold-Jarisch-Reflex, einem koronaren *Chemoreflex*, dessen Rezeptoren vorwiegend im linken Ventrikel lokalisiert sind [28], ein Kollaps mit Bradykardie und Blutdruckabfall ein, ein Zustandsbild, das ohne Intensivstationsbehandlung allermeist zum Tode führt. Ähnliche Zustände gibt es bei Myokardinfarkt in etwas protrahierter verlaufender Form mit Verringerung der aktiven, *zirkulierenden Blutmenge* [40, 39, 42], die nicht ohne nachteilige Folgen auf andere, lebenswichtige Organe bleiben, vor allem Hirn- und Nierenschädigung mit sich bringen [38]. Je älter die befallenen Menschen, umso mehr sind sie in diesem Zustand infolge eingeschränkter Reaktionsfähigkeit gefährdet.

Wenn sich solche Gefäßverschlüsse, insbesondere in Form von *Embolien*, auch in anderen Gefäßprovinzen, Lungen- oder Mesenterialkreislauf, ereignen, kommt es zu Kollapszuständen mit Bewußtseinstrübung oder -verlust, Schweißausbruch, Verringerung der *Herzauswurfmenge* und kräftigem Abfalls des *systolischen Blutdrucks*, selbst bei kleinen anderweitig nur durch sehr komplizierte Untersuchungsverfahren feststellbaren Lungenembolien [18].

2.3 Hypotension bei Herabsetzung des Herzauswurfvolumens

Ein schnelles Einsetzen eines solchen Vorganges führt, z. B. bei Ergüssen oder Blutungen in den Herzbeutel mit der Folge der sogenannten Herztamponade oder bei fast aufgehobener Herzwandbewegung, wenn die Muskulatur der Herzkammer flimmert und damit die im Herzen vorhandene Blutmenge gar nicht in Bewegung und aus dem Herzen gebracht werden kann, zu plötzlicher Blutleere in der Peripherie, besser im Gehirn, und damit wieder zum Kollaps und Bewußtseinsverlust. Gleiche Entwicklung stellt sich bei hochgradiger *Herzschlagverlangsamung* — unter 30 Schlägen pro Minute — im Sinne eines *Adam-Stoke'schen Anfalls* ebenfalls mit Bewußtseinsverlust ein, dessen Dauer und naturgemäß auch die Schäden am Gehirn unterschiedlich sein können und von der Möglichkeit einer Wiederankurbelung der Herzschlagfolge z. B. durch elektrische Stimulation oder *Schrittmacher* abhängen.

2.4 Hypotension als Folge allergisch-hyperergischer Reaktionen

Besonders in Form eines sogenannten *anaphylaktischen Schocks* mit seinem kurzzeitigen, gerafften Ablauf und den ausgeprägten Veränderungen so gut wie immer an den Gefäßen, auch denen im Herzkranz, kommt es zu lebensbedrohlichen Zusammenbrüchen des Kreislaufs mit *akuter Hypotension* und Absacken der zirkulierenden Blutmenge in Nebenkreisläufe. Antihistaminika, Nebennierenrindenpräparate und das ACTH beseitigen unter Zuhilfenahme langsam gesteuerter Flüssigkeitszufuhr den Zustand.

2.5 Hypotension bei hochfieberhaften Infekten

Diese Erscheinungen gleichen sehr den im vorigen Abschnitt besprochenen, sie ereignen sich bei *hochfieberhaften Infektionen* [2, 3, 4, 19, 20, 21], wobei die Umstellung des Wärmehaushaltes, die hochgradige Erweiterung und spätere Verengung der Hautgefäße zu schwankenden Veränderungen der Haemodynamik mit oft akut einsetzendem Blutdruckabfall führen; hinzu kommen toxische Prozesse aus Erregern der Infektion auf die vasomotorischen Zentren und Gewebszerfall, die zusätzlich verstärkend in die Schocksituation führen. Wenn sich dann zu dem fieberhaften Prozeß als Symptom massiver Durchfall hinzugesellt, sind der Kreislauf und die Stabilität des Blutdrucks doppelt gefährdet, und der Patient bietet das Bild einer „*vita minima*" [7]. Diese Zustände, die uns in der Zeit vor der möglichen Anwendung wirksamer Antibiotika viel Sorge bereiteten und therapeutisch kaum zu beherrschen waren, sind heute selten.

2.6 Hypotension bei Vergiftungen

Schließlich gibt es *Vergiftungen* — an sich ist der Zustand bei einer Infektion auch eine Vergiftung —, die unter den Erscheinungen starker Flüssigkeitsverluste, vorwiegend durch Erbrechen und Durchfall, zu Kreislaufversagen mit akuter Hypotension führen. Bekannt sind Arsen-, Kupfersulfat-, Blei-, Phosphor- und Quecksilbervergiftungen, die häufig eine allgemeine Austrocknung *(Exsikkose)* des Organismus mit Blutdruckwerten von 70/50 mm Hg bei Herzfrequenzen von 120 und mehr Schlägen pro Minute gemessen werden [9].

Es wären noch zahlreiche andere Ursachenmöglichkeiten einer akuten Hypotension anzuführen wie etwa die *Narkose*, die heute im Bereich der Anaesthesie jedoch fortlaufend überwacht und im Bedarfsfall sofort therapeutisch reguliert werden kann. Der Zustand solcher Hypotensionsformen bedarf einer differenzierten Klärung, da der niedrige Blutdruck nur ein Symptom darstellt, andere haemodynamische und metabolische Parameter sehr unterschiedlich abweichen können, um eine gezielte, erfolgversprechende Therapie durchführen zu können.

3. Die chronische arterielle Hypotonie

3.1 Definition, Formen, Krankheitswert

Bis auf seltene Ausnahmen sind, abgesehen von einer in dem Notfallbereich liegenden Erstversorgung durch den praktischen Arzt, diese Krankheitszustände akuter Hypotension Erlebnisse der Klinik und damit ihrer Therapie zugehörig. Ganz anders verhält es sich mit der *chronischen Form der arteriellen Hypotonie*, insbesondere der als essentiell bezeichneten. Wie für die arterielle Hypertonie gibt es auch für die chronische arterielle Drucksenkung Formen mit bekannter und solche mit unbekannter Ursache, denen beiden eine Verschiebung der prozentrialen Verteilung der Blutmenge im Körper, wie in Abb. 25 für normale Verhältnisse dargestellt, zugrunde liegt. Es lassen sich also manche Parallelen zu dem im ersten Kapitel Besprochenen ziehen. Beschwerdebild und klinischer Befund können bei der chronischen arteriellen Hypotonie durchaus dürftig sein, jedenfalls selten gravierend, wenn auch für den Patienten lästig, da sie insbesondere die Leistungsfähigkeit und den Antrieb hemmend beeinflussen. Es besteht zwischen Beschwerdeumfang und nachzuweisenden bzw. nachgewiesenen körperlichen Abweichungen eine Diskrepanz, die bei dem Patienten, der viel Beschwerden verspürt und nur dürftige Untersuchungsergebnisse vom Arzt erfährt, Unzufriedenheit, Verdacht auf eine unterwertige Einschätzung seines Krankheitszustandes, unter Umständen auch Mißtrauen auslöst.

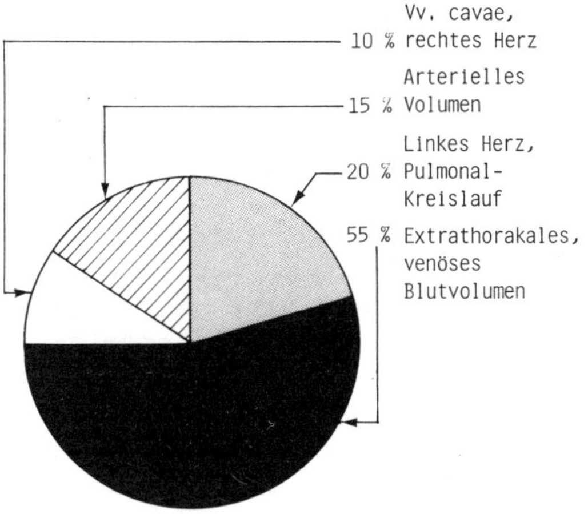

Abb. 25: Prozentuale Verteilung der Blutmenge im Körper. Gesamtvolumen 100%. Aus: H. Rieckert, Orthostasesyndrom, Kurzmonographie Sandoz, Sandoz AG, 1972, S. 11.

3.2 Hypotensionen bekannter Ursache, Sekundäre Hypotension

Wie die sekundäre Hypertonie ist auch die sekundäre Hypotonie ein Symptom, das aus einer anderen Grundkrankheit bedingt ist. Diese Grundkrankheit bestimmt auch den Weg der ärztlichen Behandlung, die mit erfolgreicher Beseitigung des Grundübels auch das Symptom der arteriellen Hypotonie zu beseitigen pflegt.

3.2.1 Kardiovaskulär bedingte Hypotension

Unter diese Rubrik fallen die Formen, bei denen eine zumeist langsam sich entwickelnde Verringerung der *Herzauswurfmenge* die Hypotonie bedingt. Es sind vielfach angeborene, aber auch erworbene *Herzfehler* (Aortenstenosen, Mitralstenosen, Mißbildungen, bes. am Aortenbogen, oder obstruktive Kardiomyopathien, das sind systolische Obstruktionen des Herzkammerausflußweges u. v. a.), in deren Gefolge durch das niedrige Schlagvolumen und die mühevolle Austreibung dieses Schlagvolumens aus dem Herzen der erniedrigte Blutdruck zustandekommt. Darunter leiden zahlreiche Organe, insbesondere das Gehirn, wodurch Schwindel, Sehstörungen, Konzentrationsschwäche, schnelle Ermüdbarkeit, zunehmender Leistungsverfall, auftreten, Erscheinungen, die bei den Kranken häufig Resignation auslösen.

Kardiovaskulär bedingt sind auch niedrige Blutdruckwerte bei ausgedehnten *Krampfaderleiden* der unteren Gliedmaßen (*Varikose* nach Thrombose), in deren weitem Flußbett sich größere Blutmengen ablagern, in ungenügender Menge zum Herzen transportiert und damit auch nicht ausreichend ausgeworfen werden.

3.2.2 Hypovolämisch bedingte Hypotension

Auch in chronischer Form kann auf diese Weise eine arterielle Hypotension entstehen. Nicht immer muß es eine akute heftige Blutung sein, die zum Blutdruckabfall über den Flüssigkeitsverlust führt, auch über Wochen und Monate laufende, häufig nicht erkennbare, nicht faßbare sogenannte *Sickerblutungen* zumeist aus dem Magen-Darmkanal (chronische Geschwüre, Polypen, Schleimhauterosionen) lassen infolge verringerter *zirkulierender Blutmenge* den Blutdruck allmählich abfallen und sich nicht wieder erholen. Die Beschwerden sind so gut wie immer die gleichen, ein Hinweis auf die Grundkrankheit kann durchaus lange Zeit fehlen und so die Ursachenfindung erschweren.

3.2.3 Endokrine Hypotonie

In die Druckregulation des arteriellen Blutdruckes zum Zwecke der Aufrechterhaltung normaler Werte greifen auch die Hormone innersekretorischer Drüsen, bei deren mangelhafter oder dysregulierter Funktion es zum Abfall der Blutdruckwerte kommt. Das gilt besonders für die Störungen der *Nebennierenrindenfunktion* beim Krankheitsbild des Morbus Addison, einer Insuffizienz der Nebennierenrinde, die durch chronisch entzündliche Vorgänge meist tuberkulöser Art im Nebennierengewebe, eine sehr schleichend und lange vor der endgültigen Diagnosenstellung sich entwickelnde Krankheit, aber auch „idiopathisch" wohl im Sinne eines autoimmunen Mechanismus ausgelöst werden kann. Diese Patienten haben auch andere Minimalwerte als die des Blutdruckes, so des Körpergewichts, des Blutzuckers, des Natriumhaushalts.

3.2.4 Hypotension durch Medikamente

Leider viel zu wenig beachtet sind die Blutdrucksenkungen durch *Medikamente,* nicht nur diejenigen die als Antihypertensiva bei arteriellem Hochdruck verordnet, eingenommen werden und dabei auch einmal überschießend wirken können. Individuell unangepaßte — aus vielerlei Gründen unangepaßte — Dosierungen führen den Blutdruckabfall herbei. Auch andere Medikamente, die eine mit einer Blutdruckwirkung gar nicht zusammenhängende und darauf gerichtete Indikation besitzen, können direkt oder auf Umwegen Blutdrucksenkungen herbeiführen: Neuroleptika wie Phenotiazine, Narkotika, Antikonvulsive wie L-Dopa, auch Antidepressiva etwa Monooxidasehemmer, auch Lithiumsalze und nicht zu vergessen perorale Antidiabetika über eine zu schnell entwickelte und protrahierte *Hypoglykämie.*

Alle diese arteriellen Hypotensionen bekannter Ursache lassen sich im allgemeinen durch die entsprechenden Maßnahmen schnell und vollständig beseitigen.

3.3 Das Orthostasesyndrom

Es ist eine besondere Form der arteriellen Hypotension und entspricht der *postural hypotension* des angloamerikanischen Schrifttums. Infolge der Schwerkraftenergie, d. h. des hydrostatischen Druckes, herrschen bei unterschiedlicher Körperhaltung auch im Kreislaufsystem unterschiedliche Drucke. Diese können sich vor allem beim Aufrichten aus einer liegenden Position nachteilig bemerkbar machen, wenn die im Körper eingerichteten Gegenregulationen, die den Druckabfall beim Übergang vom Liegen zum Stehen, besonders wenn er schnell vor sich geht, auffangen sollen, nicht mehr funktionieren und nicht in der Lage sind, auf den neuen Status einzustellen. Das tritt im Alter mit zunehmender Sklerose der Strombahn umso häufiger — bei 24 bis 25% der mehr als 65jährigen Patienten — ein [16]. Eine zentrale Rolle spielt hierbei das Venensystem der unteren Körperhälfte, insbesondere der unteren Gliedmaßen; im allgemeinen wird es als das *kaudale Venensystem* bezeichnet. In diesem System erhöht sich durch die *orthostatische Belastung*, also das Aufrichten des Körpers, der Druck in den Venen, die infolge ihrer großen Elastizität diesem Druck nachgeben, sich erweitern und mit Blut, etwa 200—500 ml, ja bis 700 ml [16] anfüllen, das sie damit der Zirkulation entziehen. Der gedrosselte Rückfluß aus den Venen zum rechten Herzen erniedrigt das *Herzauswurfvolumen* und damit den Blutdruck [12, 13]. In gewisser Weise vermag ein stärkerer Tonus der Venen das Versacken des Blutvolumens in die Beinvenen auszugleichen, was durch eine Aktivierung der *Alpha-Rezeptoren* gelingt [1, 22, 26, 32].

Wenn in einem normalregulierten Kreislauf der Ausgleich der orthostatisch bedingten Verschiebungen in der Hämodynamik aufgefangen wird, bzw. erhalten bleibt, so ergeben sich für die Möglichkeit einer Fehlregulation unterschiedliche Verhaltensweisen, die durch bestimmte Untersuchungsverfahren differenziert herausgearbeitet werden können. Solche Methoden sind u. a.:

1. *Hocktest* nach Brecht und Barbey. Dieser einfach zu handhabende Test hat recht hohen Informationswert, wenn man über ein EKG-Gerät neben dem Elektrokardiogramm die Pulskurve registriert, man kann dazu an die Arteria temporalis, den Daumenpuls aber auch jede andere Arterie die Pulskapsel anschließen. Läßt man den Patienten, dem man ein *Orthostasesyndrom* zutraut, etwa 3 Minuten in der tiefen Hockstellung verharren, so werden die Arterien in den Kniekehlen abgeklemmt und die peripherwärts in den Beinen lagernden Gefäßabschnitte erweitern sich. Steht der Patient dann blitzartig auf, so schießt das Blut in die erweiterten Beingefäße und provoziert die Auslösung eines *Orthostasesyndroms*, das sich zudem an charakteristischen Veränderung der Pulskurve zu erkennen gibt.

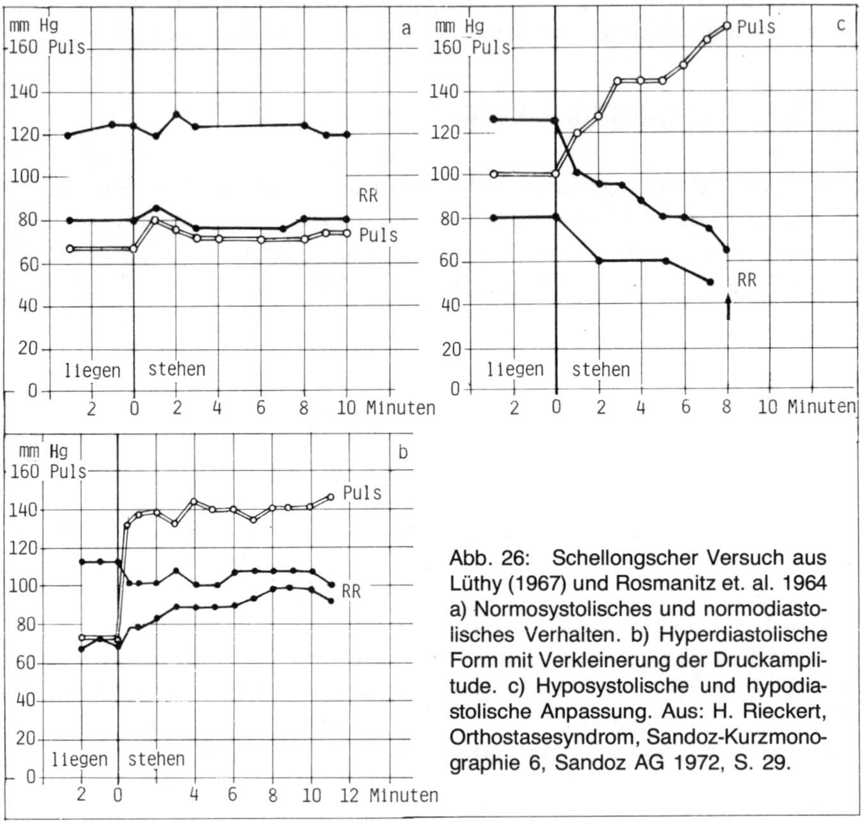

Abb. 26: Schellongscher Versuch aus Lüthy (1967) und Rosmanitz et. al. 1964 a) Normosystolisches und normodiastolisches Verhalten. b) Hyperdiastolische Form mit Verkleinerung der Druckamplitude. c) Hyposystolische und hypodiastolische Anpassung. Aus: H. Rieckert, Orthostasesyndrom, Sandoz-Kurzmonographie 6, Sandoz AG 1972, S. 29.

2. *Schellong'scher Versuch.* Dieser schon 1938 von Schellong beschriebene Versuch [29] gilt trotz mancher inzwischen erfahrener Abweichungen [5, 6, 30] noch immer in seinen Grundzügen. Ich glaube, daß jeder Arzt, besonders was die zeitliche Anordnung des Versuchs betrifft, nach seinen Erfahrungen modifiziert. Ich lasse den Patienten — an EKG und Pulskurve geschaltet — in Ruhe liegen, bis sich der steady state eingestellt hat. Die letzten in diesem steady state gemessenen Werte von Blutdruck und Herzfrequenz gelten dann als Ausgangssituation. Anschließend werden Blutdruck und Herzfrequenz im Stehen unmittelbar nach dem Aufstehen und weiter in einminütigen Abständen über 10 Minuten Dauer registriert. Am Ende des Versuchs legt sich der Patient wieder hin. Dann können sich als richtungsweisende Ergebnisse folgende Kurven zeigen (Abb. 26):

1. Leichter Anstieg des *systolischen* und Abfall des *diastolischen Blutdrucks,* geringer Anstieg der Pulsfrequenz zwischen 10 und 20 Herzschlägen pro Minute = normale Regulation.

2. Deutlicher Abfall des *systolischen* und Anstieg des *diastolischen Blutdrucks,* so daß es zu einer Verkleinerung der Blutdruckamplitude kommt, mit sofortigem steilem Anstieg der Herzschlagfolge, sehr unangenehme und unter Umständen sogar gefährliche Form.
3. Deutlicher Abfall des *systolischen* und *diastolischen Blutdruckes* mit allmählicher aber doch deutlicher Zunahme der Pulsfrequenz. Darüberhinaus gibt es noch andere Varianten. Auf diese Weise erhält man einen Einblick in die Kreislaufsituation zur Zeit der Untersuchung, wenn auch die „Quantifizierung orthostatischer Kreislaufstörungen" [25] schwierig bleiben dürfte. Dennoch wird der hohe Objektivitätsgrad der Methode gerade bei der Beurteilung von Therapieerfolgen immer wieder gelobt [35]. Dieser Zeitpunkt der Untersuchung ist nicht ohne Bedeutung und sollte in Datum und Uhrzeit stets angegeben sein, da dieser Versuch in seinen Regulationsmechanismen einer Tagesperiodik unterliegt [14, 36, 37].

3.4 Die essentielle Hypotension

Sie ist zweifellos ein konstitutionelles Problem, von dem man nicht sicher weiß, ist es Krankheit, ist es Symptom [33]? Je weiter man in die moderne medizinische Literatur eindringt, umso mehr muß man zur Kenntnis nehmen, daß die *essentielle Hypotension* als Krankheit verschwunden ist und irgendwelchen anderen, meist allerdings auch nicht besser definierten und transparenten Krankheitsbildern als Begleitsymptom zugeordnet ist. Diese Beurteilung erscheint mir zu vereinfacht, und wie bei der essentiellen Hypertonie kommen wir auch bei der *essentiellen Hypotonie* im Verständnis weiter, wenn wir die Störungen der *Regelmechanismen* in der Erkenntnis zugrunde zu legen versuchen. Ein niedriger Blutdruck an sich ist keineswegs ein Beweis für eine hypotone Kreislaufstörung. Ausführliche hämodynamische Studien haben erkennen lassen, daß bei beschwerdelosen und symptomfreien Hypotonikern die Kreislaufregulation normal ist [8]. Diese Hypotoniker erscheinen und fühlen sich gesund. Aber der an der unteren Grenze gelegene Durchschnittswert dieser Menschen wird bei jeder Provokation, die mit einer weiteren Blutdrucksenkung zur kritischen Grenze hin einhergeht, schneller zur Manifestaton einer *hypotonen Regulationsstörung* und damit dem Krankheitsbild der *essentiellen Hypotonie* führen.

Ob eine solche weitere Senkung des Blutdrucks durch Provokation möglich wird und nicht entsprechende Regulationsmechanismen auch in solch niedriger Blutdrucklage noch zur Kompensation und Aufrechterhaltung eines beschwerde- und symptomlosen Zustandes fähig sind, kann wieder nur durch Belastungen und Tests, wie sie beim *Orthostasesyndrom* besprochen sind (Abschnitt 3.3), erwiesen werden. „Eine arterielle Hypotonoie wird erst dann zu einem medizinischen Problem, wenn infolge des niedrigen Blutdrucks unter gewissen *Streß*situationen (z. B. beim Aufrechtstehen) Symptome einer verminderten Durchblutung lebenswichtiger Organe, wie z. B. des Gehirns auftreten [36]. Aus seiner Minderdurchblutung entstehen die meisten und wohl auch am frühesten bemerkbaren Symptome. Die Krankheit *essentielle Hypotonie* ist aber auch ein „volkswirtschaftliches“ Problem, eine „Zwei-Milliarden-Bagatelle“ [19], wenn man diesen Ausführung folgen darf, daß die jährliche Belastung der Volkswirtschaft in der Bundesrepublik aufgrund der Hypotonie wegen

1. Arbeitsunfähigkeit ca.	1518 Millionen DM
2. Berufs- und Erwerbsunfähigkeit ca.	35 Millionen DM
3. Krankenhausbehandlung ca.	167 Millionen DM
4. Kuren ca.	27 Millionen DM
5. Arzneimitteltherapie ca.	380 Millionen DM
6. Ambulant-ärztliche Versorgung ca.	57 Millionen DM
Summe	2184 Millionen DM

beträgt.

3.5 Erscheinungsbild der arteriellen Hypotonie

Die ersten Beschwerden sind zumeist allgemeiner Natur, tragen oft keinen Charakter, der auf eine Störung im Kreislaufsystem hinzuweisen scheint, wie körperlicher Leistungsmangel, Schwäche, Antriebslosigkeit, Müdigkeit und ähnliches mehr. Die gleichen Beschwerden kommen z. B. bei Eisenmangel, Nebenniereninsuffizienz, chronischen hypoglykämischen Zuständen, in der Rekonvaleszenz nach Infekten vor, so daß, um das Krankheitsbild zu klären, eine breite diagnostische Suche unternommen werden muß. Ein Gefühl der Leere im Kopf, Neigung zu Schwindel und Ohnmacht, Frösteln, Kopfschmerzen, flüchtige Sehstörungen, ein wenig Beklemmung in der Herzgegend mit der Neigung zu Seufzeratmen weisen dann auf den Kreislauf hin. Der Hypotoniker ist eher ein Abendmensch, wenn auch ohne große Ausdauer, *Alkohol* und *Nikotin* in größeren Mengen setzen ihm unverhältnismäßig zu.

Dies sind Erkenntnisse aus persönlichen ärztlichen Erfahrungen bei dieser Gruppe von Patienten. In der heutigen Literatur, auch der der Lehrbücher, finden sich kaum noch eindrucksvolle Beschreibungen, bedauerlicherweise die letzte bei Martini und Pierach aus dem Jahre 1926 [23] und im Lehrbuch der Krankheiten des Herzens und der Blutstrombahn von Fritz Lange [17]. Die befallenen Personen, mehr Frauen und Männer, häufig die Altersgruppe zwischen 20 und 35 Jahren, klagen sehr viel und mit Penetranz, fühlen sich dabei häufig zu unrecht beurteilt, weil der Arzt keine festen, ihn beeindruckenden Symptome bei seiner Untersuchung findet, zumal wenn der Blutdruck in der ersten Sprechstundenbegegnung infolge der Erregung des Patienten noch im unteren Normbereich bleibt. Verwirrend für die Diagnostik sind noch gleichzeitig angegebene *vegetative Beschwerden* wie Schweißausbrüche, leichte Erregbarkeit, Schlafstörungen, kalte Hände und Füße, meist Verstopfung, gelegentlich sogar im Wechsel zu diarrhoischen Darmentleerungen. Sie sind empfindsame, schnell in sich gekehrte Menschen, die dann nach vielen vergeblichen Versuchen den Kontakt zum Arzt verlieren und ihren Apotheker um Rat und Hilfe bitten, um allerlei stärkende Mittelchen und Vitamine o. ä. glauben einnehmen zu müssen. Was schadet es, wenn in diesem Augenblick der Apotheker den Blutdruck mißt, vielleicht ist der Patient in dieser Umgebung zu diesem Zeitpunkt entspannter als in der Gegenwart seines Arztes.

3.6 Folgekrankheiten der essentiellen Hypotonie

Wird die Krankheit erst spät oder sogar gar nicht erkannt, können sich nachhaltige Folgezustände in den unterschiedlichsten Regionen des Kreislaufs ergeben. Am ehesten am Gehirn in Form einer echten *zerebrovaskulären Insuffizienz,* zwar — wenigsten zunächst — ohne große neurologisch feststellbare Ausfälle, aber mit Zeichen von Konzentrationsschwäche, Störungen der Merkfähigkeit, Neigung zu flüchtigen, den Patienten aber erschreckenden Sehstörungen in Form von Gesichtsfeldausfällen, Schwindel, Bewußtseinsstörungen und -trübungen bis hin zur Ohnmacht. Auch am Herzen macht sich mit der Zeit der niedrige Blutdruck bemerkbar, insofern als der Perfusionsdruck in die Herzkranzgefäße nachläßt und der Arbeitsmuskel des Herzens mit Sauerstoff unterversorgt wird. Daraus ergeben sich besonders in der Herzwandinnenschicht kleine Nekrosen (Gewebezerfall), die im Laufe der Zeit zur *Insuffizienz des Herzens* führen. Der Prozeß geht, wie auch der in ähnlicher Form im Gehirn, langsam, über Jahre hin vor sich, ehe es zu bemerkbaren Schädigungen der Herzleistung kommt, weil der niedrige Blutdruck auch eine niedrige Druckarbeit des Herzens zur Folge hat, womit das Herz seinen Sauerstoffbedarf verringert. Es wird also nicht notwendig sein, einem solchen Herzen ein kontraktionsverbesserndes Mittel, etwa *Digitalis,* zu geben, so wenig wie es beim noch leistungsfähigen Hypertonikerherzen dieser Unterstützung bedarf. Theoretisch könnten sich auch in anderen Organbereichen solche Schäden entwickeln, sind aber kaum beobachtet, da die Entwicklungszeit solcher Schäden an diesen Organen die am Gehirn und am Herzen bei weitem zu überdauern pflegt.

4. Grundzüge der Behandlung

Die arterielle Hypotonie ist eine Regulationsstörung, an der viele Systeme beteiligt sein können, die letztlich konstitutionsbedingt sind. Man wird also zu den Maßnahmen raten, vor denen man den Hypertoniker warnt; dazu gehört z. B. daß dieser hypotone Kranke durchaus die durchschnittliche *Kochsalz*menge von 10—15 g/Tag benutzt, daß seine Flüssigkeitsmenge eher reichlich sein sollte, daß er auf keinen Fall seinen Blutzucker abfallen lassen soll, also auch nicht hungern, häufiger dagegen eine kohlenhydratreiche Mahlzeit einnehmen sollte, wenn nicht bei der Untersuchung sich Befunde ergeben haben sollten, die eine solche Maßnahme eher verbieten, wie etwa ein *Übergewicht,* was in dieser Kombination mit der *essentiellen Hypotonie* eher selten ist, oder ein *Diabetes mellitus.* Der Kreislauf sollte gereizt und trainiert werden, was am erfolgreichsten mit physikalischen bzw. hydrotherapeutischen Maßnahmen, auch nicht übertrieben angewandten Kneipp'schen Güssen geschehen kann. Dazu Gymnastik in jeder Form und durchaus nach Belieben, aber nur bis unter die obere Leistungsgrenze.

Wie der Name Hypotonie besagt, ist der Tonus der Gefäße herabgesetzt, und man wird den Versuch unternehmen, durch gefäßtonisierend wirkende Medikamente eine Erhöhung des Drucks, allerdings nur ein symptomatischer Erfolg, unterstüzend zu erreichen. Hier gibt es eine Unzahl gut wirkender Arzneimittel, vorwiegend aus der Ephedrinreihe; bei gleichzeitig bestehenden Schwindelerscheinungen und Neigung zu *Orthostase* hat sich mir eine Kombination von Peripherin®, Cordalin® und Bellafolin® sehr bewährt. Nicht vergessen werden darf, daß im Rahmen der konstitutionellen Fehlanlage auch der Hormonhaushalt subsuffizient ist, und hier wiederum am ehesten der der Nebennierenrinde, so daß durchaus die perorale Gabe von Nebennierenrindenhormon in Form des *Cortiron* angezeigt ist. Speziell für das *Orthostasesyndrom* eignet sich *Dihydergot®*. Unter Umständen auch eine durch die Therapie erzielte Vergrößerung der Blutdruckamplitude, die ja Ausdruck der Herzauswurfleistung ist, auch ohne nennenswerte Steigerung des systolischen Blutdruckes in der Lage, Beschwerden zu beseitigen, wie es von der Wirkung des *Carnigen®* z. B. erst jüngst beschrieben ist [24].

5. Schlußbemerkungen

Das Krankheitsbild der arteriellen Hypotonie ist ein zwar häufiges, auch ein beschwerdereiches, aber nicht schweres. Zu seiner Beherrschung verlangt es neben der wie auch bei der arteriellen Hypertonie erforderlichen Motivation einen starken aktiven Einsatz des Patienten selbst, der deshalb häufig so schwierig ist, weil die Krankheit mit Antriebslosigkeit und Leistungsunvermögen verbunden ist. Deshalb ist es gut, wenn der Patient um seine Krankheit weiß, die Wahrheit erfährt, sich ein Umfang an Kenntnissen von seiner Krankheit verschafft, die er ohne Schaden an sich zu nehmen, verarbeiten bzw. ertragen kann. Diesen Spielraum muß der Arzt im Gespräch mit den Patienten erkennen. Im Grunde ist der Informationsstand über das Wesen der Blutdruckstörung, ob nach oben oder unten, zu niedrig und unvollkommen. Der dem Medikament, das der Patient in seiner Apotheke kauft, beigebene Packzettel ist in den allermeisten Fällen ungeeignet, weil — aus Selbstschutzgründen — die möglichen, vermuteten, theoretisch in Erwägung zu ziehenden schädlichen Nebenwirkungen überspitzt und damit natürlich vom Patienten überwertet werden. Hier liegt, weil ich kaum einen anderen gängigen Ausweg weiß, eine wesentliche Aufgabe auch des Apothekers, das Vernünftige, das für den Patienten Essentielle zu raten. Zunahme von Wissen ist Zunahme von Unruhe. So geht es auch dem Patienten, wenn er, wie der Arzt es muß, zu tief in das so Undurchsichtige einer Krankheit einzudringen versucht. Im west-östlichen Diwan sagt Goethe: „Wofür ich Allah höchlich danke? Daß er Leiden und Wissen getrennt. Verzweifeln müßte jeder Kranke das Übel hemmend, wie der Arzt es kennt.“ [11]

Literaturverzeichnis beim Verfasser, 8182 Bad Wiessee, Münchner Straße 36.

Teil II

Arzneimittel zur Behandlung von Hypertonie und Hypotonie

Horst Wunderer

Ein Patient mit Diarrhoe, Impotenz, Müdigkeit, aber normalem Blutdruck ist kein therapeutischer Triumph (Lehrbuchsatz)

Einleitung

Mehr als 6 Millionen Menschen sollen in der Bundesrepublik an der Volkskrankheit Hypertonie leiden. Sie ist einer der wichtigsten Risikofaktoren für die Entwicklung von Herz-Kreislauf-Erkrankungen, die unter den Todesursachen mit nahezu 50% den ersten Rang einnimmt.

Als „silent killer“ verursacht der Bluthochdruck selten subjektive Beschwerden, die Betroffenen sind entsprechend nachlässig.

Vor rund dreißig Jahren war eine wirksame Behandlung noch nicht möglich. Heute sind wir mit einer Überfülle von Medikamenten — Mono- und Kombinationspräparaten — gesegnet. Abbildung 1 sowie die Präparateübersicht am Ende des Heftes vermittelt einen Eindruck von der raschen Entwicklung.

Viele dieser Arzneistoffe und Arzneistoffgruppen wurden früher bei anderen Indikationen eingesetzt (Dihydroergotoxin, Reserpin), oder für andere entwickelt (Saluretika, β-Blocker, Calciumantagonisten), eher zufällige Entdeckungen öffneten den Weg zur Verwendung in der Hochdrucktherapie. Ihre Wirkmechanismen sind keineswegs geklärt.

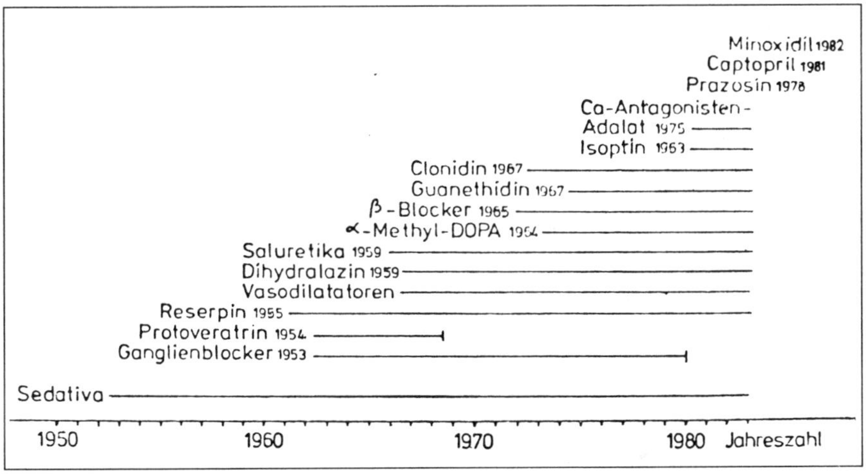

Abb. 1: Entwicklung des Arzneischatzes zur Behandlung des Bluthochdrucks (nach A. Ziegler, Dtsch. Apoth. Ztg. **123,** 1082 [83])

So werden hier zum guten Teil Substanzgruppen besprochen, die auch anderen Indikationsgruppen zugerechnet werden, auf die aber dennoch nicht verzichtet werden konnte, wie etwa die Diuretika oder die Calciumantagonisten.

Einfacher gestaltet sich die Gruppe der Antihypotonika. Die Wirkprinzipien dieser Substanzen sind ähnlich, die Zahl der Verbindungen ist vergleichsweise klein, ihr therapeutischer Wert allerdings umstritten.

1. Hypertonie

1.1 Allgemeines

1.1.1 Regelgrößen des Blutdrucks

Der arterielle Mitteldruck ergibt sich aus dem

- Herzzeitvolumen (Frequenz, Schlagvolumen)
- totalen peripheren Widerstand (Lumen der arteriellen Widerstandsgefäße)

Alle Antihypertonika (und Antihypotonika) werden also an einer oder an beiden Größen angreifen. Verringerung mindestens einer Größe ergibt eine Blutdrucksenkung.

1.1.2 Schweregrade der Hypertonie und Stufenplan zur Behandlung

Nach den Richtlinien der Weltgesundheitsorganisation wird die Hypertonie in vier Schweregrade eingeteilt:

Stadium I: Diastolischer Druck überschreitet 100 mmHg nicht. Ruhedruck innerhalb der Norm oder nur wenig darüber.

Stadium II: Diastolischer Druck über 100, jedoch nicht über 115 mmHg. Erste Zeichen einer Linksherzhypertrophie aber keine Herzinsuffizienz. Ruhedruck deutlich erhöht. Gelegentlich Angina pectoris, Kopfschmerzen, Müdigkeit, Schwindel, Sehausfälle.
Die Druck-Tagesschwankungen sind noch physiologisch.

Stadium III: Diastolischer Druck konstant über 115, Ruhedruck deutlich erhöht, zirkadiane Rhythmen des Blutdrucks meist unphysiologisch (siehe 1.1.5). Latente oder manifeste Herzinsuffizienz mit subjektiven Beschwerden. Häufig ist die Nierenfunktion eingeschränkt.

Stadium IV: Diastolischer Druck fast immer über 130 mmHg, normaler Tag-Nacht-Rhythmus völlig aufgehoben. Sekundäre Organschäden, insbesondere an der Niere.

Die *„Deutsche Liga zur Bekämpfung des hohen Blutdruckes e.V."* hat 1983 folgende Empfehlungen zur Hochdruckbehandlung in der Praxis gegeben:

Jede chronische arterielle Hypertonie erfordert eine individuelle Behandlung. Angestrebt wird ein normaler Blutdruck.
Die Hypertonie wird mit diätetischen Maßnahmen und vor allem mit blutdrucksenkenden Medikamenten behandelt. Nur in den wenigsten Fällen ist eine operative Therapie möglich.

Diätetische Maßnahmen

Bereits durch Verminderung eines Übergewichtes kann ein erhöhter Blutdruck absinken, so daß antihypertensive Pharmaka nicht oder nur in geringer Dosis notwendig sind.
Die tägliche Kochsalzzufuhr sollte nicht über 5 bis 6 g liegen.

Medikamentöse Therapie

1. Stufe (diastolisch bis 105 mmHg)	2. Stufe	3. Stufe
Saluretikum	Saluretikum plus β-Blocker	Saluretikum plus β-Blocker plus Dihydralazin oder Prazosin
oder	oder	oder
β-Blocker	Saluretikum plus Reserpin	Saluretikum plus α-Methyldopa oder Clonidin

Bei diastolischen Blutdruckwerten bis zu 105 mmHg kann eine Monotherapie versucht werden. Gelingt damit bei Anwendung mittlerer Dosen keine befriedigende Einstellung, gibt man, ebenso wie bei diastolischen Druckwerten über 105 mmHg, eine der oben angegebenen Kombinationen. *Jede Kombinationstherapie sollte ein Saluretikum enthalten.*
Wirkt keine der angeführten Kombinationen ausreichend, so können Behandlungsversuche mit anderen Kombinationen, enthaltend drei oder vier Komponenten, eingeleitet werden oder auch mit Antihypertensiva, die im Stufenschema nicht aufgeführt sind, z. B. Captopril oder Minoxidil.

1.1.3 Natrium und Hypertonie

Die Bedeutung von Kochsalz in der *Genese* der Hypertonie ist umstritten. Man weiß, daß etwa 20 % unserer Bevölkerung salzsensibel sind: Aufgrund einer offenbar vererblichen Veranlagung können sie auf erhöhte Natriumzufuhr mit einer Blutdrucksteigerung reagieren. Bei essentiellen Hypertonikern läßt sich auch eine erhöhte intrazelluläre Natriumkonzentration in den Zellen der glatten Muskulatur (und in den Erythrozyten) nachweisen.

Es gibt Hinweise dafür, daß bei essentiellen Hypertonikern ein Plasmafaktor unbekannter Struktur in erhöhter Konzentration vorliegt. Dieser Plasmafaktor soll das Enzym ATPase hemmen und damit auch die Na/K-Pumpe, die Natrium aus der Gefäßmuskelzelle und K in die Zelle hinein transportiert [9]. Die auf diese Weise erhöhte intrazelluläre Natriumkonzentration soll einen Natrium/Calcium-Austausch an der Zellmembran stimulieren, der dann die Calciumkonzentration in der Zelle steigert. Das erhöhte intrazelluläre Calcium in der glatten Gefäßmuskulatur führt zu einer stärkeren Gefäßverengung bei Erregung durch Adrenalin oder Noradrenalin. (Calcium ist der „Zündfunke" der Kontraktion; Calciumantagonisten verringern, Herzglykoside steigern seine Verfügbarkeit.) Wenn sich diese aufregende und schlüssig klingende These beweisen läßt, hätte man einen Ansatzpunkt für eine kausale Therapie der essentiellen Hypertonie: Hemmung des erhöhten Plasmafaktors. Die Calciumantagonisten kommen diesem Ansatz — allerdings eine Stufe später — recht nahe. Sie verringern die Konzentration an freiem Calcium in der Zelle.

Schon 1922 zeigte Allen, daß eine fast kochsalzfreie Kost den Blutdruck senkt. Heute gilt — wenn auch nicht unwidersprochen — daß der Natriumzufuhr eine entscheidende Bedeutung in der Behandlung des Bluthochdrucks zukommt. Gesichert ist, daß eine tägliche Zufuhr unter 10 mval Na^+ (585 mg NaCl) die Hypertoniehäufigkeit senkt und daß andererseits gesteigerte Kochsalzaufnahme das Gegenteil bewirkt.

Der bei uns übliche Kochsalzverzehr von 12 bis 15 g/Tag übersteigt die physiologischen Bedürfnisse von 1 bis 3 g/Tag bei weitem.

Eine Kochsalzbeschränkung ist daher der erste Schritt einer Hypertoniebehandlung. Sie muß auch bei Einnahme von Diuretika weitergeführt werden. Der Erfolg derartiger Diäten, auf die Kochsalzsensible besonders gut ansprechen, zeigt sich oft erst nach einigen Wochen, der maximale Effekt möglicherweise erst nach 18 Monaten, was den Patienten keineswegs ermutigt.

Tab. 1: Erfolg einer Kochsalzbeschränkung bei Grenzwerthypertonie (nach Morgan 1978) [1].

	Gruppe 1	Gruppe 2
Na-Gehalt der Diät	beliebig	70—100 mval/Tag
Differenz diast. Druck	+2 mmHg	— 7 mmHg
% Patienten mit diast. Druck unter 90 mmHg	16	33

Tabelle 1 zeigt die Ergebnisse eine zweijährigen Studie an je 31 Patienten, bei der die behandelte Gruppe maximal 5,85 g Kochsalz (100 mval) erhielt. Der diastolische Blutdruck sank um durchschnittlich 7 mmHg, während er bei der unbehandelten Gruppe um 2 mmHg stieg.

Als optimal gilt eine *streng natriumarme (streng kochsalzarme) Kost,* die *pro Tag weniger als 1 g Kochsalz* enthält.

Abbildung 2 verdeutlicht, wie diese streng natriumarme Kost den systolischen und diastolischen Druck innerhalb von nur 30 Tagen senkt und wie Zulage von Kochsalz bis zu 10 g/Tag ihn wieder ansteigen läßt.

Jedoch befolgen nur wenige Patienten eine derartige Kochsalzrestriktion auf Dauer. Deshalb empfiehlt sich eher die *salzarme Kost mit maximal 5 g NaCl/Tag* bei gleichzeitiger Aufnahme von 8 g KCl/Tag. Diese Diät erlaubt praktisch keinen Kochsalzzusatz mehr, da in der normalen Nahrung schon 3 bis 5 g NaCl enthalten sind, wenn auf besonders salzreiche Lebensmittel verzichtet wird.

Die *„Deutsche Gesellschaft für Ernährung"* (Feldbergstraße 28, Frankfurt/M.) liefert ausführliche Richtlinien mit Kostvorschlägen und Rezepten unter dem Titel „Natriumarme Kost".

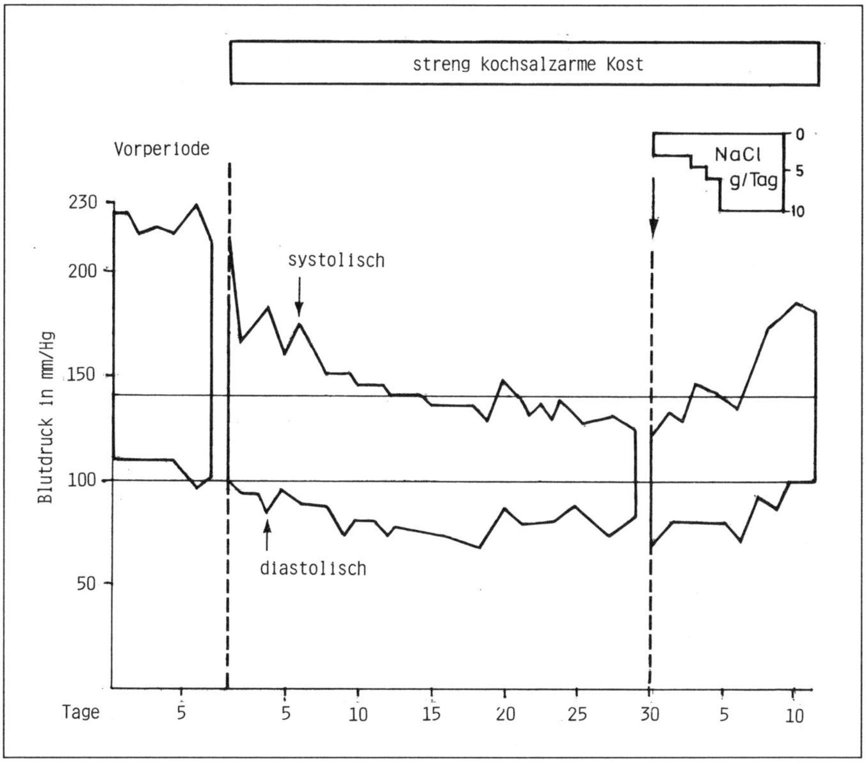

Abb. 2: Blutdrucksenkender Effekt einer streng natriumarmen Kost. Wiederanstieg des Blutdrucks nach Kochsalzzulage (Jahnecke 1974)

Unbehandeltes Fleisch enthält je nach Fettanteil 150 bis 250 mg NaCl/100 g, Salzwasserfische über 300 mg. Bei Zubereitungen kann man bis zu 10 g NaCl/100 g feststellen.

Die Tabellen 2 bis 7 (Wirths in [1]) listen Lebensmittel auf, die zwischen 0,6 und 10 g Kochsalz pro 100 g enthalten.

Im Handel werden heute diätetische Lebensmittel mit verringertem Salzgehalt angeboten. Streng natriumarme enthalten nicht mehr als 40 mg Na (100 mg NaCl) pro 100 g, natriumarme nicht mehr als 120 mg Na (300 mg NaCl) pro 100 g.

Tab. 2: Na-Gehalt in Lebensmitteln 20—50 mg/100g Substanz (50—125 mg NaCl)

Lebensmittel	Na 20—50 mg/100 g
Rindfleisch	45
Hackfleisch (halb + halb)	35
Truthahn, Brust	46
Bach-, Regenbogenforelle	20
Karpfen	25
Schlagsahne (30 % Fett)	40
Speisequark, mager	35
Sahnequark (40 % Fett i. Tr.)	30
Kartoffeln ohne Schalen	20
Endivien	40
Möhren	35
Petersilie, Blatt	20
Grünkohl, gekocht	36
Spinat, tiefgeforen	43
Sekt	40

Tab. 3: Na-Gehalt in Lebensmitteln 50—100 mg/100 g Substanz (125—250 mg NaCl)

Lebensmittel	Na 50—100 mg/100 g
Schweinefleisch, mager	70
Schweinefleisch, mittelfett	70
Eisbein	78
Filet	74
Kotelett	62
Schnitzel	76
Leber	70
Rindfleisch, mittelfett	75
Filet	51
Keule (Schlegel)	80
Kalbfleisch, mittelfett	75
Kalbschnitzel	80
Hammelfleisch, mittelfett	75
Hirschfleisch	61
Rehfleisch (Keule)	60
Ente	65
Huhn (Brathuhn)	60
Kabeljau, Filet	85
Rot-, Goldbarsch (Filet)	80
Seelachs (Filet)	80
Hühnerei, st. ca. 57 g	70
Kuhmilch, 3,5 % Fett	50
Entrahmte Milch (Magermilch)	55
Buttermilch	55
Vollmilchjoghurt	60
Margarine	75
Schokolade, Vollmilch	60
Rote Beete	65
Sellerie	55
Rote Rübe, roh	62
Trockenmischobst, i. D.	55

Tab. 4: Na-Gehalt in Lebensmitteln 100—250 mg/100 g Substanz (250—625 mg NaCl)

Lebensmittel	Na 100—250 mg/100 g
Leber	110
Kalbfleisch, mager	100
Haxe	115
Hering, Filet	120
Schellfisch, Filet	115
Steinbutt	114
Makrele	144
Scholle	104
Kondensmilch (ungez. 7,5 %)	100
Kondensmilch (10 % Fett)	130
Eiscreme	100
Roggenbrot	220
Erbsen, gün (Konserven)	145
Erbsen, in Dosen	236

Tab. 5: Na-Gehalt in Lebensmitteln 250—500 mg/100 g Substanz (625—1 250 mg NaCl)

Lebensmittel	Na 250—500 mg/100 g
Speck, fett	385
Leberwurst, mager	400
Hummer	270
Aal, geräuchert	289
Bückling, geräuchert	287
Thunfisch in Öl	360
Doppelrahmfrischkäse (60 %)	340
Roggenvollkornbrot	425
Brötchen (Semmeln)	485
Mischbrot (Roggen-Weizen)	300
Knäckebrot	460
Weißbrot	385
Sauerkraut	355
Bohnen in Dosen	275
Spargel in Dosen	355
Champignons in Dosen	360

Tab. 6: Na-Gehalt in Lebensmitteln 500—1000 mg/100 g Substanz (1 250—2 500 mg NaCl)

Lebensmittel	Na 500—1000 mg/100 g
Kasseler, Rippchen	795
Cornedbeef (deutsch)	830
Rindfleisch in Dosen	600
Blutwurst	650
Bratwurst	520
Fleischwurst	820
Leberwurst	795
Dosenwürstchen	710
Hering, mariniert	980
Heringe in Soße	500
Brathering	569
Ölsardinen in Dosen (ganzer Inhalt)	510
Hartkäse, vollfett (45 % Fett i. Tr.)	650
Edamer Käse, fett (40 % Fett i. Tr.)	685
Edamer Käse (45 % Fett i. Tr.)	654
Camembert (60 % Fett i. Tr.)	740
Cornflakes	915
Pumpernickel	569

Tab. 7: Na-Gehalt in Lebensmitteln über 1 000 mg/100 g Substanz (über 2500 mg NaCl)

Lebensmittel	Na über 1 000 mg/100 g
Luncheon meat	1 060
Schinken, geräuchert, roh	2200
Speck, durchwachsen	1630
Mettwurst	1070
Salami	1185
Cervelatwurst	1200
Knackwurst	1190
Salzhering (Pökelhering)	2550
Matjeshering	2500
Kaviar, echt	2200
Lachs in Öl	4070
Weichkäse (halbfett 20 % Fett)	1250
Camembert (45 % Fett i. Tr.)	1150
Schmelzkäse	1280
Tilsiter Käse (30 % Fett i. Tr.)	1000
Salzstangen, -brezeln	1800
Tomatenketchup	1160
Olive, grün, mariniert	2250
Olive, schwarz, ,,griechische Art"	3288

Unter den Getränken weisen die Mineralwässer wenig Natrium auf (Selters 1,3 mg Na pro l). Heilbrunnen können allerdings im Extremfall über 12 g NaCl/l (Tab. 8) enthalten.

Tab. 8: Natrium und Chloridgehalt von Versand-Heilbrunnen

	Natrium mg/l	Chlorid mg/l
Apenta Bitterwasser (Ungarn)	5741,0	1334,0
Apollinaris	747,0	225,2
Bertricher Bergquelle	601,0	138,5
Birresborner Lindenquelle	719,7	144,2
Biskirchener Karlssprudel	834,4	1175,0
Bockleter Stahlquelle	502,4	700,7
Brückenauer Wernarzer Brunnen	2,4	4,1
Driburger Brunnen		
Caspar Heinrich Quelle	32,2	24,2
Driburger Grafenquelle	137,7	128,3
Dürkheimer Maxquelle	4593,0	9410,0
Emser Kränchen	756,1	388,6
Fachinger, staatlich	887,0	245,2
Freyersbacher Sauerbrunnen	276,0	28,5
Göppinger Christophsquelle	340,8	24,4
Göppinger Sauerbrunn	26,9	7,2
Grenzacher Heilwasser	1809,0	1040,0

Tabelle 8 (Fortsetzung)

	Natrium mg/l	Chlorid mg/l
Heppinger Heilwasser	856,0	244,7
Hermannsborner Brunnen Carlsquelle	25,4	39,7
Hunyadi János (Ungarn)	7368,0	699,5
Karlsbader Mühlbrunnen	1694,0	609,2
Kissinger Pandur	2520,0	4090,5
Kissinger Rakoczy-Brunnen	2362,0	3956,4
Kondrauer Madonnenbrunnen	254,5	133,4
Lamscheider Stahlbrunnen	30,4	5,1
Meinberger Neubrunnen	6,1	11,0
Mergentheimer Albertquelle	12650,0	16228,0
Mergentheimer Karlsquelle	4028,0	4767,0
Mergentheimer Wilhelmsquelle	546,0	670,2
Nauheimer Karlsbrunnen	3314,5	5717,0
Nauheimer Kurbrunnen	5393,0	9370,0
Nauheimer Ludwigsbrunnen	237,6	420,4
Nauheim: Schwalheimer Säuerling	443,8	705,0
Nenndorfer Schwefelbrunnen	160,6	132,6
Neuenahrer Heilwasser	300,0	61,5
Neuselters Friedrich-Christian-Heilquelle	874,9	1168,5
Niedernauer Römerquelle	24,0	19,4
Nürtinger Heinrichsquelle	3395,0	440,3
Remstal-Elisabethen-Quelle	569,2	756,1
Salzschlirfer Bonifaziusbrunnen	4410,5	6885,0
S. Pellegrino	49,8	73,3
Tarasper Bonifaziusquelle	504,8	25,3
Tarasper Luziusquelle	3968,4	2474,0
Teinacher Hirsch-Quelle	237,0	46,1
Tölzer Adelheidquelle	2326,0	2951,0
Überkinger Adelheidquelle	977,2	117,1
Wiesbadener Kochbrunnen	2664,0	4594,0
Wildunger Georg-Viktor-Quelle	41,7	7,8
Wildunger Helenen-Quelle	653,1	602,8
Wildunger Reinhardsquelle	13,4	11,0

Da Salzen beim Kochen bei uns Gewohnheit ist und die Familie eines Hochdruckkranken die Restriktion nur ungern mitbefolgt, können natriumarme oder praktisch natriumfreie Diätsalze die Salzeinschränkung erträglich machen, wenn Gewürze und Kräuter allein nicht den gewünschten Erfolg haben. Diese Diätsalze bestehen aus Mischungen von Kaliumsalzen. Sie verbessern gleichzeitig die Kaliumbilanz. Leider sind sie im Vergleich zu Kochsalz sehr, oft zu teuer. Beispiele sind Ambisalz, m-diätsalz, Sinasalz, AMP Diätsalz. Tabelle 9 gibt die Zusammensetzung von Sinasalz wieder. In manchen Fällen, z. B. bei Gurkensalat und Tomatensalat, sind die Ergebnisse geschmacklich unbefriedigend.

Kontraindiziert sind natriumfreie Diätsalze bei einer Therapie mit kaliumsparenden Saluretika, z. B. Sprionolacton, vor allem dann, wenn keine Kombination mit Thiaziden oder Schleifendiuretika vorliegt.

Inzwischen vermutet man auch eine Beteiligung von Chlorid an der Hochdruckentwicklung. In diesem Fall wäre der Ersatz von NaCl durch KCl neu zu überdenken.

Tab. 9: Zusammensetzung von Sinasalz

KCl	70,00%
K-adipat	26,00%
K-tartrat	2,25%
K-glutamat	1,00%

1.1.4 Streß und Entspannungstechniken

Streß steigert das Herzeitvolumen und den peripheren Widerstand und damit den Blutdruck durch Steigerung der sympathischen Aktivität.

Die Frage ist nun, ob über diesen akuten Effekt hinaus Streß, psychosoziale Belastungen, bei der Entstehung oder Aufrechterhaltung der essentiellen Hypertonie zumindest bei gegebener Anfälligkeit eine Rolle spielen. Diese Streßhypothese ist bisher umstritten, eindeutige Aussagen sind nicht möglich. Nach Bock [32] „können zumindest bei gegebener genetischer Disposition zur Hypertonie psychogene Faktoren, die

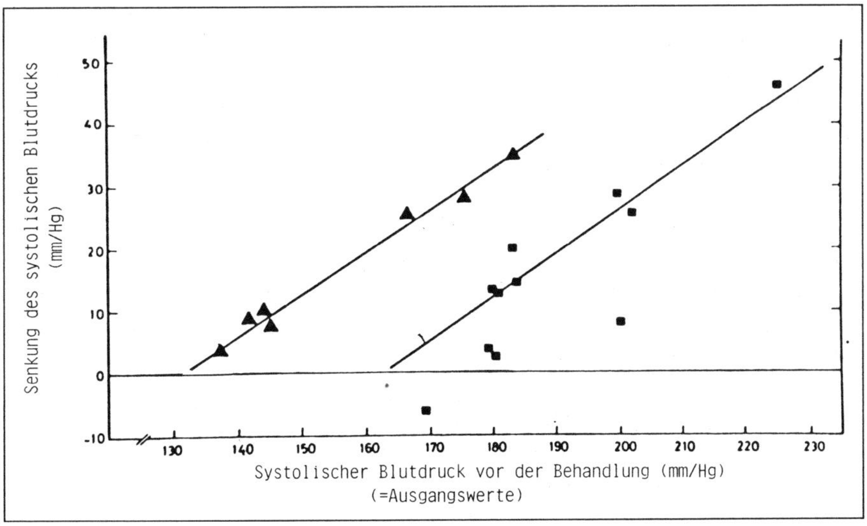

Abb. 3: Senkung des systolischen Blutdrucks durch Entspannungsverfahren ▲ bzw. Placebo ■ in Abhängigkeit vom Ausgangsdruck (nach Jacob 1977 in [2])

intensiv und häufig genug wirksam werden, für die Manifestation einer Hypertonie, zumindest ihres Zeitpunktes, mitbestimmend sein."

„Es besteht kein Zweifel, daß psychische und soziale Faktoren bei der Entstehung und Aufrechterhaltung der essentiellen Hypertonie eine Rolle spielen" (Weiner 1977 [2]).

Unter diesen Voraussetzungen ist es verständlich, daß Entspannungsübungen wie Yoga oder autogenes Training gewisse Erfolge als Therapien des Hochdrucks haben.

Auf der medikamentösen Seite wäre dies eine Erklärung für die drucksenkende Wirkung von Sedativa. Hier sollte man jedoch nicht vergessen, daß Wirkstoffe dieser Indikationsgruppe selbst antihyperton wirken können, wie z. B. Diazepam durch Erweiterung der venösen Gefäße.

Die Beteiligung psychischer Faktoren könnte auch die Wirksamkeit von Präparaten erklären, die man bei strenger Betrachtung den Plazebos zurechnen sollte, etwa Hochdrucktees, Kombination verschiedenster Tinkturen.

Mit Plazebos, wirksamer noch mit Entspannungsverfahren lassen sich tatsächlich in Abhängigkeit vom Ausgangsblutdruck eindrucksvolle Veränderungen erzielen, die denen einer Therapie mit Saluretika vergleichbar sein können. Abb. 3 gibt die Auswertung verschiedener Studien mit Hilfe linearer Regressionsanalysen für den systolischen Druck wieder. Beim diastolischen Druck schneiden Entspannungsverfahren ähnlich, die Plazebotherapie deutlich schlechter ab.

1.1.5 Zirkadiane Rhythmen

Wie fast alle bisher untersuchten physiologischen Parameter unterliegt auch der Blutdruck einem zirkadianen Rhythmus mit einem Maximum um 9 bis 10 Uhr, einem kleineren um 16 bis 18 Uhr und einem Minimum gegen 3 Uhr nachts, das systolisch um etwa 50 mm und diastolisch um 30 mm darunter liegt (Abb. 4).
Die Herzfrequenz nimmt einen vergleichbaren Verlauf. Daraus könnte sich die eindeutige Häufung der Herzinfarktanfälle zwischen 8 und 12 Uhr erklären.

Beim Hypertoniker folgen Blutdruck und Puls ebenfalls einem Tagesrhythmus. Der nächtliche Blutdruckabfall wird allerdings mit steigendem Schweregrad des Hochdrucks schwächer und fehlt in schweren Fällen ganz.

Eine sinnvolle Hochdrucktherapie sollte den starken morgendlichen Druckanstieg vermindern. Dazu muß noch eine genügende Restwirksamkeit vorhanden sein oder die Einnahme morgens sehr zeitig erfolgen.

Interessanterweise unterliegt auch die Wirksamkeit einiger uns hier interessierender Arzneistoffe tageszeitlichen Schwankungen. Die β-Blocker Propranolol und Oxprenolol senken in der Aktivitätsperiode beim Menschen (tagsüber) und bei der Ratte (nachts) Puls und Blutdruck stärker als in der Ruheperiode.

Die Einnahme von Saluretika (Furosemid, Chlorothiazid, Hydrochlorothiazid) kurz vor der Ruheperiode erhöht die unerwünschte Kaliumausscheidung und vermindert wahrscheinlich die Diurese [3].

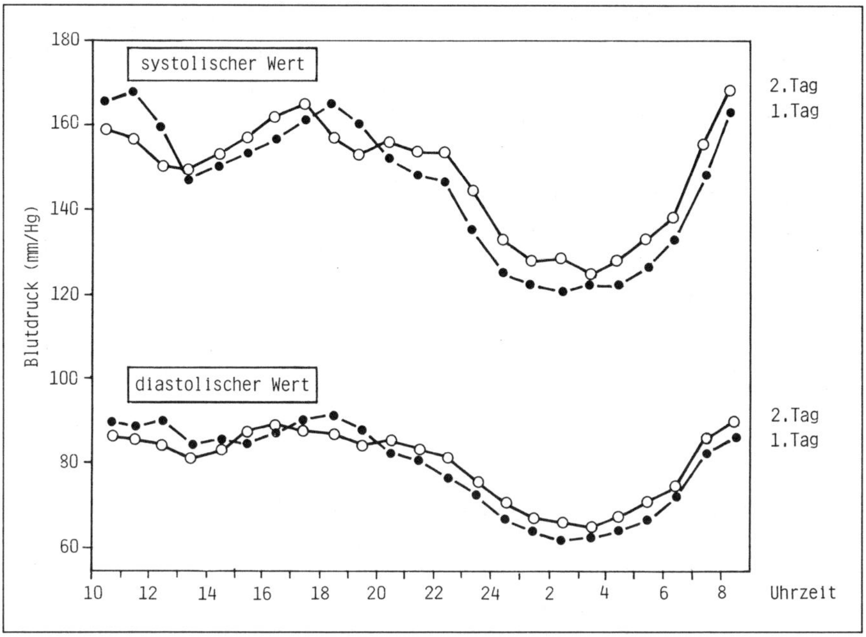

Abb. 4: Zirkadianer Rhythmus des Blutdrucks (nach Raftery 1983 [4])

1.1.6 Einnahmezuverlässigkeit (Compliance)

Die Compliance ist ein sehr aktuelles Thema, schon der unnötigen Kosten wegen, die nicht eingenommene — und dennoch laufend verschriebene — Arzneimittel verursachen.

In der Therapie der Hypertonie scheint es um die Einnahmezuverlässigkeit der Patienten nicht sehr gut bestellt zu sein. Verständlich wird dies aus der Tatsache, daß mäßig erhöhter Blutdruck kaum Beschwerden verursacht und oft erst die Absenkung auf normale Werte das subjektive Befinden des Patienten verschlechtert. Sicher spielen auch die abschreckenden und unverständlichen Aufzählungen in den Beipackzetteln eine Rolle und wahrscheinlich auch die Tatsache, daß der Patient bei jedem Arztbesuch ein anderes Muster gegen seine Krankheit in die Hand gedrückt bekommt.

Jedenfalls geht Holzgreve [5] davon aus, daß 50 bis 60% der Patienten weniger als 50 bis 80% der verordneten Arzneimittel einnehmen.

Eine amerikanische Studie, die 31 Untersuchungen zusammenfaßt, stellt fest, daß 86% der Patienten mehr als 30% und ein Drittel mehr als 50% der verordneten Medikamente nicht einnehmen.

Die Compliance ist umso schlechter, je mehr Arzneimittel gleichzeitig angewendet werden müssen.

Auch der Zahl der Dosisapplikationen pro Tag kommt eine entscheidende Rolle zu: Je häufiger die Einnahmen, desto schlechter die Zuverlässigkeit: bei 4 × täglich befolgt nur noch ein Viertel der Patienten die Anweisungen (Tab. 10). Allerdings sind hier die Ergebnisse verschiedener Untersuchungen widersprüchlich.

Tab. 10: Therapieschema und Compliance (nach Holzgreve [5])

Therapieschema	Patienten mit guter Compliance
1 x 1	86 %
2 x 1	60 %
3 x 1	54 %
4 x 1	26 %

Derartige Ergebnisse sprechen klar dafür, Substanzen oder Zubereitungen mit langer Wirkdauer den Vorzug zu geben. In der Hochdruckbehandlung bringt dies außerdem den Vorteil der besseren Beeinflussung des morgendlichen Blutdruckanstiegs.

Diese Ergebnisse verpflichten aber auch den Apotheker, den Patienten auf die Bedeutung einer zuverlässigen Einnahme hinzuweisen, sei es bei Antihypertonika, sei es bei Antibiotika oder Herzglykosiden.

Eigenwilliges und plötzliches Absetzen stellt nicht nur den Therapieerfolg in Frage. Es sind auch durchaus bedrohliche Situationen durch rebound-Phänomene möglich.

1.1.7 **Rebound-Effekte**

Beim plötzlichen Absetzen einiger Antihypertonika kann es zu einem raschen, oft krisenhaften Anstieg des Blutdrucks bis über die Ausgangslage vor Behandlungsbeginn hinaus kommen. Diese Situation bezeichnet man als „rebound".

In Tabelle 11 sind die Substanzen aufgeführt, bei denen bisher ein rebound-Phänomen beschrieben wurde. Das schließt nicht aus, daß auch andere Wirkstoffe sich ähnlich verhalten.

Tab. 11: Antihypertonika mit Rebound-Effekten

Zentral wirkende Stoffe	β-Blocker
Clonidin (Catapresan) Methyldopa (Presinol) Guanfacin (Estulic)	Propranolol (Dociton) Oxprenolol (Trasicor) Metoprolol (Beloc, Lopresor)
andere	
Guanethidin (Ismelin) Reserpin	

Insbesondere bei Patienten, die unter hohen Dosen Clonidin oder Methyldopa standen, traten beim plötzlichen Absetzen Zeichen sympathischer Überaktivität auf. Neben einem Blutdruckanstieg äußerte sich dies in Schwitzen, Kopfschmerzen, Schlaflosigkeit, Erregtheit und im Anstieg der Herzfrequenz. Letzteres ist bei Guanfacin besonders auffällig.

Bei β-Blockern kommt es zu Hyperthyreoidismus mit erhöhtem Trijodthyronin und zu β-sympathischen Überaktivität, wie Herzjagen, pektanginösen Anfällen bis hin zu Myokardinfarkten und zu plötzlichem Tod.

Wie hoch die Häufigkeit eines solchen rebound ist, läßt sich nicht festlegen. Schätzungen gehen bis zu 50% (Clonidin) [6], was aber kaum der Realität entsprechen dürfte, wenn man das aus der Praxis bekannte willkürliche Einnahmeverhalten vieler Patienten berücksichtigt.

Grund für die rebound-Phänomene dürfte die während der Behandlung veränderte Zahl von Rezeptoren sein: Die Zahl der Zielrezeptoren des Pharmakons wird entweder herunterreguliert (bei Agonisten) oder heraufreguliert (bei Antagonisten).

Clonidin ist ein Agonist für α_2-Rezeptoren. Es hemmt damit die Noradrenalinausscheidung. Unter Clonidintherapie wird die Zahl der α_2-Rezeptoren vermindert. Beendet man die Clonidingabe abrupt, so wird vermehrt Noradrenalin ausgeschüttet. Normalerweise setzt nun in Form einer Autoregulation eine Rückkopplung ein: Erhöhung der Noradrenalinkonzentration ergibt verstärkte Anregung der hemmenden α_2-Rezeptoren, die Noradrenalinausschüttung sinkt wieder. Da Clonidin aber die Zahl dieser Rezeptoren verminderte (Rezeptorensubsensivität), bleibt die Katecholaminausscheidung auf zu hohem Niveau. Es resultiert eine überschießende Noradrenalin-Freisetzung und damit auch ein überschießender Noradrenalin-Effekt.

Bei längerer β-Blocker-Therapie wird sich dagegen die Zahl der β-Rezeptoren erhöhen. Absetzen der Behandlung ergibt nun aufgrund der vermehrten, aber nicht mehr antagonisierten Rezeptoren ein überschießen β-adrenerger Aktivitäten (Supersensivität der Rezeptoren).

1.1.8 „First Pass“ und Bioverfügbarkeit

Aus guten Gründen gelangen alle Stoffe, ob Nahrungsbestandteile oder Arzneistoffe, die aus dem Magen-Darm-Trakt in das Blut aufgenommen werden, vor Erreichen des allgemeinen Kreislaufs über die Pfortader in die Leber. Hier werden sie enzymatisch umgesetzt und als Metaboliten dem Kreislauf zugeführt. Für Arzneistoffe ist dies dann von Belang, wenn sie eine bedeutende chemische Umwandlung in der Leber erfahren und wenn die entstehenden Metaboliten qualitativ und/oder quantitativ in ihren pharmakodynamischen Eigenschaften von den Ausgangssubstanzen abweichen. Die erste Leberpassage hat dann eine Verringerung der im Blut erscheinenden Arzneistoffmenge zur Folge. Zu diesem Abbau in der Leber können sich gleichartige Vorgänge im Darm durch die Darmflora oder die Enzyme der Darmwand addieren.

Die Summe der Veränderungen des Wirkstoffs nennt man „first pass Effekt“. Er charakterisiert also den Anteil, der bei der ersten Passage metabolisiert oder auch lediglich zurückgehalten wird.

Vergleicht man den Plasmakonzentrationsverlauf von Substanzen mit merklichem first pass nach oraler Gabe mit dem einer i. v. Verabreichung (bei der die erste Leberpassage dieser Art entfällt), so ergibt sich trotz möglicherweise vollständiger Resorption ein Kurvenverlauf, der einer gegenüber der i. v. Applikation geringeren Wirkstoffmenge entspricht. Dazu vergleicht man die Flächen unter den Plasmaspiegelkurven, die unabhängig von der Invasionsgeschwindigkeit ein Maß für die Substanzmenge im Organismus darstellen. Der Quotient aus den Flächen unter den Kurven bei oraler und intravenöser Applikation drückt die *absolute Bioverfügbarkeit* aus, die im allgemeinen vereinfacht als Bioverfügbarkeit bezeichnet wird. Sie liegt im Falle eines first pass Effektes zwangsläufig deutlich unter 100%.

$$\text{absolute Bioverfügbarkeit} = \frac{AUC_{oral} \cdot 100}{AUC_{iv}} \%$$

AUC = Fläche unter der Kurve (**a**rea **u**nder the **c**urve)

Gerade bei Antihypertonika und Antihypotonika finden sich sehr viele Substanzen mit geringer Verfügbarkeit, etwa Alprenolol mit 10% und Norfenefrin mit 20%.

Da der first pass im allgemeinen eine enzymatische Umsetzung bedeutet, kann er interindividuell sehr schwanken (bis um den Faktor 20), was Voraussagen über die Bioverfügbarkeit im Einzelfall unmöglich macht. Das Ausmaß der Metabolisierung kann auch ganz wesentlich davon abhängen, ob die Enzyme „anderweitig beschäftigt" werden, etwa durch gleichzeitige Aufnahme von Nahrung (siehe Hydralazin, Propranolol) oder von Substanzen, die um das gleiche Enzymsystem konkurrieren (Isoniazid-Hydralazin).

Und außerdem ist aus der gleichen Überlegung heraus zu erwarten, daß bei steigender oraler Dosis die Metabolisierungsrate absinkt, da die Enzyme mit Substrat abgesättigt werden.

So kann man bei der Therapie mit Substanzen, die einer hohen first pass Veränderung unterliegen, nicht unbedingt an den vorgeschlagenen Dosen festhalten. Eigentlich müßte jeder Patient individuell eingestellt werden.

Will man den first pass umgehen, so bieten sich außer der Injektion folgende Möglichkeiten der Applikation:

- Buccal oder sublingual
- nasal
- rektal
- perkutan.

Substanzen, die über diese Wege resorbiert werden, treten (auf jeden Fall teilweise) nicht über das Pfortadersystem in den Blutkreislauf ein.

Das erklärt die bessere Wirksamkeit von Nitroglycerin aus Zerbeißkapseln oder transdermalen Systemen, aber auch die Möglichkeiten unerwartet starker systemischer Nebenwirkungen bei Augentropfen, die β-Blocker oder Sympathomimetika enthalten.

1.1.9 **Regeln für Hochdruck-Patienten** (aus dem Apotheker Merkblatt „Achtung hoher Blutdruck“)

Zehn Regeln für den Hochdruck-Patienten

1. Regelmäßige Blutdruck-Kontrolle
2. Verminderung vorhandenen Übergewichts[1]
3. Einschränkung der Kochsalz-Zufuhr
4. Konsequente medikamentöse Behandlung nach Anweisung des Arztes
5. Einstellen des Rauchens[2]
6. Mäßigung im Alkoholgenuß
7. Vermeidung von Hetze und Streß
8. Ausreichend Schlaf und Entspannung
9. Regelmäßiges körperliches Training
10. Vorsicht bei raschem Klima- und Höhenwechsel, bei Flugreisen und im Hochgebirge.

Sieben Regeln für Kraftfahrer mit hohem Blutdruck

1. Zusätzlich zu den blutdrucksenkenden Medikamenten niemals Beruhigungsmittel oder stärkere Schmerzmittel einnehmen
2. Keine eigenmächtige Veränderung der medikamentösen Behandlung ohne Rücksprache mit Ihrem Arzt
3. Regelmäßige ärztliche Kontrolluntersuchungen und ggfs. regelmäßige Selbstmessung des Blutdrucks
4. Besondere Vorsicht ist geboten nach Beginn oder Wechsel der Behandlung mit blutdrucksenkenden Medikamenten
5. Vermeiden von plötzlichen heftigen körperlichen Anstrengungen
6. Keine langen Fahrstrecken ohne regelmäßige Pausen.
7. Sofortige Fahrtunterbrechung bei Minderung Ihres Wohlbefindens, bei Reizbarkeit oder Konzentrationsschwächen.

---

[1] 60 % der Hypertoniker liegen 20 % über dem Sollgewicht, 40 % sind zwischen 1 und 19 % übergewichtig.

[2] Zwei Zigaretten erhöhen den Blutdruck um 10 mmHg systolisch und 8 mmHg diastolisch, der Effekt hält jedoch nur 15 Minuten an.
Kaffee mit 200 mg Coffein und Rauchen steigern die Blutdruck um 14 mmHg systolisch, was bis zu 120 Minuten anhält [49,
Während man vom Rauchen prinzipiell abrät, da es die Gefäße schädigt, sind bei Kaffee die Meinungen geteilt, auch wenn eine Tasse Kaffee mit 200 mg Coffein den Blutdruck für ein bis zwei Stunden um 10 mmHg systolisch und 7 mmHg diastolisch steigern kann. Er verstärkt bestehenden Hochdruck nicht und übt auch keinen Einfluß auf die Risikofaktoren der Arteriosklerose aus [50,

Hilfreiches Informationsmaterial für den Patienten:

„Natriumarme Kost" gegen Gebühr von Deutsche Gesellschaft für Ernährung, Feldbergstraße 28, Frankfurt/M.

„Mit Hochdruck leben" Galenus (Boehringer) Mannheim, 6800 Mannheim 31 Hier kommt leider wieder einmal der Apotheker nur als Lieferant von Blutdruckmeßgeräten und Diätsalz vor.

1.1.10 Blutdruckmessung

Da der Blutdruck mit der körperlichen und seelischen Verfassung und mit der Tageszeit schwankt, empfiehlt sich eine regelmäßige Messung. Bei der Messung in der Apotheke ist darauf zu achten, daß der Patient einige Minuten ausruht, wenn er „gestreßt" von Einkaufsgängen, eventuell mit schweren Taschen ankommt. Insbesondere bei älteren Patienten würde man sonst einen Belastungsdruck mit gesteigerten Werten messen.

Hypertoniker sind häufig übergewichtig. Oberarmumfänge um 40 cm und mehr sind durchaus möglich. Da praktisch alle Geräte zur Selbstmessung serienmäßig mit einer „Normalmanschette" ausgerüstet sind, sollte man bei großen Armumfängen die Korrekturtabelle (Tab. 11a) verwenden, die in den USA aus 84000 Messungen an 1240 übergewichtigen Patienten abgeleitet wurde [51]. Als Größe der Manschette gilt der aufblasbare Einsatz.

Tab. 11a: Korrektur der systolischen und diastolischen Blutdruckwerte, die man mit Manschetten unterschiedlicher Größe bei verschiedenem Armumfang erhält (aus Med. Mo. Pharm 6, 119, 1983)

Armumfang	Manschette 15 x 33 cm		Normalmanschette 12 x 23 cm		Manschette 18 x 36 cm	
(cm)	systol.	diastol.	systol.	diastol.	systol.	diastol.
20	+11	+7	+11	+7	+11	+7
22	+9	+6	+9	+6	+11	+6
24	+8	+5	+7	+4	+10	+6
26	+7	+5	+5	+3	+9	+5
28	+5	+4	+3	+2	+8	+5
30	+4	+3	0	0	+7	+4
32	+3	+2	−2	−1	+6	+4
34	+2	+1	−4	−3	+5	+3
36	0	+1	−6	−4	+5	+3
38	−1	0	−8	−6	+4	+2
40	−2	−1	−10	−7	+3	+1
42	−4	−2	−12	−9	+2	+1
44	−5	−3	−14	−10	+1	0
46	−6	−3	−16	−11	0	0
48	−7	−4	−18	−13	−1	−1
50	−9	−5	−21	−14	−1	−1
52	−10	−6	−23	−16	−2	−2
54	−11	−7	−25	−17	−3	−2
56	−13	−7	−27	−19	−4	−3

1.1.11 Allgemeine Angaben

Dosierungen beziehen sich stets auf die Anwendung der Substanz als Antihypertonikum. Wenn nicht anders angegeben, entsprechen sie den Empfehlungen zur Hochdruckbehandlung der Deutschen Liga zur Bekämpfung des hohen Blutdruckes, 5. Auflage, Stand Juni 1983.

Wirkdauer bezieht sich auf die Wirkung als Antihypertonikum.

Bei den Halbwertszeiten ist im allgemeinen die β-Phase, nicht die schnelle Initialverteilung (α-Phase) angegeben. Dieser Wert wird häufig mit $t_{1/2\beta}$ bezeichnet.

1.2 Saluretika (Diuretika)

Saluretika sind Substanzen, die den Transport von Salzen und Wasser in den Nierentubuli hemmen — entweder durch Blockierung aktiver Ionenpumpen oder durch Veränderung der Ionen- und Wasserpermeabilität. Mit wenigen Ausnahmen sind Diuretika prinzipiell von ihrer Wirkung her Saluretika. Deshalb finden beide Begriffe synonym Verwendung.

Die Saluretika sollen hier nur insoweit besprochen werden, als sie für die Behandlung des Hochdrucks von Interesse sind.

1.2.1 Das Renin-Angiotensin-Aldosteron-System

Die Rolle des RAA Systems wird in Teil I, 5.1.1 besprochen. Deshalb genügt hier eine verkürzte und vereinfachte Zusammenfassung unter dem Aspekt der Beeinflussung durch Pharmaka.

Das Enzym Renin wird in der Niere gebildet und leitet durch Spaltung des Glykoproteins Angiotensinogen die Synthese von Angiotensin-II ein. Dieses Angiotensin-II erhöht den Blutdruck über zwei Mechanismen:

1. Durch Verengung peripherer Blutgefäße, also Erhöhung des peripheren Widerstandes. (Angiotensin-II gehört zu den stärksten Vasokonstriktoren.)
2. Durch Stimulierung der Aldosteronausschüttung in der Nebennierenrinde. (Das Mineralocorticoid Aldosteron hemmt die Natriumausscheidung in der Niere und steigert deshalb den Blutdruck über eine Vermehrung des Blutvolumens.)

Eine Steigerung der Plasmareninaktivität bedeutet also ein Blutdrucksteigerung. Diese Aktivitätssteigerung tritt ein

- bei Abnahme der Blut-Natrium-Konzentration oder Steigerung der Harn-Natrium-Konzentration (eventuell bewirkt durch Saluretika)
- bei Verringerung des Blutvolumens (eventuell bewirkt durch Saluretika)
- bei Abfall des Blutdrucks in den Nieren (eventuell bewirkt durch Antihypertonika)
- durch β-adrenerge Reize.

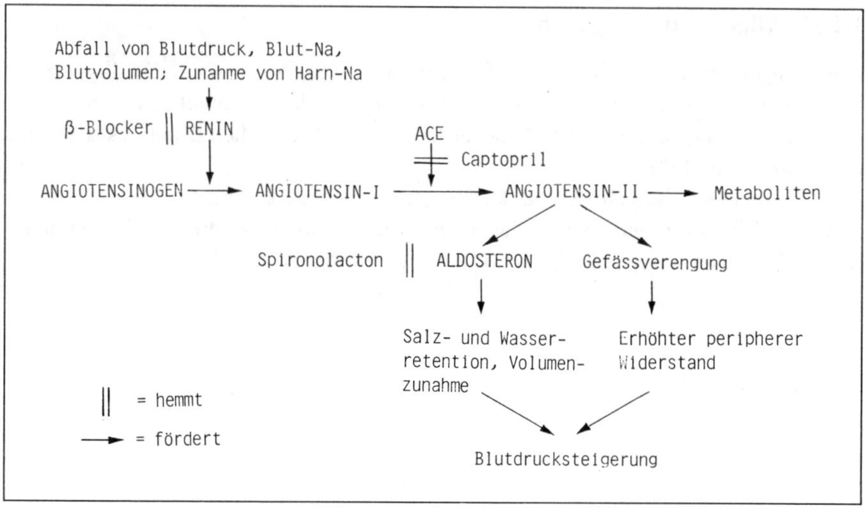

Abb. 5: Renin und Blutdruck

Somit führen also viele Antihypertonika zu einer Erhöhung der Plasmareninaktivität, die letztlich den blutdrucksenkenden Effekt wieder vermindert oder gar kompensiert. *β*-Blocker sind hier eine Ausnahme.

Eine interessante Möglichkeit zur Blutdrucksenkung über eine Beeinflussung des RAA-Systems stellt die Hemmung der Angiotensin-II-Synthese über die kompetitive Hemmung des Angiotensin Converting Enzyms (ACE) dar, das Angiotensin-I in Angiotensin-II umwandelt.

Von den zahlreichen ACE-Hemmern ist bislang allein Captopril (Lopirin®) im Handel (1.3).

Eine Stufe später greift Spironolacton ein, das Aldosteron und damit dessen Wirkung antagonisiert.

1.2.2 Saluretika und Blutdruck

Wenn eine streng kochsalzarme Diät bei 30 bis 40% der Hypertoniker den Blutdruck senken kann, muß man von den primär salzausscheidenden Diuretika prinzipiell gleiche Effekte erwarten.

Hollander und Wilkins entdecken 1957, daß Chlorothiazid den chronisch erhöhten Blutdruck senken kann. Seitdem nahm die Verwendung von Saluretika in der Behandlung der Hypertonie ständig zu. Heute stellen die Saluretika die wichtigste Gruppe blutdrucksenkender Substanzen dar, weil sie bei guter Wirkung wenige Nebenwirkungen im Vergleich zu anderen Wirkgruppen haben. Es gibt wenig Kontraindikationen, bei Herzinsuffizienz sind sie günstig, meist sogar erforderlich. Außerdem sind sie preiswert.

Von Nachteil ist, daß sie den Belastungshochdruck wenig beeinflussen (hier wirken β-Blocker gut), daß sie dauernde Laborkontrollen der Elektrolyte erfordern und daß sie Veränderungen des Fett- und Kohlenhydratstoffwechsels verursachen können.

Wie in 1.1.2 besprochen, empfehlen sich die Saluretika als erste Stufe einer medikamentösen Hochdruckbehandlung, die für 40 bis 50% der Patienten mit diastolischen Werten bis zu 105 mmHg ausreicht. Prinzipiell sollte auch jede Kombinationsbehandlung stets ein Saluretikum einschließen, auch schon deshalb, weil viele Antihypertonika zu einer Wasserretention führen.

Die größte Bedeutung in der Therapie der Hypertonie haben die Thiazide und Analoge sowie das Spironolacton. Die Schleifendiuretika und die beiden kaliumretinierenden Substanzen Amilorid und Triamteren finden fast ausschließlich in Kombinationen Anwendung.

Die blutdrucksenkende Wirkung der Saluretika ist begrenzt und hängt von der Ausgangslage ab:

- Bei Normotonen tritt praktisch kein Effekt ein,
- bei Hypertonikern steigt mit zunehmender Schwere des Hochdrucks die Wirkung, die im allgemeinen eine Senkung um 25 mmHg systolisch und 15 mmHg diastolisch erreichen kann. Der maximale Effekt stellt sich erst nach 3 bis 4 Wochen ein.

Über den Mechanismus der blutdrucksenkenden Wirkung ist man sich nicht im klaren. Saluretika wirken zumindest bei Beginn der Therapie in den ersten 2 bis 3 Tagen durch eine Förderung der Natriumausscheidung. Dadurch sinkt das Plasmavolumen, das extrazelluläre Flüssigkeitsvolumen und das Herzzeitvolumen. So kann z. B. Hydrochlorothiazid in 3 Tagen eine Ausscheidung vom 300 mval Na^+ (17,5 g NaCl), eine Abnahme des Körpergewichts durch Wasserverlust um 2 kg und eine Verringerung des Plasmavolumens um 10 bis 15% bewirken.

Die Absenkung des Herzzeitvolumens gilt allgemein als Erklärung der anfänglichen Drucksenkung durch Diuretika. Für den Langzeiteffekt gibt es unterschiedliche Erklärungen.

Eine Theorie geht davon aus, daß dieser Effekt auch bei Langzeitbehandlung erhalten bleibt, daß also Diuretika den Blutdruck primär über die Niere ausüben, indem sie aufgrund einer Steigerung der Natriumausscheidung das Plasma- und das extrazelluläre Volumen vermindern [7].

Eine andere Theorie besagt, daß nach einigen Wochen durch die infolge der erhöhten anfänglichen Natriumausscheidung gesteigerte Reninaktivität das Plasmavolumen, zumindest aber das Herzzeitvolumen wieder zu den ursprünglichen Werten zurückkehren. Grund für die anhaltende Drucksenkung ist nach dieser Deutung eine Senkung des peripheren Widerstandes durch Tonussenkung in der glatten Gefäßmuskulatur. Diese soll dadurch zustandekommen, daß durch verringerten Na-Gehalt in der Gefäßmuskulatur diese weniger stark auf den gefäßverengenden Effekt von Noradrenalin (und Adrenalin) reagiert (Siehe auch 1.1.3). Demnach wären dann Saluretika als gefäßerweiternde Substanzen einzuordnen.

Unbestritten ist, daß auch während einer Saluretikatherapie eine Beschränkung der

Kochsalzzufuhr eingehalten werden muß. Kochsalzrestriktion steigert die Wirkung. Hoher Salzgehalt der Nahrung (ab 12 g/Tag) kann die Blutdrucksenkung aufheben.

Wie bei einer Reihe von Antihypertonika besteht offenbar zwischen der Plasmakonzentration und der drucksenkenden Wirkung bei den Schleifendiuretika und den Thiaziden keine exakte Korrelation. Höhere Dosen wirken nicht besser als die Normdosen, erhöhen aber die Nebenwirkung (siehe 1.2.5).

Die Wirkdauer ist länger, als es die Halbwertszeiten vermuten lassen. Dies ist auch bei den β-Blocker und den Vasodilatatoren zu beobachten.

1.2.3 Thiazide und Analoge

Die Thiazide leiten sich vom 7-Sulfamoyl-3,4-dihydro-benzothiadiazin ab. In 6-Stellung tragen sie in der Regel einen Chlorsubstituenten. Sie hemmen die Rückresorption von Natrium, Chlorid, Kalium und Magnesium aus dem Tubuluslumen in das Blut und fördern damit deren renale Ausscheidung. Ihr Angriffspunkt ist der distale Tubulus (Abb. 6). Sie wirken milder und länger als die Schleifendiuretika bei sonst ähnlichem Ausscheidungsmuster. Die Wirkdauer liegt bei 12 bis 24 Stunden, bei Chlortalidon bis zu 72 Stunden.

Man kann die Thiazide als Endresultat der Bemühungen, die diuretischen Eigenschaften des p-Sulfanilamids zu verbessern, betrachten.

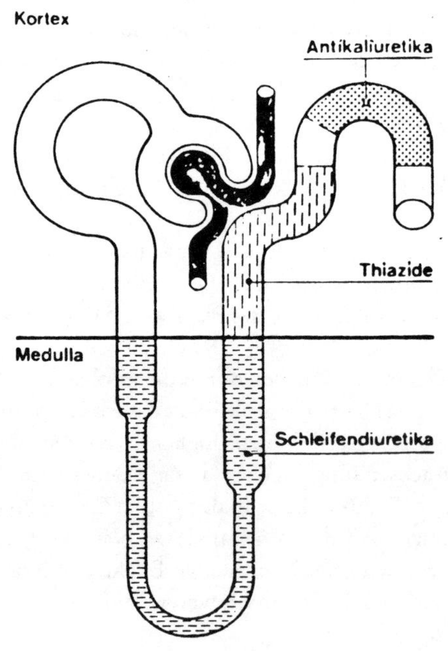

Abb. 6: Angriffspunkte von Saluretika (nach Knauf [10])

Den Thiaziden gleichzustellen sind die Thiazid-Analogen, die sich ebenfalls vom o-Chlorbenzolsulfonamid ableiten. Sie unterscheiden sich von den Thiaziden praktisch nur in Wirkstärke und -dauer, weniger aber in der Wirkcharakteristik. Dies gilt auch für Chlorazanil, wenn es auch in der Struktur keine Gemeinsamkeiten mehr mit den übrigen Substanzen aufweist. (Übrigens ist es auch das einzige nicht verschreibungspflichtige Saluretikum.)

Da sich alle Wirkstoffe in den pharmakodynamischen Eigenschaften ähneln, werden sie unter Verzicht auf eine detaillierte Besprechung lediglich in einer tabellarischen Übersicht dargestellt unter Einbeziehung der Schleifendiuretika. Neben- und Wechselwirkungen werden ebenfalls gemeinsam mit den Schleifendiuretika besprochen.

Tab. 12: Strukturen von Thiaziddiuretika

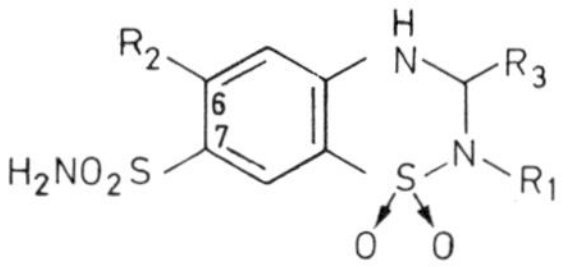

	R_1	R_2	R_3
Bemetizid (in Diucomb®)	— H	— Cl	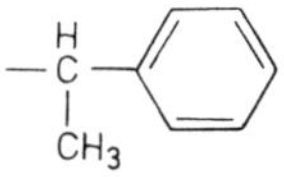
Bendroflumethiazid (Sinesalin®)	— H	— CF_3	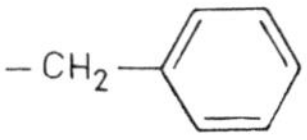
Butizid (Saltucin®)	— H	— Cl	$-CH_2-CH(CH_3)-CH_3$
Cyclopenthiazid (Navidrex®)	— H	— Cl	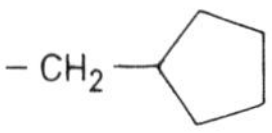
Cyclothiazid (in Dimapres®)	— H	— Cl	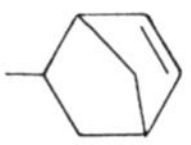
Hydrochlorothiazid (Esidrix® u. a.)	— H	— Cl	$-H$
Polythiazid (Drenusil®)	— CH_3	— Cl	$-CH_2-S-CH_2-CF_3$
Trichlormethiazid (Esmarin®)	— H	— Cl	$-CHCl_2$

Tab. 13: Strukturen von Thiazidanalogen

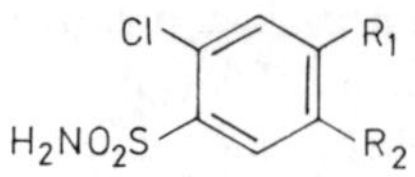

	R_1	R_2
Chlortalidon (Hygroton®)	— H	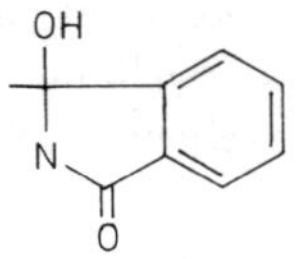
Clopamid (in Briserin®)	— H	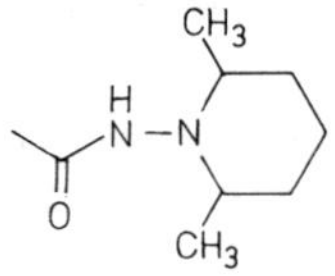
Mefrusid (Baycaron®)	— H	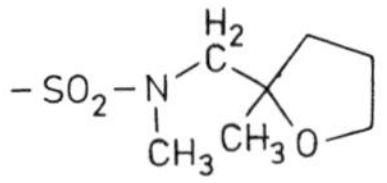
Indapamid (Natrilix®)	— H	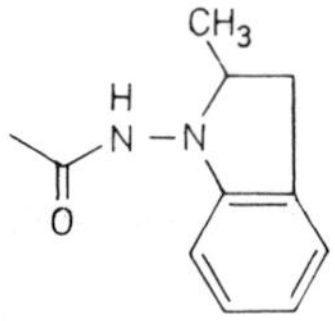
Xipamid (Aquaphor®)	— OH	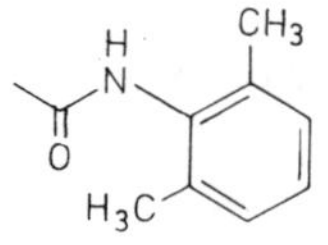
Clorexolon (in Tensocalm®)		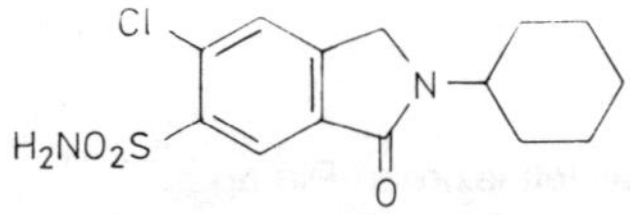
Metolazon (Zaroxolyn®)		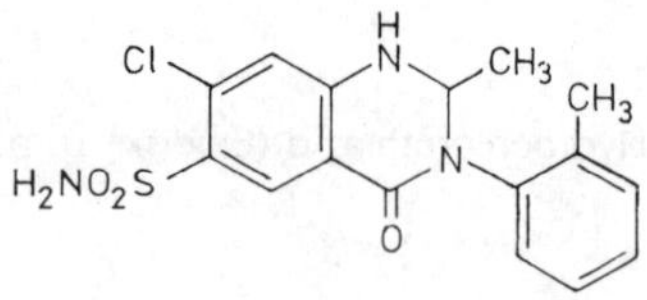
Chlorazanil (Orpidan® 150)		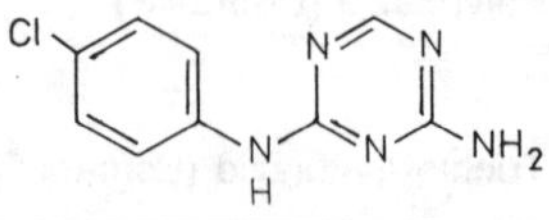

1.2.4 Schleifendiuretika

Schleifendiuretika hemmen wie die Thiazide die Natrium-, Kalium-, Magnesium-, zusätzlich die Calcium-Rückresorption aus dem Harn in das Blut, greifen aber etwas früher am dicken aufsteigenden Teil der Henleschen Schleife an (Abb. 6). Schleifendiuretika wirken intensiver („high ceiling diuretics") als Thiazide bei kürzerer Wirkdauer von 3 bis 6 Stunden.

Zur Monotherapie der Hypertonie kommen sie deshalb weniger in Betracht als die Thiazide, deren kontinuierliche und lang anhaltende Natriummehrausscheidung vorteilhaft ist. Schleifendiuretika werden deshalb fast ausschließlich in Verbindung mit Spironolacton oder Reserpin in Form fixer Kombinationen eingesetzt.

Von Bedeutung sind sie auch zur Behebung einer Natriumretention bei der Therapie mit Captopril (Lopirin®), Clonidin (Catapresan®) oder Minoxidil (Lonolox®).

Etazolin (Elkapin®) und das im Herbst 1983 erscheinende Muzolimin (Edrul®) stellen einen Übergang zu den Thiaziden dar. Die Wirkung hält mindestens 8 Stunden an, ist aber etwas schwächer als die von Furosemid (Lasix®). Deshalb sind diese beiden Substanzen auch zur Monotherapie der Hypertonie geeignet.

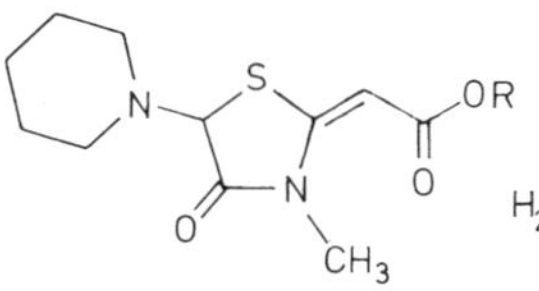

Etozolin (Elkapin®) R = $-C_2H_5$

Ozolinon R = –H

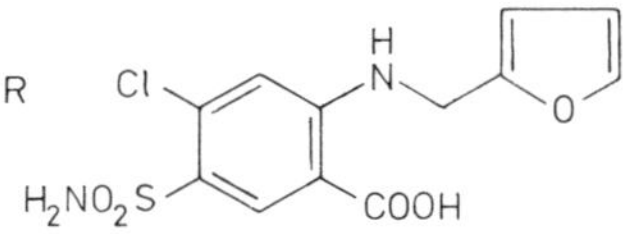

Furosemid (Lasix®)

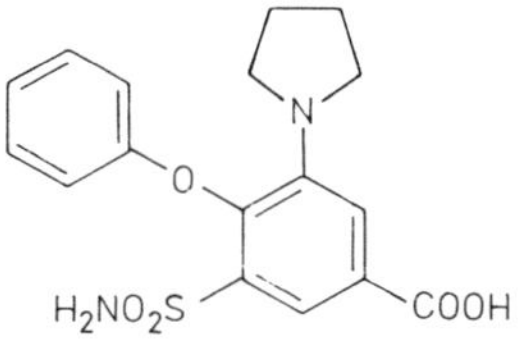

Piretanid (Arelix®)

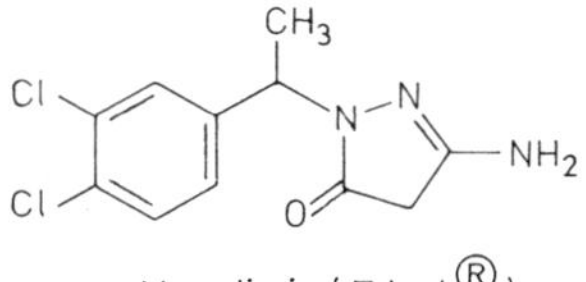

Muzolimin (Edrul®)

Aus der Reihe der Schleifendiuretika haben Bumetanid (Fordiuran®) und Etacrynsäure (Hydromedin®) keine Bedeutung in der Hochdruckbehandlung. Auf eine Besprechung wird deshalb verzichtet.

Die Mehrzahl der Substanzen sind o-Sulfamoyl-benzoesäuren. Etozolin stellt die Transportform des Wirkstoffs Ozolinon dar. Diese Thiazolidinessigsäure entsteht durch Esterspaltung.

Die Daten der Schleifendiuretika befinden sich in Tabelle 14.

Tab. 14: Daten von Thiaziden, Thiazidanalogen und Schleifendiuretika

	Dosierung[1] mg	Bioverfügbarkeit %	$t_{1/2}$ Std.	Wirkdauer Std.	Metabolis.-grad %	Wirksame Metaboliten
Bemetizid (in Diucomb®)			7,5			
Bendroflumethiazid (Sinesalin®)	2,5—5	> 90	8—9	18	70	
Butizid (Saltucin®)	5—10			12		
Chlorazanil (Orpidan®)	150			20		
Chlortalidon (Hygroton®)	50—100 jeden 2. oder 3. Tag	60	50	70	< 30	
Clopamid (in Briserin®)	10—20					
Cyclopenthiazid (Navidrex®)	0,5—2			20		
Cyclothiazid (in Dimapres®)	1—2			20		
Hydrochlorothiazid (Esidrix® u.v.a.)	25—75[2]	70	2,5—4	6—12	< 5	
Indapamid (Natrilix®)	2,5	95	18	> 20	95	
Mefrusid (Baycaron®)	25—75	100		20	100	ja
Metolazon (Zaroxolyn®)	2,5—5	65			10	
Polythiazid (Drenusil®)	1—2	>90	26			
Trichlormethiazid (Esmarin®)	2—8			12		
Xipamid (Aquaphor®)	10—40	100	7		0	
Etozolin (Elkapin®)	1 x 200—2 x 400	90	Etazolin 3 Ozolinon 12	> 8	100	Ozolinon
Furosemid (Lasix® u. a.)	1—2 x 40—80[3]	65	1	2—6	10	
Muzolimin (Edrul®, noch nicht i. H.)	1—2 x 20		3—5	> 8	90	
Piretanid (Arelix®)	1—2 x 6	70—90	1,5	4—6	gering	

[1] Empfehlungen der „Deutschen Liga zur Bekämpfung des hohen Blutdrucks" außer Chlorazanil, Muzolimin, Piretanid und Cyclothiazid
[2] Gross [7] empfiehlt hier 12,5—25 mg bzw. [3] 20—40 mg/Tag

1.2.5 Nebenwirkungen von Thiaziden und Schleifendiuretika

Insbesondere bei Langzeittherapie können Schleifendiuretika und stärker noch die Thiazide und Analoge durch vermehrte Kaliumausscheidung einen Abfall des Serumkaliums unter den Grenzwert von 3 bis 3,5 mval/l und einen Rückgang des Gesamtkörperkaliums um etwa 10% verursachen. In Langzeitstudien lagen immerhin bei etwa 20% der Patienten die Serumkaliumwerte zwischen 2,5 bis 3,4. Die *Hypokaliämie* gilt als eine wichtige Komplikation bei der Behandlung insbesondere mit Thiaziden, da sie Nierenschäden, Muskelschwäche und Muskelkrämpfe und insbesondere Arrhythmien zur Folge haben kann (Abb. 7).

In gleicher Richtung wirkt die unter diesen Saluretika ebenfalls herabgesetzte Plasma-Magnesium-Konzentration.

Besonderes Gewicht erhält die negative Kaliumbilanz bei gleichzeitiger Therapie mit Herzglykosiden. Diese hemmen die Na/K-Pumpe, verringern damit die intrazelluläre Kaliumkonzentration. Ein durch Saluretika verminderter Kaliumspiegel wirkt gleichartig und verstärkt den Abfall des intrazellulären Kaliums. Die Gefahr einer Herzfrequenzbeschleunigung bis hin zum Infarkt wird dadurch vergrößert.

Man begegnet diesem Risiko durch gleichzeitige Verabreichung kaliumsparender Saluretika oder durch Steigerung der Kaliumzufuhr mittels diätetischer Maßnahmen (Obst, Obstsäfte) oder Verabreichung von Kalium in retardierter Form. Immer mehr wird allerdings diese Gefahr für übertrieben gehalten. Da eine bedenkliche Kaliumaus-

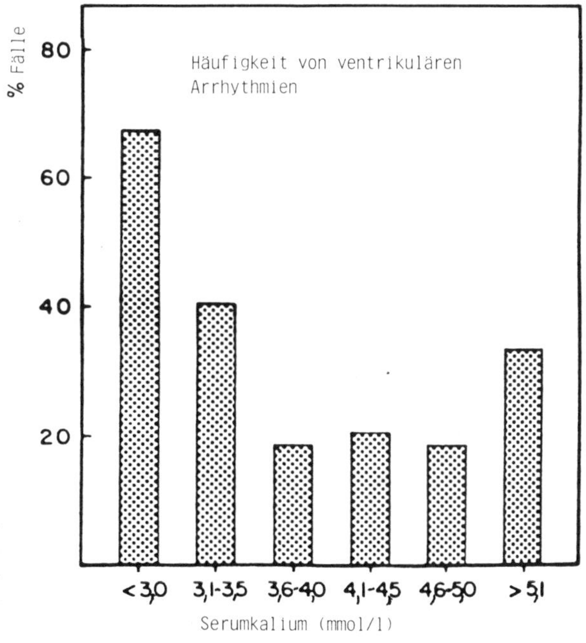

Abb. 7: Beziehung zwischen Serumkalium (mmol/l) und Auftreten von Arrhythmien bei 151 Patienten (Cole 1981 [13])

scheidung erst bei höheren Saluretikadosen eintritt, und andererseits diese hohen Dosen den blutdrucksenkenden Effekt nicht steigern, hält man es für ausreichend, die verabreichte Diuretikamenge zu verringern. (auch eine Kochsalzrestriktion mindert die Kaliumverluste beträchtlich [74].)

Hydrochlorothiazid soll in einer Dosierung von 12,5 mg ebensogut diuretisch und natriuretisch wirken wie 50 mg, die ihrerseits die Kaliumausscheidung stark erhöhen [7]. Zu ähnlichen Ergebnissen kamen vergleichende Studien bei Cyclopenthiazid, Chlorthalidon und Bendroflumethazid.

Schleifendiuretika, Thiazide, Amilorid und Triamteren senken die Harnsäureausscheidung durch Konkurrenz um die tubuläre Sekretion. Dadurch kommt es zu einem *Anstieg der Plasma-Harnsäure-Konzentration* um 0,5 bis 1 mg/dl. Patienten mit Disposition zur Gicht müssen deshalb bei Saluretika-Dauertherapie überwacht werden.

Schleifendiuretika und Thiazide verursachen eine *Senkung der Glucosetoleranz.* Wahrscheinlich beeinflussen sie direkt die Insulinsekretion. Zwar scheint die Gefahr minimal zu sein, daß sich dadurch ein Diabetes entwickelt. Diabetiker sind aber auf jeden Fall zu kontrollieren.

Schleifendiuretika und Thiazide führen zu einer *Veränderung des Fettstoffwechsels:* Die Fraktion der high-density-lipoproteins (HDL), der man einen Schutzeffekt zusagt, verringert sich, während das Gesamtcholesterin, die Triglyceride und die Fraktion niedriger Dichte, die atherogene LDL-Fraktion zunimmt. Die klinische Bedeutung dieser Fettstoffwechselbeeinflussung ist noch nicht klar — man diskutiert eine erhöhte Arteriosklerosegefährdung.

Saluretika bewirken außerdem eine *Aktivierung des Renin-Angiotensin-Systems.* Man kann dies als einen kompensatorischen Vorgang betrachten, ausgelöst durch die Steigerung der Natriurese und Diurese. Möglicherweise vermindert diese Steigerung der Plasmareninaktivität als gegengerichteter Faktor die Wirkung der Diuretika.

Weitere Nebenwirkungen der Thiazide und Schleifendiuretika bei Dauertherapie sind:

- Erschöpfung und leichte Ermüdbarkeit (Elektrolytmangel?)
- Schwindelgefühl und orthostatische Regulationsstörungen
- Kopfschmerzen
- Potenzstörungen
- Mundtrockenheit
- Erhöhung des Thromboserisikos (Erhöhung der Blutviskosität bei Diurese)
- Photoallergien bei Chlortalidon und Hydrochlorothiazid.

1.2.6 Kaliumsparende Saluretika

Während Thiazide und Schleifendiuretika neben der Natrium- und Chlorid- auch die Kalium- und Magnesiumausscheidung erhöhen, verringern die kaliumsparenden (kaliumretinierenden) Saluretika die Kaliumexkretion bei schwacher Natriumausscheidung. Sie greifen am spätdistalen Tubulus an (Abb. 6).

Kaliumsparende Saluretika heben in Kombination mit Schleifen- und Thiaziddiuretika deren kaliumausschwemmende Wirkung auf, ohne deren natriuretische Wirkung zu mindern.

Spironolacton (Aldactone®, Osyrol®) hemmt kompetitiv das Mineralcorticoid Aldosteron an den Rezeptoren der Tubuluszelle. Es wird durch Abspaltung von Thioessigsäure zu *Canrenon* metabolisiert, das die Wirkform dargestellt und auch zur parenteralen Applikation eingesetzt wird (Aldactone pro inj. u. a.).

Da Aldosteron Natrium retiniert und Kalium sezerniert, fördert Spironolacton die Natriumausscheidung bei gleichzeitiger Hemmung der Kaliumausscheidung. Der diuretische Effekt des Spironolacton ist allerdings gering, da es nur etwa 2% des filtrierten Natriums kontrolliert.

Dennoch beruht der antihypertensive Effekt des Spironolacton offensichtlich ebenfalls auf einem Verlust an Natrium und Wasser. Reflektorisch steigen Plasmareninaktivität, Aldosteron- und Angiotensin-II Konzentration, was offenbar die blutdrucksenkende Wirkung abschwächt oder gar aufheben kann [14]. Der diuretische Effekt des Spironolacton tritt nach etwa 3 bis 6 Tagen ein und wirkt bis zu 3 Tagen nach Absetzen weiter.

Die Blutdrucksenkung setzt wie bei den übrigen Saluretika allmählich ein. Das Maximum wird nach etwa 2 Wochen erreicht.

Kurzfristig steigert Spironolacton (wie auch Amilorid und Triamteren) die Kontraktionskraft des Herzens. Bei Daueranwendung sind die Ergebnisse widersprüchlich. Möglichweise vermindert es die Herzglykosidwirkung, da es die Glykoside von den Rezeptoren verdrängt (und die Serumkaliumkonzentration erhöht).

Spironolacton ist schlecht wasserlöslich. Erst die Mikronisierung der Substanz macht die heute erreichbare Bioverfügbarkeit von etwa 90% möglich. Die Einnahme nach dem Essen erhöht über eine Verlängerung der Auflösungszeit die Resorption.

Wie bei den Thiaziden besteht keine Korrelation zwischen Dosis und Blutdrucksenkung. 200 oder 400 mg/Tag wirken nicht besser als 100 mg [15], steigern aber die Nebenwirkungen.

Spironolacton senkt die Testosteronspiegel durch Eliminationssteigerung [16].

Das Aminopteridin *Triamteren* und das Aminopyrazin *Amilorid* hemmen ebenfalls im spätdistalen Tubulus die Aufnahme von Natrium aus dem Lumen und gleichzeitig die Ausscheidung von Kalium in das Lumen. Da sie ebenfalls nur schwach diuretisch wirken, werden sie so gut wie ausschließlich in Kombination mit Thiaziden eingesetzt, um deren kalium- und magnesiumausschwemmenden Effekt aufzuheben. Dabei kann diese Kombination die Triamterenkinetik verändern, wobei die Angaben sich widersprechen. Bemetizid[1] soll die Resorptionsrate von Triamteren steigern mit einer Erhöhung der maximalen Plasmaspiegel bis auf das dreifache [11], Hydrochlorothiazid[2] lediglich eine beschleunigte Resorption von Triamteren verursachen [12]. Diese Differenzen scheinen aber klinisch nicht relevant zu sein.

---

[1] Bemetizid + Triamteren = Diucomb®

[2] Hydrochlorothiazid + Triamteren = Dytide H®, Esiteren®, Slimin® u. a.

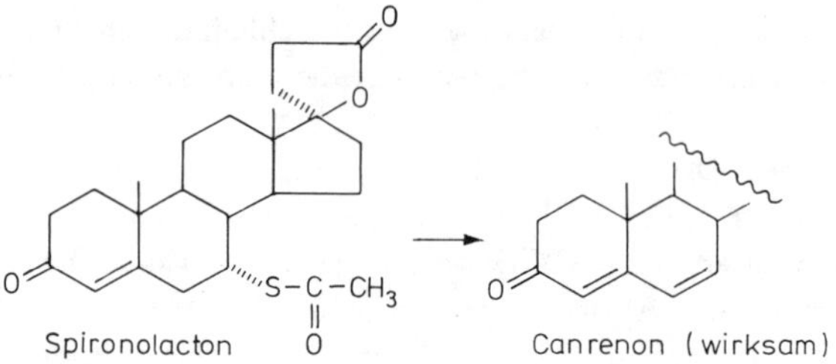

Spironolacton — Canrenon (wirksam)

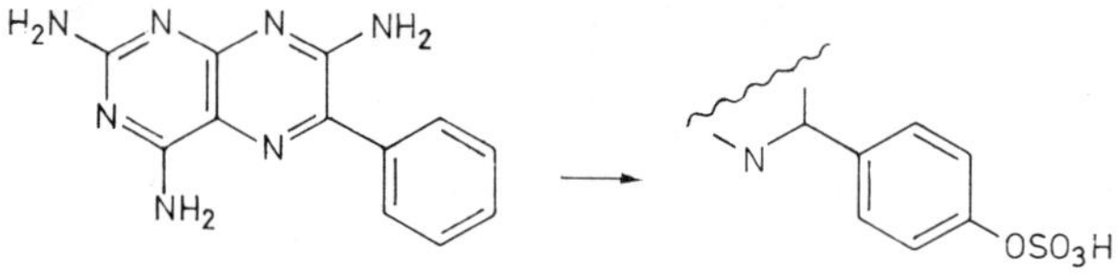

Triamteren (Jatropur®) — Hydroxytriamteren-schwefelsäureester-(wirksam)

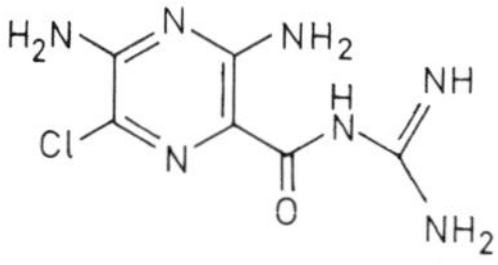

Amilorid (Arumil®)

Amilorid wird nur geringfügig metabolisiert. Durch Abspaltung von Harnstoff entsteht Desureido-amilorid, dessen biologische Aktivität ungeklärt ist [17].

Triamteren wird dagegen rasch nach Hydroxylierung in den Hydroxytriamteren-schwefelsäureester umgewandelt. Dieser Phase-II-Metabolit ist erstaunlicherweise wirksam und stellt wohl die Wirkform des Triamteren dar. Seine blaue Fluoreszenz ermöglicht auf einfach Weise die Kontrolle der Einnahmezuverlässigkeit im Urin. Man benötigt dazu lediglich ein UV Lampe mit 366 nm Wellenlänge [18].

1.2.7 Nebenwirkungen von kaliumsparenden Saluretika

Alle kaliumretinierenden Saluretika können den Serumkaliumspiegel erhöhen, was zu Müdigkeit, Muskelschwäche und — schwerwiegender — zu Arrhythmien führen kann. Eine gleichzeitige Verabreichung von Kalium ist daher nur unter strenger Laborkontrolle möglich, da auch ein gesteigerter Serumkaliumspiegel über 5 mval/l die Gefahr von Herzrhythmusstörungen verstärkt (Abb. 7).

Triamteren und Amilorid verursachen vor allem Magen-Darmstörungen, Schwindel und Kopfschmerzen, außerdem Mundtrockenheit als allgemeine Begleiterscheinung der Diurese.

Tab. 15: Daten kaliumsparender Saluretika

	Dosierung[1] mg	Bioverfügbarkeit %	$t_{1/2}$ Std.	Wirkdauer Std.	Metabolis.-grad %	wirksame Metaboliten
Amilorid (Arumil®)	10—20	50	6—9	20	gering	?
Spironolacton (Aldactone® u. a.)	100—200	60—90	20	70	100	Canrenon
Triamteren (Jatropur®)	100—200	50	6—12 (Metabolit)	20	80	Hydroxytriamt.-schwefels.ester

[1] Empfehlungen der „Deutschen Liga zur Bekämpfung des hohen Blutdrucks".

Spironolacton verursacht neben Magen-Darmstörungen, Schläfrigkeit und Muskelschwäche (siehe oben) Nebenwirkungen durch hormonelle Störungen:

Bei der Frau Brustschwellungen, gesteigerte Berühungsempfindlichkeit der Brust, Vertiefung der Stimmlage und Heiserkeit, Regelstörungen und verstärkte Behaarung. Beim Mann beobachtet man neben gleichartigen Wirkungen auf die Brust eine Erhöhung der Stimmlage, eventuell mit Heiserkeit, und Potenzstörungen.

Außerdem ist Immunsuppression möglich, und es gibt Hinweise auf tumorigene Wirkung [72].

1.2.8 Wechselwirkung bei Saluretika

- Alle Saluretika verstärken prinzipiell die blutdrucksenkende Wirkung anderer *Antihypertonika* — bei der Kombinationstherapie ein erwünschter Effekt.
- Schleifendiuretika, Thiazide und Triamteren verringern die Lithiumausscheidung und steigern daher die *Toxizität von Lithiumpräparaten* zur Depressionstherapie. (Quilonum® ret., Hypnorex®). Laborkontrolle ist erforderlich.
- Schleifendiuretika, Thiazide und Triamteren können die Wirksamkeit *oraler Antidiabetika* verringern, wahrscheinlich über eine verminderte Insulinausscheidung oder ein vermindertes Ansprechen des Muskel- und Fettgewebes auf Insulin (7, 19).
- Schleifen- und Thiaziddiuretika verstärken die *Herzglykosidwirkung und -toxizität* (erniedrigter K-Spiegel), kaliumsparende erniedrigen sie (erhöhte K-Spiegel).
- Schleifen- und Thiaziddiuretika vermindern die Wirkung von *Allopurinol* und von *Probenicid* (Benemid®), mit Glucocorticoiden ist eine verstärkte Kaliumausscheidung möglich.
- *Alkohol, Barbiturate, Phenothiazine* und *trizyklische Antidepressiva* können bei einer Therapie mit Schleifen- oder Thiaziddiuretika eine verstärkte orthostatische Hypotension verursachen.

- Schleifendiuretika können bei parenteraler Verabreichung die Ototoxizität gleichzeitig verabreichter parenteraler *Aminoglykosidantibiotika* (Streptomycin, Gentamicin) verstärken.
- *Nichtsteroidale Antirheumatika* können die blutdrucksenkende Wirkung von Saluretika abschwächen oder aufheben. Dies wurde beschrieben für Indometacin (Amuno®) und Furosemid, Hydrochlorothiazid, Spironolacton und Piretanid, sowie für Acetylsalicylsäure und Furosemid bzw. Spironolacton. Wahrscheinlich trifft dies aber für alle Saluretika und alle starken Prostaglandinsynthetasehemmer zu [20]. Der Mechanismus ist ungeklärt. Saluretika und kochsalzarme Kost steigern die Konzentration gefäßerweiternder Prostaglandine in der Niere und damit die Nierendurchblutung. Indometacin hebt dies auf [20]. Möglicherweise ist diese Steigerung gefäßerweiternder Prostaglandine ein Grund für die Blutdrucksenkung durch Salzrestriktion oder durch Saluretika. Und möglicherweise ist dann die Hemmung der Prostaglandinspiegelsteigerung die Ursache der Wirkungsabschwächung durch nichtsteroidale Antirheumatika.

1.2.9 Kontraindikationen von Saluretika

Als Kontraindikationen von Schleifendiuretika und Thiaziden gelten Hypokaliämie, Hyponatriämie und — bei entsprechender chemischer Struktur — Sulfonamidüberempfindlichkeit.

Bei Thiaziden und kaliumsparenden Diuretika sind schwere Nierenfunktionseinschränkungen, bei kaliumsparenden Diuretika Hyperkaliämie und Hyponatriämie Gegenanzeigen.

1.3 Captopril (Lopirin®)

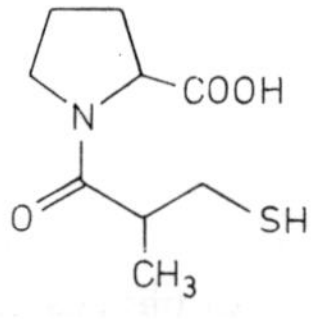

Dosierung: 2 × 25 — 3 × 100 mg 1 Stunde vor bzw. 2 Stunden nach dem Essen

Resorption: 70—90 %, max. Serumspiegel nach 1 Stunde, 0,65 ug/ml nach 100 mg oral

$t_{1/2}$: 1 Stunde

Wirkdauer: etwa 12 Stunden

Metabolisierung: zu 55 % durch oxidative Verknüpfung mit Cystein oder Glutathion

Ausscheidung: zu 65—70 % über die Niere

Plasmaeiweißbindung: 25—30 %

Verteilung (Ratte): Hohe Konzentration in Leber, Lunge, Haut; im Gehirn 1/200 der Nierenkonzentration

Nebenwirkungen

Verringerung oder Verlust des Geschmacksempfindens (6 %), nach Absetzen reversibel;
Eiweiß im Harn (Proteinurie, 1—2 %) insbesondere bei Nierenkranken;
Hautausschläge, Jucken, Rötung (8—14 %), zum Teil mit Fieber, Schwellungen im Gesicht;

Leukozytendepression insbesondere bei Dosen über 300 mg (0,06% von 57800 Patienten), die drei Monate lang alle 2 Wochen Blutbildkontrolle erforderlich macht.

Kontraindikationen

absolut Leukopenie; Schwangerschaft

relativ schwere Autoimmunkrankheiten (Lupus erythematodes, Sklerodermie); Behandlung mit Immunsuppresiva, Zytostatika, systemischen Kortikosteroiden oder Allopurinol, da auch hier ein erhöhtes Risiko zur Leukozytendepression besteht.

Wechselwirkungen

Nahrung verringert Bioverfügbarkeit bis um 35%.

Mit Prostaglandinsynthetasehemmern (Indometacin o. a.) Wirkungsabschwächung möglich. Mit Antihypertonika (außer Saluretika und β-Blockern) Verstärkung der Nebenwirkungen, aber nicht unbedingt der blutdrucksenkenden Wirkung.

Captopril ist das Ergebnis einer systematischen Abwandlung (durch „Abspecken" [21]) eines aus dem Schlangengift von Bothrops jararaca isolierten Peptids. Dieses Gift war erfolgreich zur Behandlung des Bluthochdrucks eingesetzt worden. Captopril besteht aus L-Prolin und D-Mercapto-2-methylpropionsäure.

Captopril hemmt kompetitiv das Angiotensin-I-Converting-Enzym (ACE, siehe 1.2.1), das Angiotensin-I zu Angiotensin-II spaltet. Damit hemmt es die durch Angiotensin-II vermittelte

- Steigerung des peripheren Widerstandes durch Gefäßverengung
- Steigerung des Blutvolumens durch Aldosteron

Wahrscheinlich beruht die Hemmwirkung auf einer Bindung des Zink im ACE durch die Sulfhydrilgruppe des Captopril, wobei die Carboxylgruppe an eine positive Ladung des Enzyms, die Amidfunktion über eine Wasserstoffbrücke bindet und Prolinring wie Methylgruppe diese Anlagerung an das Enzym unterstützen. Fehlt die Methylgruppe, sinkt die Wirkung um den Faktor 6; tauscht man die Sulfhydrilfunktion aus, ergibt sich eine deutliche Wirkungsminderung. Ein Ersatz der Sulfhydrilgruppe wäre durchaus von Interesse, da die Nebenwirkungen der Substanz teilweise darauf zurückgehen dürften: Einige erinnern an die des Thiols Penicillamin (Metalcaptase®, Trolovol®), wie etwa Geschmacksverlust, Proteinurie, Leukopenie.

Die Hemmung des ACE erklärt, warum Hochdruckkranke mit erhöhter Reninaktivität besser auf Captopril ansprechen als solche mit normalen oder erniedrigten Werten. Daß letztere überhaupt reagieren und, daß die drucksenkende Wirkung mit 12 Stunden weit länger anhält als die Hemmung von ACE (2 Stunden), erklärt man mit einer lokalen Hemmung der Angiotensin-II-Bildung direkt in der Arterienwand, wo Captopril aufgrund stärkerer Bindung länger verweilt.

Der Wirkungsmechanismus ist also noch nicht voll verständlich, wenn es auch keine Hinweise dafür gibt, daß etwas anderes als die ACE-Hemmung von Bedeutung sein könnte.

Captopril reduziert den peripheren Widerstand und senkt sehr wirksam erhöhten Blutdruck um 20 bis 30% des Ausgangswertes, ohne den Druck Normotoner zu beeinflussen. Langzeitanwendung bringt keine Wirkungsabschwächung. Captopril ist für alle Formen des primären (essentiellen) Hochdrucks geeignet, wie auch für den sekundären, insbesondere den renalen Hochdruck. Hochdruck, der durch eine übersteigerte Aldosteronsekretion verursacht wird (Aldosteronismus), spricht nicht an.

Eine Kombination mit Saluretika steigert die Wirkung, wobei Schleifendiuretika wirksamer sind als Thiazide.

Captopril erhöht reaktiv die Plasmareninaktivität beträchtlich (Faktor 2—15), da es die hemmende Wirkung des Angiotensin-II auf die Reninsekretion im Regelkreis vermindert. β-Blocker hemmen diesen Reninanstieg. Dennoch wird eine Kombination nicht allgemein empfohlen, da ihr therapeutischer Wert noch unklar ist. Zentrale Nebenwirkungen, wie Müdigkeit, Depressionen, Alpträume fehlen bei Captopril weitgehend, da es die Blut-Hirn-Schranke nur geringfügig passiert. Selten sind ebenfalls Veränderungen der Herzfrequenz, Bronchospasmen, orthostatische Fehlregulationen und Potenzstörungen.

Erwartungsgemäß ist Captopril nicht frei von ernsten Nebenwirkungen. Sie werden aber heute weit seltener beobachtet, als in der Anfangszeit der Verwendung, in der Dosen bis zu 1000 mg täglich gegeben wurden. Heute gilt als maximale Dosis 300 mg/Tag. Steigerung erhöht weniger die Wirkung als die unerwünschten Effekte. Durch Kombination mit Saluretika oder Kochsalzrestriktion kommt man oft mit 2 × 25 bis 2 × 50 mg täglich aus. Bislang wird Captopril von der Mehrzahl der Autoren weniger für leichte Stadien des Blutdrucks, sondern eher für schwere oder therapieresistente Formen empfohlen. Es hat allerdings den Anschein, als ob mit wachsender Erfahrung die bisherige Zurückhaltung aufgegeben würde. Das BGA hat zumindest im letzten Jahr von der ursprünglichen Forderung nach einer Ersteinstellung auf Captopril im Krankenhaus und Führung eines Patientenpasses abgesehen. Captopril wird auch zur Behandlung der Herzinsuffizienz empfohlen. Es reduziert den peripheren Widerstand ohne Beeinflussung der Herzfrequenz und senkt damit die Nachlast. Zusätzlich mindert es die Vorlast des Herzens durch Verringerung der Salz- und Wasserretention.

Alles in allem eröffnet Captopril die Möglichkeit eines interessanten und erfolgversprechenden Therapieprinzips, das noch längst nicht voll verstanden und ausgeschöpft ist.

Die entscheidende Voraussetzung für eine breite Anwendung ist die zuverlässige Abklärung der unerwünschten Wirkungen.

1.4 Beeinflussung der adrenergen Reizübertragung

Informationen werden von Nervenzelle zu Nervenzelle oder von Nerv zu Erfolgsorgan chemisch weitergeleitet. An den Kontaktstellen, den *Synapsen,* muß der ankommende Reiz vom praesynaptischen Teil über den synaptischen Spalt auf den postsynaptischen Teil übertragen werden. Dies besorgen Überträgerstoffe, *Transmitter,* wie z. B. biogene Amine (Noradrenalin, Dopamin etc.), Peptide oder Aminosäuren.

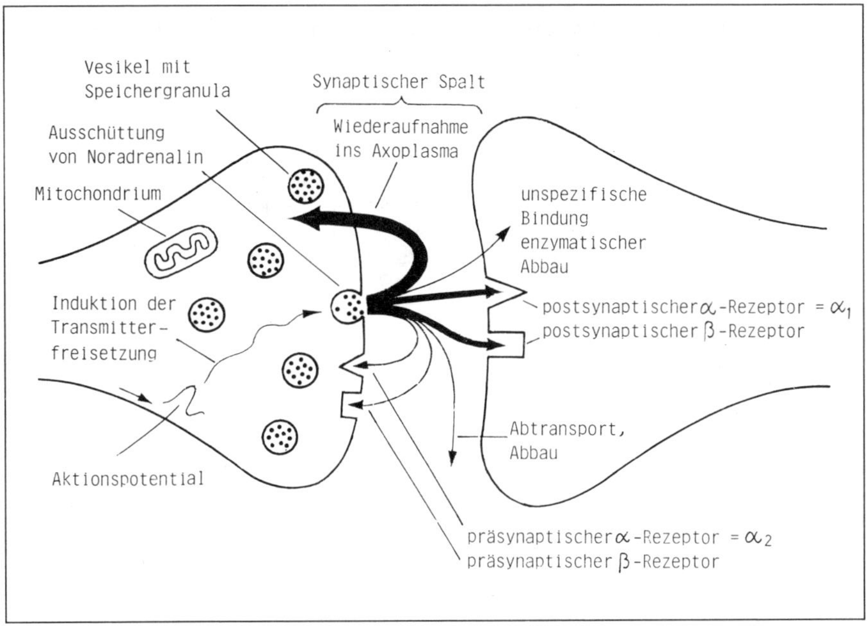

Abb. 8: Erregungsübertragung an einer adrenergen Synapse (aus Mutschler [22])

Für das Verständnis der medikamentösen Therapie der Hypertonie — wie auch der Hypotonie — ist insbesondere die Kenntnis der zentralen und peripheren adrenergen Reizübertragung von Bedeutung, die durch Noradrenalin erfolgt.

Noradrenalin wird auf einen Reiz hin aus den Speichergranula im präsynaptischen Teil freigesetzt und in den synaptischen Spalt abgegeben. Es diffundiert zu den Rezeptoren des postsynaptischen Teils, deren Stimulierung die Reizweiterleitung bewirkt.

Danach erfolgt eine rasche Inaktivierung des Noradrenalin entweder durch enzymatischen Abbau oder, hauptsächlich, durch Rückresorption in den präsynaptischen Teil des Neurons, wo es wieder gespeichert oder abgebaut wird.

Adrenalin wird dagegen nicht an den Synapsen, sondern vielmehr bei körperlicher Belastung, Streß usw. vom Nebennierenmark ausgeschüttet und erreicht die Rezeptoren des Erfolgsorgans auf humoralem Weg.

Erregung des Sympathikus löst unterschiedliche Effekte aus, die sich nur deuten lassen, wenn man mehrere Typen von Rezeptoren annimmt.
Man unterscheidet heute zwischen

- postsynaptischen α_1, β_1 und β_2 Rezeptoren
- präsynaptischen α_2 und β-Rezeptoren.

Die Agonisierung postsynaptischer Rezeptoren verursacht die in Tab. 16 aufgeführten Wirkungen. Die präsynaptischen Rezeptoren dienen dagegen der Steuerung der Noradrenalinfreisetzung im Sinne einer Rückkopplung: Stimulation des α_2-Rezeptors

Tab. 16: Verteilung adrenergen Rezeptoren und Wirkung einer Stimulation am Erfolgsorgan (nach Krebs und Aumiller [23])

Erfolgsorgan	α_1-Rezeptor	β_1-Rezeptor	β_2-Rezeptor
Herz		Frequenzanstieg + + Zunahme der Leistungsgeschwindigkeit + + + Zunahme der Kontraktilität + + +	
Periphere Arterien:			
— Koronarien	Verengung +		Erweiterung + +
— Skelettmuskel	Verengung + +		Erweiterung + +
— Haut, Schleimhäute	Verengung + + +		
— Eingeweide, Niere	Verengung + + +		Erweiterung +
— Gehirn	Verengung(+)		
Venen	Verengung +		
Bronchialmuskulatur			Tonusminderung + +
Uterusmuskulatur	Tonussteigerung		Tonusminderung
Leber	Glykogenolyse + +		
Skelettmuskel			Glykogenolyse + + +
Fettgewebe			Lipolyse + + +
Pankreas (β-Zellen)	verminderte Insulinsekretion + + +		verstärkte Insulinsekretion +
Auge	Pupillenerweiterung + +		Einstellung auf Fernsicht +
Magen, Darm			Abnahme der Motilität +

vermindert die Noradrenalinausschüttung[3] (siehe auch Clonidin 1.4.2.1), dämpft also die Erregungsübertragung, während Erregung des präsynaptischen β-Rezeptors beides verstärkt.

Noradrenalin hat eine hohe Affinität zu α_1, α_2 und β_1-Rezeptoren, während es den β_2-Rezeptor nur verhältnismäßig schwach erregt. Adrenalin stimuliert dagegen α, β_1 und β_2-Rezeptoren gleich stark. Die Rezeptoren finden sich in allen Organen, ihre Konzentration variiert allerdings. So weist das Herz und das Fettgewebe mehr β_1 als β_2, die Muskulatur der Gefäße, der Bronchien und der Uterus dagegen mehr β_2- als β_1-Rezeptoren auf (Tab. 16).

[3] Möglicherweise existiert auch ein postsynaptischer α_2-Rezeptor, der die gleichen Aufgaben übernimmt wie der präsynaptische, allerdings auf indirektem Weg.

Betrachtet man die Organwirkungen unter dem Aspekt einer Beeinflussung in Richtung Blutdrucksenkung, so ergeben sich folgende Möglichkeiten, auf die Stellglieder Herzzeitvolumen und periperer Widerstand einzuwirken:

1. *Blockierung von α_1-Rezeptoren* durch Dihydroergotoxin, Prazosin und Phenoxybenzamin
   ergibt verminderten peripheren Widerstand
2. *Blockierung von β_1-Rezeptoren* durch β-Blocker
   ergibt vermindertes Herzzeitvolumen (bei gleichzeitiger Blockierung von β_2 jedoch Erhöhung des peripheren Widerstands)
3. *Dämpfung der Reizübertragung* durch Verringerung der Noradrenalinkonzentration im synaptischen Spalt
   ergibt verringertes Herzzeitvolumen und/oder verringerten peripheren Widerstand
   a) durch Erregung präsynaptischer α_2-Rezeptoren durch Clonidin, Guanfacin, Lofexidin, Methyldopa und Urapidil
   b) durch Blockierung präsynaptischer β-Rezeptoren (durch β-Blocker?)
   c) durch Hemmung der Noradrenalin-Rückresorption und -speicherung durch Reserpin und Guanethidin

Diese Konzepte erscheinen anschaulich und logisch. Dennoch sind die Wirkungsmechanismen der einzelnen Substanzen keineswegs zweifelsfrei aufgeklärt. In einigen Jahren mögen manche Deutungen von den heutigen abweichen.

1.4.1 α_1-Rezeptorenblocker (α-Sympatholytika)

1.4.1.1 *Dihydroergotoxin (Co-Dergocrin)*

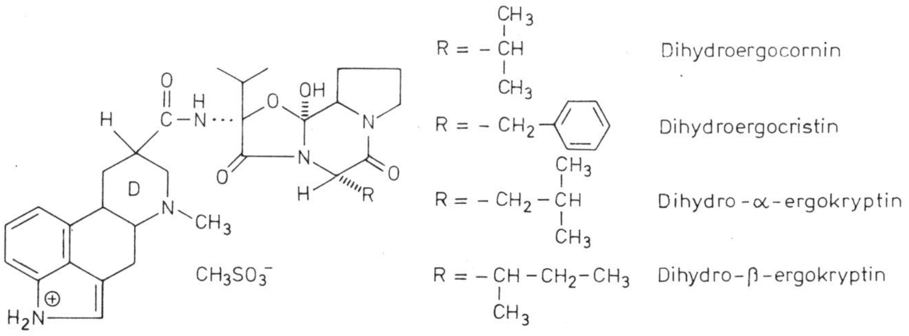

Dosierung: 2—8 mg/Tag auf 1—3 × verteilt
Resorption: etwa 25—35%
Bioverfügbarkeit: 10% (first pass)
$t_{1/2}$: 12—17 Stunden
Wirkdauer: mehr als 24 Stunden (im EEG 8 Stunden)
Metabolisierung: nahezu vollständig
Verteilung: Hirnschrankengängig

Nebenwirkungen:
Schwindel, Kopfdruck, Übelkeit, Erbrechen (zentral bedingt), Nasenschleimhautschwellung, seltener Bradykardie, orthostatische und pektanginöse Beschwerden, Kribbeln und Taubsein (Parästhesien) an den Extemitäten durch Gefäßverengung

Kontraindikationen:
Schwangerschaft, 3. Trimenon wegen der Möglichkeit einer Wehenauslösung

Wechselwirkungen:
Verstärkung von Antikoagulantien durch Verminderung der Blutplättchenaggregation.

Handelspräparate: Circanol®, DCCK®, Ergoplus®, Hydergin®, Orphol®

Ergotoxin besteht aus 4 Secalepeptidalkaloiden. Sie werden unter Abschwächung der gefäßverengenden und Zunahme der α-sympatholytischen, gefäßerweiternden Wirkung im Ring D hydriert zu Dihydroergotoxin (= Co-Dergocrin), die in allen Präparaten als Methylsulfonate (Mesylate) im Mengenverhältnis bei der oben angegebenen Reihenfolge von 3:3:2:1 vorliegen.

Der Ergolenanteil der Ergotoxingruppe beeinhaltet Strukturelemente des Dopamin, des Serotonin und des Noradrenalin. Dies erklärt die Affinität der Alkaloide zu den entsprechenden Rezeptoren und das komplexe Wirkungsspektrum, das auf eine teils agonistische, teils antagonistische Wirkung an diesen Rezeptoren zurückgeht.

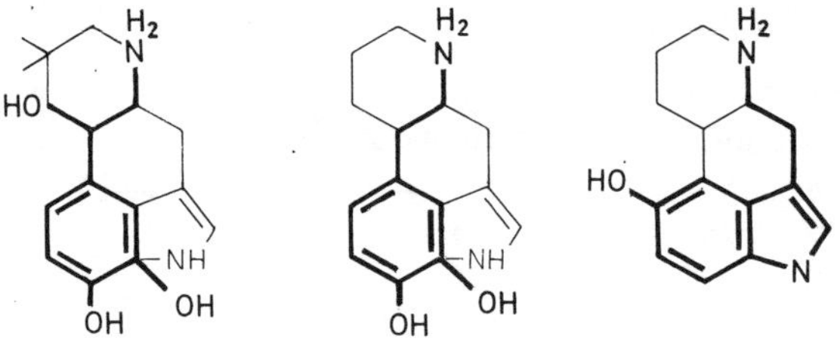

Noradrenalin Dopamin Serotonin

Die Stimulierung präsynaptischer zentraler Dopaminrezeptoren soll den als „Nebenwirkungen" beobachteten Brechreiz verursachen.

Der blutdrucksenkende Effekt ist höchstwahrscheinlich auf eine Erschlaffung der glatten Gefäßmuskulatur durch Blockierung peripherer postsynaptischer α_1-Rezeptoren zurückzuführen. Damit sinkt der periphere Widerstand. Gleichzeitig sinkt die Herzfrequenz geringfügig, obwohl reflektorisch eine Steigerung zu erwarten wäre.

Das Haupteinsatzgebiet des Dihydroergotoxin sind zentrale und periphere Durchblutungsstörungen. Sein Stellenwert als Antihypertonikum ist wegen der inzwischen verfügbaren wirksameren Substanzen gesunken. Eine Ausnahme mag hier der Altershochdruck mit begleitender Insuffizienz der Hirngefäße sein. Untersuchungsberichte beschreiben einen allmählich innerhalb von etwa 4 Wochen einsetzenden blutdrucksenkenden Effekt von durchschnittlich systolisch 190 auf 160 mmHg und diastolisch von 105 auf 90 mmHg bei einer Dosierung von oral 6 mg Dihydroergotoxinmesylat, was etwa dem Effekt von 1 × 100 mg Metoprolol (Beloc) entsprach.

Als Vorteile gegenüber der Therapie mit β-Blockern wurde gesehen, daß unter Dihydroergotoxin:

- Die Herzfrequenz geringer abfällt,
- die Kontraktionskraft des Herzens nicht verringert und
- gleichzeitig zerebrovaskuläre Symptome positiv beeinflußt werden.

Flüssige Zubereitungen von Dihydroergotoxinmesylat sind chemisch labil und werden durch Isomerisierungen, durch Hydrolyse zu Dihydrolysergsäureamid und durch Oxidation des Indolteils verändert [24]. Galenische Maßnahmen, wie pH-Einstellung, Inertbegasung haben die Haltbarkeit inzwischen deutlich verbessert [25]. Durch eine spezielle Formulierung soll es gelungen sein, die Resorption von sonst 25 % auf 30 bis 35 % zu steigern. Der Wirkstoff liegt hier in einer magensaftresistenten Tablette in einer „festen Lösung" und gemeinsam mit einem Lösungsvermittler vor (Hydergin® spezial).

1.4.1.2 *Prazosin (Minipress®)*

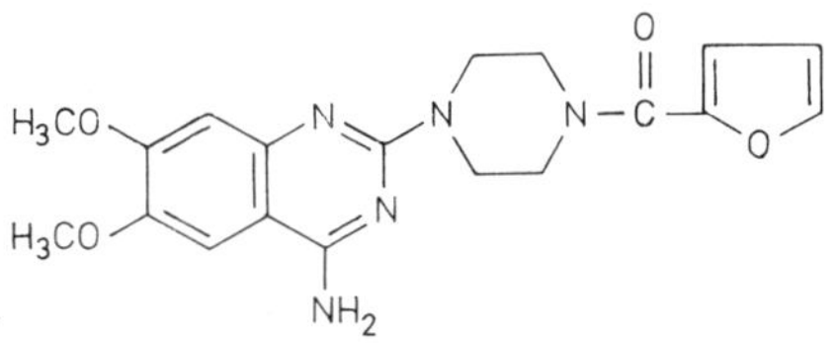

Dosierung: 2 × 0,5—3 × 5 mg

Resorption: fast vollständig, maximale Plasmaspiegel nach 30—60 min.

Bioverfügbarkeit: etwa 55 % (first pass)

$t_{1/2}$: 3—4 Stunden

Wirkdauer: 10 Stunden, keine eindeutige Beziehung zwischen Plasmaspiegel und Wirksamkeit

Plasmaeiweißbindung: 93 %

Metabolisierung: fast vollständig u. a. durch Etherspaltung. Wirksamkeit der Metaboliten nicht geklärt.

Verteilung: beim Hund höchste Konzentration in Lunge und Koronararterien, geringere in Aorta und den übrigen Arterien; sehr geringe im Gehirn

Nebenwirkungen:
„first dose Effekt" siehe unten,
Natrium- und Wasserretention wie viele gefäßerweiternde Substanzen, Schwindel (15 %), Schläfrigkeit (8 %) durch Blutdrucksenkung, Kopfschmerz (4 %), Herzklopfen und Übelkeit (5 %), Angina pectoris; selten Mundtrockenheit, verstopfte Nase, Depressionen, Gelenkschmerzen, intestinale Beschwerden, Potenzstörungen

Kontraindikationen:
Herzinsuffizienz durch Klappenstenosen und Lungenembolie

Wechselwirkungen:
„first dose-Effekt" wird durch andere Antihypertonika, durch Nitrate, vor allem aber durch β-Blocker gefährlich verstärkt

Prazosin ist ein spezifischer Blocker peripherer postsynaptischer α_1-Rezeptoren. Der genau Wirkungsmechanismus ist nicht bekannt.

Da Prazosin die präsynaptischen α_2-Rezeptoren nicht blockt, kommt es nicht zu einer wirkungsmindernden Noradrenalin-Mehrauschüttung. Auch sind deshalb Herzfrequenzsteigerungen (Tachykardien) selten.

Prazosin gilt nicht als Antihypertonikum der 1. Wahl, eher als 2. oder 3. Substanz, wenn Saluretika oder β-Blocker nicht wirksam sind. Dennoch ist auch eine Monotherapie möglich. Es eignet sich auch für schwere Hypertonien. Prazosin senkt den diastolischen Druck besser als den systolischen. Es greift vasodilatatorisch vor allem an den Arteriolen an und senkt damit den peripheren Widerstand.

Da Prazosin im Gegensatz zu anderen gefäßerweiternden Substanzen auch die Venen erweitert, sinkt nicht nur die Nachlast, sondern auch die Vorlast des Herzens, weswegen es auch zur Behandlung der Herzinsuffizienz eingesetzt wird.

Prazosin kann durch Salz- und Wasserretention das Plasmavolumen erhöhen, was den antihypertonen Effekt abschwächt. Kombination mit einem Diuretikum (in Polypress® mit Polythiazid) steigert allgemein die Wirkung ebenso wie eine Kombination mit einem β-Blocker (siehe unten).

Es kann auch bei Nierenfunktionsstörungen eingesetzt werden.

Prazosin *muß* zu Beginn der Behandlung *einschleichend dosiert werden*, da es sonst in seltenen, dann aber ernsten Fällen unter starkem Blutdruckabfall zu einem orthostatischen Kollaps mit Bewußtlosigkeit und Tachykardien kommen kann (first dose Effekt). Die Wahrscheinlichkeit ist etwa 1% bei einer Anfangsdosis von 2 mg und 0,15% bei 1 mg. Auch eine abrupte Dosiserhöhung während einer laufenden Behandlung kann sich so äußern. Man beginnt die Therapie deshalb mit 0,5 mg und steigert innerhalb von 8 Tagen auf 3 × 1 mg.

β-Blocker und Nitrate, aber auch andere blutdrucksenkende Substanzen können dieses Erstdosisphänomen gefährlich verstärken.

Prazosin erwies sich bei 3 bis 7,5 mg täglich als ebenso wirksam wie 750 mg Methyldopa (Presinol®) oder 160 mg Propranolol (Dociton®) oder 20 mg Hydralazin.

1.4.1.3 *Phenoxybenzamin (Dibenzyran®)*

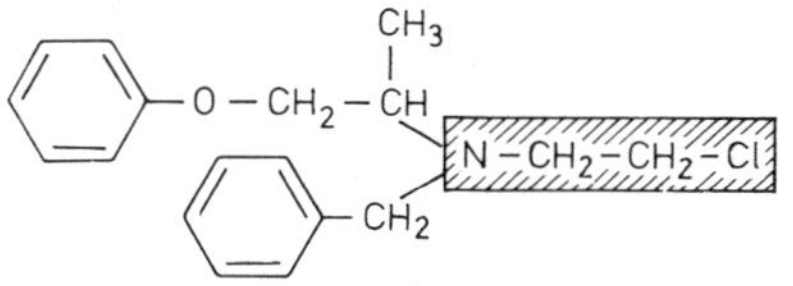

Phenoxybenzamin dient hauptsächlich zur Behandlung von Blasenentleerungsstörungen und nur in Ausnahmefällen als Antihypertonikum bei mittelschweren und schweren Formen. Eine wichtige Indikation sind Blutdruckkrisen beim Phäochromozytom, einem Tumor des Nebennierenmarks, der Adrenalin und Noradrenalin bildet.

Phenoxybenzamin blockiert irreversibel die α-Rezeptoren durch Alkylierung, was sich aus seiner N-Lost-artigen Struktur erklärt. Nach Absetzen wird die Blockierung durch Resynthese von Rezeptoren rückgängig gemacht.

Phenoxybenzamin führt zur Erschlaffung der glatten Muskulatur der Blutgefäße, der Blase, des Harnleiters.

Die Gefahr orthostatischer Fehlregulationen macht es zur Langzeitbehandlung weniger geeignet. Hier soll deshalb diese kurze Besprechung genügen.

Ebenfalls zu den α-Blockern zählen Phentolamin (Regitin®), Tolazolin (Priscol®), Moxisylat (Vasoklin®), Azapetin (Ilidar®). Sie senken zwar prinzipiell den Blutdruck, werden aber praktisch ausschließlich für andere Indikationen, wie Herzinsuffizienz oder periphere Durchblutungsstörungen verwendet.

1.4.2 **Zentrale α_2-Sympathomimethika (Antisympathotonika)**

Die fünf derzeit in Deutschland verwendeten Wirkstoffe dieser Gruppe überwinden die Blut-Hirn-Schranke und wirken zentral im verlängerten Rückenmark (Kreislaufzentrum der Medulla oblongata).

Sie stimulieren dort die hemmenden α_2-Rezeptoren und verringern so die Noradrenalinfreisetzung in den synaptischen Spalt.

Bei Clonidin, Lofexidin und Guanfacin äußert sich diese Verringerung der zentralen Noradrenalinwirkung in einer Senkung der Herzfrequenz, also in einer Verminderung des Herzzeitvolumens, was die Blutdrucksenkung erklärt. Diese drei wirken in der Peripherie dualistisch, da sie dort sowohl die präsynaptischen α_2-Rezeptoren als auch die postsynaptischen α_1-Rezeptoren erregen. Stimulierung der α_2-Rezeptoren würde die Gefäße erweitern und damit den zentralen blutdrucksenkenden Effekt verstärken. Da sich aber keine merkliche Verringerung des peripheren Widerstandes nachweisen läßt, scheint die gleichzeitige Erregung der peripheren α_1-Rezeptoren diesen Effekt aufzuheben. Bei hohen Dosen oder bei rascher intravenöser Infektion herrscht sogar die α_1-Wirkung vor: Es tritt ein kurzer Blutdruckanstieg auf.

Methyldopa und Urapidil senken dagegen den Blutdruck über eine Verringerung des peripheren Widerstandes, wobei die Herzfrequenz stabil bleibt. Urapidil scheint als zusätzliche Komponente der Wirkung die peripheren α_1-Rezeptoren zu *blocken*, also wie Prazosin (Minipress®) zu agieren. Es wird in dieser Rubrik besprochen, könnte aber ebensogut in der Reihe der α-Blocker eingeordnet werden.

Clonidin, Lofexidin, Guanfacin und Methyldopa vermindern bei Dauertherapie die Empfindlichkeit der zentralen α_2-Rezeptoren. Plötzliches Absetzen ist deshalb mit der Gefahr eines rebound verbunden, der sich in Blutdruck- und Pulsanstieg, Nervosität und Schlafstörungen äußert (siehe 1.1.7).

Nebenwirkungen, wie Sedierung, Mundtrockenheit, orthostatische Fehlregulationen und Potenzstörungen sind qualitativ bei diesen vier Substanzen gleich, aber quantitativ unterschiedlich.

1.4.2.1 *Clonidin (Catapresan®)*

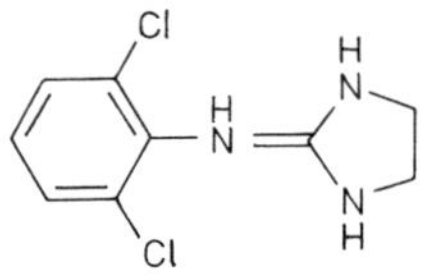

Dosierung: 3 × 0,075—3 × 0,3 mg; 1 × 0,25 mg retardiert (Catapresan® Perlongetten)

Resorption: 65—100 %, maximale Plasmaspiegel nach 2—4 Stunden. Wirksame Plasmaspiegel bei 0,2—2 ng/ml; korrelieren mit Wirkung nur bis 2 ng/ml

Bioverfügbarkeit: etwa 75 %

$t_{1/2}$: 8—12 Stunden

Wirkdauer: 6—10 Stunden

Plasmaeiweißbindung: 30—40 %

Metabolisierung: zu etwa 50 % durch Abspaltung des Imidazolinringes, durch Hydroxylierung des Phenylrestes oder durch Öffnung des Imidazolinringes zu Dichlor-phenyl-guanidin

Ausscheidung: zu 50 % unverändert im Urin

Nebenwirkungen:
Mundtrockenheit (50 %), Sedierung (40 %), Depressionen, Halluzinationen, Verstopfung, Potenzstörungen, orthostatische Regulationsstörungen (Schwindel, Kollaps), Herzfrequenzsenkung (Bradykardie), Senkung des Augeninnendrucks, Akkomodationsstörungen des Auges, Allergien, Empfindungsstörungen (Parästhesien)

Kontraindikationen:
relativ: Bradykardie, AV-Überleitungsstörungen, Verstopfungen, Depressionen

Wechselwirkungen:
Verstärkung der Wirkung von Antihypertonika, von sedierenden Substanzen (Antihistaminika, Hypnotika, Neuroleptika etc.), mit Herzglykosiden verstärkte Bradykardie möglich, Abschwächung der Levodopa-Wirkung (Madopar® u. a.); trizyklische Antidepressiva sollen blutdrucksenkende Wirkung von Clonidin abschwächen (umstritten). Mit unspezifischen β-Blockern paradoxe Blutdrucksteigerung möglich

Clonidin wurde als Vasokonstriktor zur Abschwellung der Nasenschleimhäute entwickelt und getestet. Seine Struktur ähnelt auch auf den ersten Blick der des Tramazolin (in Rhinospray). Clonidin besitzt auch periphere α_1-sympathomimetische Effekte, die aber nur bei i. v. Gabe als kurzer, anfänglicher Blutdruckanstieg in Erscheinung treten. Auch bei zu hoher oraler Dosierung, wenn die Plasmaspiegel 2 ng/ml überschreiten, treten Blutdrucksteigerungen auf.

Wesentlich ausgeprägter ist jedoch die zentrale Stimulierung der hemmenden präsynaptischen α_2-Rezeptoren, die wie in 1.4.2 beschrieben in einer Blutdrucksenkung resultiert.

Clonidin wird vor allem bei mittelschweren und schweren Hypertonien eingesetzt. Eine Behandlung leichter Formen ist mit niedrigen Dosen ebenfalls möglich.

Clonidin hält trotz Verminderung der Reninaktivität Salz und Wasser zurück, was seine drucksenkende Wirkung vermindert. Eine Kombination mit Saluretika[4] ist daher sinnvoll.

Kombination mit Reserpin oder Vasodilatatoren steigert die Wirkung und verhindert deren herzfrequenzsteigernde Effekte.

Clonidin sollte nicht mit β-Blockern kombiniert werden, da die drucksenkende Wirkung abgeschwächt, die Bradykardie aber kritisch verstärkt werden kann.

Clonidin erwies sich in Untersuchungen bei Monotherapie besser wirksam als Saluretika; in Kombination mit Saluretika war es einer Kombination von Saluretika mit β-Blockern, mit Methyldopa oder mit Prazosin überlegen. Eine Kombination von Clonidin mit einem Thiaziddiuretikum und dem Vasodilatator Hydralazin war auch bei Therapie refraktärer Hypertonien effektiv [26].

Zumindest die sehr häufigen Nebenwirkungen „Mundtrockenheit" und „Sedierung" verstärken sich bei steigendem Plasmaspiegel. Um auch zeitweise Blutspiegelspitzen zu vermeiden, wird derzeit an einem transdermalen therapeutischen System für Clonidin gearbeitet. Dieses „Hochdruckpflaster" könnte Clonidin besser verträglich machen und die Compliance verbessern.

Besonders zu beachten ist bei Clonidin die Gefahr eines rebound mit Blutdrucksteigerungen beim plötzlichen Absetzen. (Wahrscheinlichkeit soll bei 50% liegen).

Clonidin verringert offenbar in sehr geringer, nahezu blutdruckneutraler Dosierung (0,05 bis max. 0,15 mg/Tag) die Empfindlichkeit von Kopfgefäßen gegenüber verengenden oder erweiternden Reizen. Als Dixarit® dient es daher der Migräneprophylaxe.

Clonidin senkt nach einem bisher nicht bekannten Mechanismus den Augeninnendruck auch bei lokaler Anwendung (Isoglaucon® Augentropfen). Hier sind systemische „Nebenwirkungen" in Form einer Blutdrucksenkung möglich und verständlich: Ein Tropfen enthält immerhin bis zu 0,25 mg! Clonidin.

---

[4] In Combipresan® mit dem sehr lang wirkenden Chlortalidon, in Dimapres® mit dem mittellang wirkenden, sonst nicht verwendeten Cyclothiazid.

1.4.2.2 *Lofexidin (Lofetensin®)*

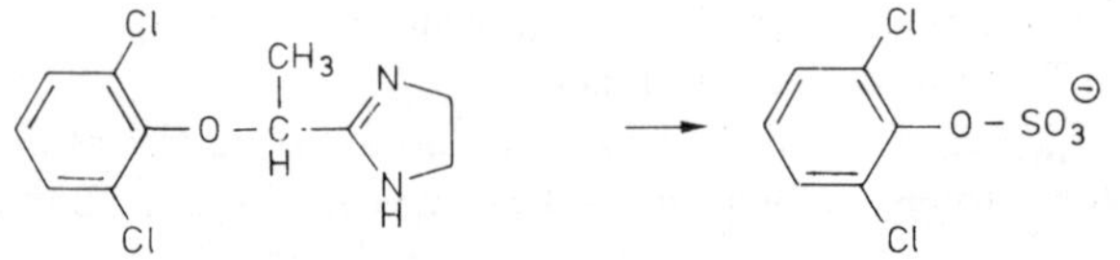

Dosierung: 2—3 × 0,2—0,4 mg (Firmenangaben)

Resorption: nahezu vollständig; maximale Plasmaspiegel nach 2—5 Stunden

Bioverfügbarkeit: ?

$t_{1/2}$: 9—18 Stunden (β-Phase der Radioaktivität von markiertem Lofexidin)

Wirkdauer: 6—8 Stunden

Plasmaeiweißbindung: 40% ?; 80—90% (Metaboliten?)

Metabolisierung: Hauptsächlich durch Etherspaltung zu Dichlor-phenol und nachfolgender Konjugation mit Schwefelsäure, nach 2 Stunden scheint ein Großteil der Substanz metabolisiert zu sein.

Ausscheidung: zu 80% renal

Nebenwirkungen, Kontraindikationen, Wechselwirkungen entsprechen denen des Clonidin. Eventuell ist die Mundtrockenheit weniger ausgeprägt.

Lofexidin erinnert nicht nur in der Struktur an Clonidin. Seine Wirksamkeit scheint etwas schwächer, die Wirkdauer kürzer zu sein. Rebound-Phänomene wurde bisher nicht beobachtet, sind aber nicht auszuschließen [29].

1.4.2.3 *Guanfacin (Estulic®)*

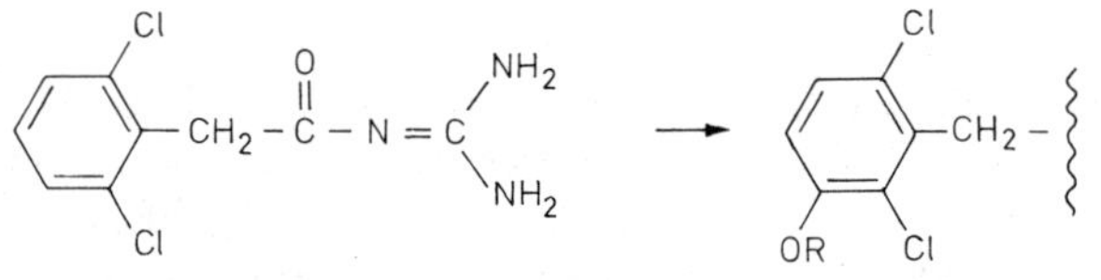

Dosierung: 1—2 × 1—2 mg

Resorption: 95%; maximale Blutspiegel nach 1,5 Stunden 3 ng/ml nach 3 mg oral

Bioverfügbarkeit: 95%

$t_{1/2}$: 21 Stunden

Wirkdauer: 36 Stunden

Plasmaeiweißbindung: gering

Metabolisierung: zu 75%; Hydroxylierung des Phenylrestes in 3-Stellung und nachfolgender Konjugation zu unwirksamen Verbindungen

Ausscheidung: 80% der Gesamtdosis werden renal ausgeschieden, bei Niereninsuffizienz steigt die hepatische Ausscheidung

Nebenwirkungen, Kontraindikationen und Wechselwirkungen entsprechen denen des Clonidin; die Wirkdauer ist deutlich länger. Bei Dosen unter 2 mg/Tag sind die Nebenwirkungen schwächer — sie verringern sich auch bei längerer Therapie.

Guanfacin erinnert ebenfalls an Clonidin, wenn auch hier der Dichlorphenylrest nicht mit einem Imino-imidazolidin, sondern mit der ringoffenen Variante Guanidin über eine Acetylfunktion verbunden ist.

Guanfacin wirkt zentral wie Clonidin, senkt wie dieses den Blutdruck systolisch und diastolisch um 15 bis 25%. Die Wirkung tritt langsamer ein und hält länger an. Es verringert die Plasmareninaktivität, was aber für die Blutdrucksenkung ohne Bedeutung sein dürfte. Im Gegensatz zu Clonidin und Lofexidin scheint Guanfacin aber den peripheren Widerstand zu senken — zumindest bei erhöhter Ausgangslage —, was auf eine Stimulierung peripherer α_2-Rezeptoren zurückgeführt wird. Dennoch tritt auch bei Injektion der bei Clonidin beschriebene kurzfristige Blutdruckanstieg auf [30].

Rebound scheint seltener zu sein als bei Clonidin (3%).

1.4.2.4 L-*α-Methyldopa (Presinol®, Sembrina®)*

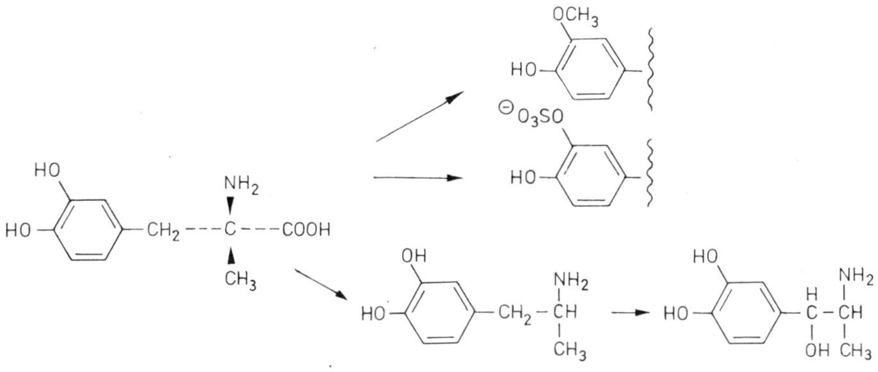

Dosierung: 3 × 125—750 mg

Resorption: 25—75%, max. Plasmakonzentration nach 2—6 Stunden

Bioverfügbarkeit: 50% durchschnittlich (first pass, Darmwand)

$t_{1/2}$: 2—8 Stunden; 4 Stunden (Methyldopa-O-sulfat)

Wirkdauer: 12 Stunden

Plasmaeiweißbindung: 0—20%

Metabolisierung: hauptsächlich zu Methyldopa-O-sulfat, dessen Wirkung schwächer ist und zu 3-Methoxy-Methyldopa, das ebenfalls wirksam ist.

Ausscheidung: zu 90% inclusiv Metaboliten im Urin

Verteilung: Methyldopa ist plazentagängig und geht in geringer Menge in die Muttermilch über.

Nebenwirkungen:
Müdigkeit (55—60%), Kopfschmerz, Schwindel, bei längerer Anwendung meist nachlassend; Depressionen, Halluzinationen; orthostatische Fehlregulationen; Mundtrockenheit (15%), verstopfte Nase; Libidoverlust, Ejakulationsstörungen (5%), Gynäkomastie, Leberstörungen (3%), in

etwa 0,1% ernste Formen; Parkinsonoid und Galaktorrhoe wegen der Senkung der Dopaminkonzentration im Hypothalamus; Arzneimittelfieber mit Exanthem (5%); etwa 25% der Patienten entwickeln dosisabhängig Antikörper bei längerer Therapie, davon 1% hämolytische Anämie, die Absetzen der Therapie erfordert.

Kontraindikationen:
Lebererkrankungen, hämolytische Anämie

Wechselwirkungen:
Wirkungsverstärkung durch Diuretika, β-Blocker, durch Procainamid, Chinidin, durch Levodopa und Phenothiazine; Methyldopa verstärkt die sedierenden Wirkungen z. B. von Alkohol, Hypnotika, Sedativa (Straßenverkehr!); Wie bei Clonidin kann es mit β-Blockern zu paradoxen Blutdrucksteigerungen kommen; Verminderung der Wirkung durch Amphetamine, Sympathomimetika, Reserpin, MAO-Hemmer, Yohimbin und trizyklische Antidepressiva (Imipramin, Desipramin); Verstärkung der Toxizität von Lithium und Haloperidol, Verstärkung der Cumarinwirkung.

Methyldopa passiert rasch die Blut-Hirnschranke und wird dort zu Methyldopamin (I) decarboxyliert, das im Striatum gespeichert wird. Es wird weiter zu dem „falschen Überträger“ α-Methyl-noradrenalin (II) hydroxyliert.

Früher nahm man an, daß α-Methyl-noradrenalin Noradrenalin von den Rezeptoren verdrängt und wegen seiner geringeren gefäßverengenden Wirkung so peripher den Gefäßtonus senkt.

Heute hat man dieses Konzept des falschen Transmitters fallengelassen und vermutet eine zentrale Reizung präsynaptischer α_2-Rezeptoren.

Methyldopa senkt den Blutdruck über eine Gefäßerweiterung in den arteriellen Widerstandsgefäßen, also über eine Verringerung des peripheren Widerstandes. Außerdem erweitert es die venösen Gefäße [31].

Im Gegensatz zu den bisher besprochenen α_2-Mimetika vermindert es das Herzzeitvolumen nur im akuten Versuch deutlich, bei Dauertherapie jedoch nur unwesentlich.

Methyldopa ist wegen der möglichen schwerwiegenden Nebenwirkungen eigentlich kein Antihypertonikum der 1. Wahl, stand aber im Umsatz 1982 bei den synthetischen Antihypertonika nach Prazosin und Clonidin dennoch an 3. Stelle (ohne Reserpin, ohne β-Blocker).

Die Methyldopa-Therapie erfordert eine Blutbildkontrolle.

Methyldopa ist wirksam bei Hypertonie jeder Genese (außer Phäochromozytom), bei mildem Hochdruck sollte es nur bei Versagen von Saluretika oder β-Blocker eingesetzt werden.

Da es Salz und Wasser retinieren kann, ist eine Kombination mit Saluretika zur Vermeidung von Ödemen und zur Wirkungssteigerung sinnvoll. Sie vermeidet auch eine mögliche Wirkungszunahme bei Langzeitbehandlung (Tachyphylaxie). Rebound ist möglich, tritt aber seltener auf als bei Clonidin.

Eine Dosierung 2 × täglich scheint ebensogut zu wirken wie eine dreimalige Verabreichung.

1.4.2.5 *Urapidil (Ebrantil®)*

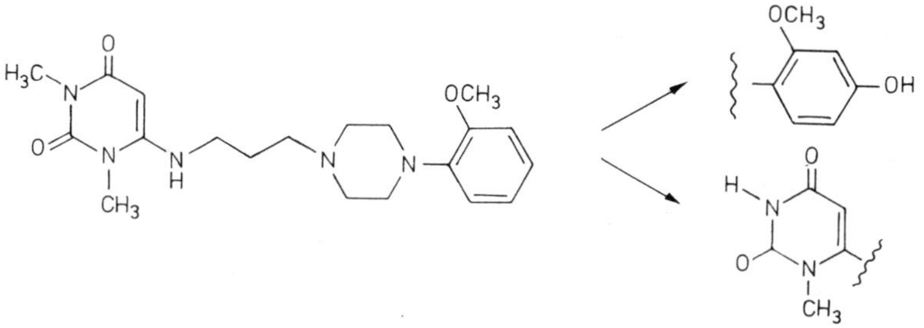

I

II

Dosierung: 1—3 × 30 mg als Retardkapsel

Resorption: 90%; max. Plasmaspiegel nach 4—5 Stunden 175 ng/ml nach 30 mg (Retardkapsel)

Bioverfügbarkeit: 50—60% (first pass)

$t_{1/2}$: 2,5 Stunden

Wirkdauer: ?

Plasmaeiweißbindung: 94%

Metabolisierung: hauptsächlich (35%) durch Hydroxylierung des Methoxyphenylrestes zu I, dessen Wirkung 1/100 von Urapidil beträgt. Außerdem N-Demethylierung zum voll wirksamen II zu etwa 5%

Ausscheidung: zu 50—70% renal, davon 15% unverändert.

Verteilung: bei der Ratte beträgt die Konzentration im Gehirn etwa 1/20 der Konzentration in Niere und Leber. Urapidil ist plazentagängig

Nebenwirkungen:
Schwindel (8%), Kopfschmerz (5%), Übelkeit (5%) und Müdigkeit (2%), bei Dauertherapie abnehmend. Herzklopfen (2%), Allergien (0,2%), Mundtrockenheit selten (unter 1%). Selten orthostatische Fehlregulationen

Kontraindikationen:
Bei oraler Verabreichung keine angegeben

Wechselwirkungen:
Bisher keine bekannt.

Ebrantil wurde 1982 in den Handel gebracht. Man erwartet in Kürze die Zulassung durch die FDA.

Urapidil erregt wie Clonidin zentrale und periphere α_2-Rezeptoren. Im Gegensatz zu Clonidin regt es die peripheren α_1-Rezeptoren nicht an, sondern blockt sie wie z. B. Prazosin (Minipress®), erweitert dadurch die Widerstandsgefäße und erniedrigt den peripheren Widerstand. Dies dürfte die Wirkung bestimmen. Die Herzfrequenz sinkt nur unwesentlich.

Urapidil senkt den systolischen und diastolischen Blutdruck bis zu 20% des Ausgangswertes. Rebound wurde bisher nicht beobachtet.

Urapidil eignet sich auch zur Behandlung hypertensiver Notfälle. Dazu werden ein- bis mehrmals 25 mg i. v. injiziert oder eine Dauerinfusion angelegt. Es kann wesentlich rascher als Clonidin injiziert werden.

Urapidil ist eine vielversprechende neue Wirksubstanz. Allerdings kann heute über die Verträglichkeit noch nicht entschieden werden.

1.4.3 Noradrenalinrückresorption hemmende Substanzen (Antisympathotonika)

Reserpin, Rescinnamin und Guanethidin hemmen die Rückresorption von Noradrenalin aus dem synaptischen Spalt. Das führt zu einem beschleunigten Abbau und zu einer Verarmung an Nordadrenalin. Bei peripherem Angriff sinkt dadurch der Tonus der Widerstandsgefäße und damit der periphere Widerstand.

1.4.3.1 *Reserpin und Rescinnamin*

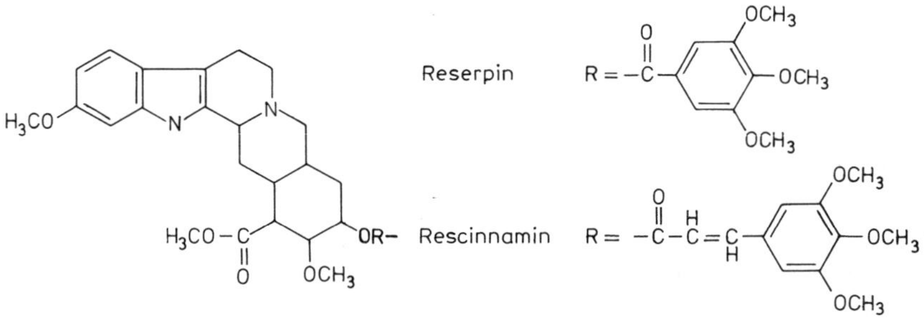

Rescinnamin unterscheidet sich von Reserpin durch den Trimethoxy-zimtsäurerest; Reserpin ist dagegen ein Ester der Trimethoxy-benzoesäure. Eigenschaften und Dosierung sind gleich. Rescinnamin soll etwas geringer sedieren. Beide Substanzen werden gemeinsam als Reserpin besprochen.

Dosierung: 1 × 0,2—0,5 mg nach dem Essen

Resorption: Fast vollständig; maximale Plasmaspiegel nach 2 Stunden

Bioverfügbarkeit: 40 % (first pass)

$t_{1/2}$: 270 Stunden durch enterohepatischen Kreislauf

Wirkdauer: 16—18 Stunden nach i. v. Verabreichung; 2—4 Wochen nach langer oraler Verabreichung

Plasmaeiweißbindung: 40 %; hohe Gewebehaftung

Metabolisierung: Hydrolyse zu Reserpsäuremethylester und Trimethoxybenzoesäure bzw. -zimtsäure

Ausscheidung: Zu 8 % unverändert in den Faeces, zu 6 % als Metaboliten im Urin

Verteilung: Reserpin ist plazentagängig und tritt in die Muttermilch über. Bei Verabreichung in der Spätschwangerschaft und Stillzeit Atembehinderung beim Säugling durch Nasenschleimhautschwellung.

Nebenwirkungen:
Zentral: Sedierung, Alpträume, Konvulsionen, extrapyramidalmotorische Störungen, Parkinsonoid, Depressionen (25 %, bei depressiver Vorgeschichte über 50 %), Appetitsteigerung mit Gewichtszunahme.
Durch Überwiegen des Parasympathikus: Verlangsamter Puls, Nasenschleimhautschwellung, erhöhte Speichel- und Bronchialsekretion, Bronchialspasmen, orthostatische Hypotonie, Ödeme gesteigerte Magensalzsäuresekretion mit Ulzera, Diarrhoe.
Endokrin: Unfruchtbarkeit bei sekundärer Ovarialinsuffizienz; Hyperprolaktinämie, Potenzstörungen, Vergrößerung der Brust.

Kontraindikationen:
Depressionen, Epilepsie, Ulcus ventriculi et duodeni, Asthma bronchiale, Behandlung mit MAO-Hemmern. In der Spätschwangerschaft und Stillzeit strenge Indikationsstellung (s. o.)

Wechselwirkung:
Abschwächung der Wirkung von Levodopa;
gegenseitige Abschwächung mit trizyklischen Antidepressiva;
Abschwächung von Antikonvulsiva durch Herabsetzen der Krampfschwelle;
Abschwächung von oralen Antikoagulantien zu Beginn der Reserpintherapie, später Verstärkung;
Verstärkung direkter Sympthomimetika;
Verstärkung von Herzglykosiden (Arrhythmien);
Verstärkung der Katecholaminwirkung bei MAO-Hemmer-Therapie;
Verstärkung der Sedierung durch sedierende Substanzen;

Reserpin ist das Hauptalkaloid verschiedener Rauwolfiaarten. Diese haben eine lange Vorgeschicht als Sedativa und Antiepileptika in der indischen und afrikanischen Volksmedizin.

In den fünfziger Jahren wurde es in Deutschland als erstes Antihypertonikum eingeführt.

Wenn man den wahren Schreckenskatalog von Neben- und Wechselwirkungen liest, erstaunt die Tatsache, daß Reserpinpräparate bei uns mit 30 % Marktanteil immer noch zu den meistverwendeten Präparaten gehören. In den USA ist die Situation ähnlich, in Skandinavien und Großbritannien ist die Anwendung sehr stark zurückgegangen. Man muß allerdings berücksichtigen, daß die Nebenwirkungen dosisabhängig sind und bei der üblichen Kombination mit einem Saluretikum — die sich schon wegen der Wasserretention empfiehlt — die Dosis so weit verringert werden kann (0,1—0,25 mg), daß aufgrund der Preiswürdigkeit, der langen Erfahrung mit Reserpin und der geringen Toxizität „kein Anlaß (besteht), auf eine Behandlung mit einer Reserpin-Diuretika-Kombination zu verzichten oder gar bei einem mit einer solchen Medikation gut eingestellten, nebenwirkungsfreien Hypertoniker die Therapie zu wechseln“ (Bock 1981 [32]). Die Ansichten differieren allerdings stark.

Reserpin verhindert die Wiederaufnahme von Noradrenalin, Dopamin und Serotonin in die Speichergranula peripherer Nervenendigungen. Die Entspeicherung von Noradrenalin ist dabei wahrscheinlich alleine für die Erschlaffung der glatten Gefäßmuskulatur, also die Senkung des peripheren Widerstandes verantwortlich. Das Herzzeitvolumen sinkt ebenfalls, normalisiert sich aber bei längerer Therapie wieder.

Eine zentrale gleichartige Entspeicherung ist für einen Teil der „Nebenwirkungen“ verantwortlich. Ein weiterer Teil erklärt sich daraus, daß bei Senkung des Sympathikustonus der Parasympathikus relativ überwiegt.

1.4.3.2 *Raubasin (= Ajmalicin)*

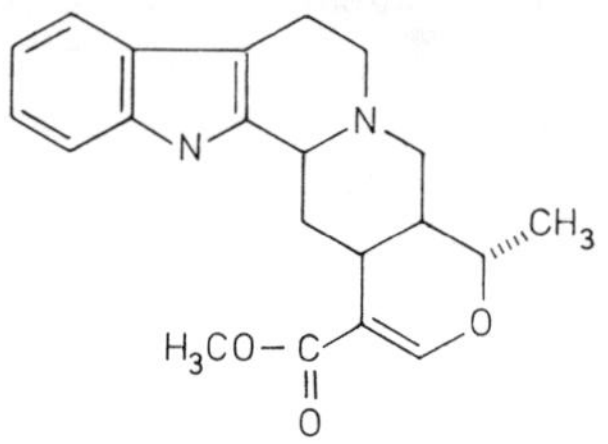

Raubasin ist einigen Reserpin-Saluretikakombinationen in etwa der zehnfachen Dosis des Reserpin zugesetzt (Modenol®).

Die Literatur über diese Substanz ist alt und spärlich, pharmakokinetische Daten standen nicht zur Verfügung.

Raubasin hat keine sedierenden Wirkungen und erweitert die peripheren Widerstandsgefäße nur schwach, Reserpin soll diesen Effekt verstärken.

Es soll peripher durchblutungsfördernd wirken und über eine Tonisierung der Venen den Blutrückfluß in das rechte Herz erhöhen.

Zumindest bei Hunden läßt sich keine Blutdrucksenkung nachweisen [33].

1.4.3.3 *Guanethidin (Ismelin)*

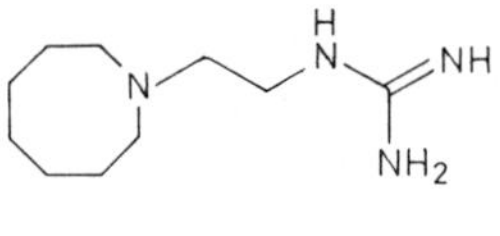

Dosierung: 10—100 mg

Resorption: Etwa 40 %, maximale Plasmaspiegel nach 3 Stunden; keine Beziehung zwischen Plasmaspiegel und Wirkstärke

Bioverfügbarkeit: 3— 50 %, durchschnittlich 20 % (first pass)

$t_{1/2}$: 100—200 Stunden

Wirkdauer: ?

Plasmaeiweißbindung: ?

Metabolisierung: Zu etwa 40 % durch Oxidation des Azocinylstickstoffs und durch Öffnung des Azocinrings

Ausscheidung: Zu 80 % renal, davon die Hälfte als unverändertes Guanethidin

Nebenwirkungen:
Orthostatische Hypotension in etwa 50 % der Fälle mit Gefahr einer zerebralen und myokardialen Mangelversorgung; Bradykardie mit Herzinsuffizienz; Natrium- und Wasserretention (bis

40 %); Überempfindlichkeit gegenüber Katecholaminen (streßbedingte Ausschüttung, Schnupfenmittel).
Durch Überwiegen des Parasympathikus: Nasenschleimhautschwellung, Ejakulationsstörungen, Diarrhoe (20—50 %), Mundtrockenheit.

Kontraindikationen:
Koronare Herzkrankheit, zerebrovaskuläre Insuffizienz, dekompensierte Herzinsuffizienz, schwere Niereninsuffizienz, Phäochromozytom (Katecholaminbildung!)

Wechselwirkungen:
Abschwächung der Wirkung durch orale Kontrazeptiva und Phenylbutazon (Mechanismus unbekannt).
Abschwächung der Wirkung durch Ephedrin, Neuroleptika (Phenothiazine, Thioxanthene, Butyrophenone) und trizyklische Antidepressiva (z. B. Imipramin, Desipramin, Amitryptilin). Sie alle konkurrieren mit Guanethidin um die „Aminpumpe" und verhindern dessen Aufnahme in die Speicherorganellen oder setzen Guanethidin aus diesen frei (Ephedrin).
Blutdrucksteigerungen durch MAO-Hemmer.
Wirkungsverstärkung von Herzglykosiden (Bradykardien).
Mit Minoxidil und Reserpin verstärkte orthostatische Reaktionen.

Guanethidin passiert nicht die Blut-Hirn-Schranke und wirkt daher nur peripher.
Es senkt den peripheren Widerstand, die Herzfrequenz und das Herzzeitvolumen, letzteres aber nur zu Beginn der Therapie.
Guanethidin wirkt über mehrere Mechanismen:

- es hemmt ähnlich Reserpin die Rückresorption von Noradrenalin aus dem synaptischen Spalt
- es wird als falscher Überträger statt Noradrenalin in den peripheren Nervenendigungen gespeichert
- es wirkt stabilisierend auf die elektrischen Eigenschaften der Membran und inhibiert so die reizbedingte Noradrenalinausschüttung (adrenerger Neuronenblocker).
- es ist möglicherweise wie Clonidin ein Agonist peripherer präsynaptischer α_2-Rezeptoren und hemmt so die Noradrenalinausschüttung
- es hat einen direkten gefäßerweiternden Effekt durch Angriff am glatten Muskel (Mechanismus unbekannt).

Guanethidin ist stärker antihypertensiv wirksam als Clonidin, Prazosin oder Methyldopa. Wegen seiner gravierenden Nebenwirkungen ist es keine Substanz der ersten Wahl. Da es oft noch wirksam ist, wenn andere Substanzen keinen Erfolg mehr haben, wird es bei therapierefraktären Hochdruckformen eingesetzt. Einige Autoren halten es für ein Mittel der letzten Wahl, andere finden 10 mg besser verträglich als 0,1 mg Reserpin [34].

Die Wirkung von Guanethidin setzt langsam innerhalb von etwa 24 Stunden ein, der volle Effekt wird nach 1 bis 2 Wochen erreicht und hält nach Absetzen oft noch wochenlang an.

Guanethidin sollte stets mit einem Saluretikum kombiniert werden, da es durch Verminderung der glomerulären Filtrationsrate Salz und Wasser retiniert (Esimil® = Guanethidin + Hydrochlorothiazid).

1.4.4 β-Rezeptorenblocker

Synonyme: β-Blocker, β-Sympatholytika, β-Adrenolytika, Betablocker

β-Blocker sind Substanzen, die durch kompetitiven Antagonismus mit Noradrenalin (und Adrenalin) die Erregung postsynaptischer, peripherer β_1- und β_2-Rezeptoren hemmen. Zusätzlich wird eine Blockierung präsynaptischer β-Rezeptoren vermutet, was über eine Senkung der Noradrenalinausschüttung einen Effekt in der gleichen Richtung vermittelt würde (siehe 1.4).

Die therapeutisch erwünschte Wirkung auf die β_1-Rezeptoren ist bei allen Substanzen gegeben, die Stärke der therapeutisch unerwünschten β_2-Wirkung variiert dagegen.

Entsprechend der Organverteilung und -wirkung der β-Rezeptoren haben β-Blocker folgende Wirkungen:

Tab. 17: Wirkungen einer β-Rezeptorenblockade

	β_1-Blockade	β_2-Blockade
Herz	Senkung der Frequenz (neg. chronotrop) Senkung der Kontraktionskraft (neg. inotrop) Verringerung der Leitungsgeschwindigkeit (neg. dromotrop)	
präsynaptische sympathische Nervenendigungen	Hemmung der Noradrenalinfreisetzung (präsyn. β-Rezeptoren)	
Niere	Verringerung der Reninsekretion	
Arterien		Verengung
Bronchialmuskulatur		Tonuserhöhung
Uterusmuskulatur		Tonuserhöhung
Stoffwechsel		Verminderung der Insulinsekretion Verminderung der Glukogenolyse und Glukoneogenese Verminderung der Lipolyse

1.4.4.1 *Strukturen von β-Blockern*

β-Blocker sind den Katecholaminen Adrenalin und Noradrenalin strukturell ähnlich.

Die Ethanolamingruppierung der Katecholamine ist prinzipiell zur Dihydroxypropylaminfunktion verändert (Ausnahmen sind Labetalol und Sotalol), die terminal zur Aminogruppe über eine Etherbindung mit einem Aromaten verknüpft ist, dessen Struktur und Substitution die Stärke und Spezifität der β-sympatholytischen Wirkung und der β-sympathomimetischen (ISA)-Wirkung bestimmen.

Der Aminostickstoff trägt stets eine Isopropyl- oder eine t-Butylgruppe.

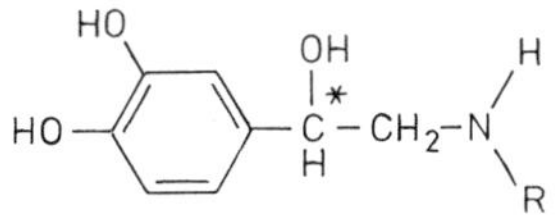

Adrenalin R = $-CH_3$ S(−)Form[5] = L(−)Form[6]
Noradrenalin R = −H S(−)Form[5] = L(−)Form[6]

Allgemeine Struktur von β-Blockern:

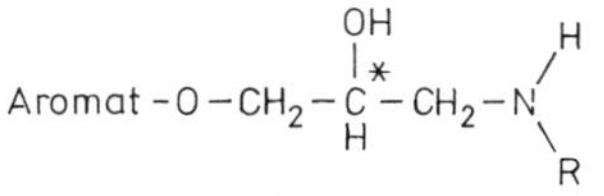

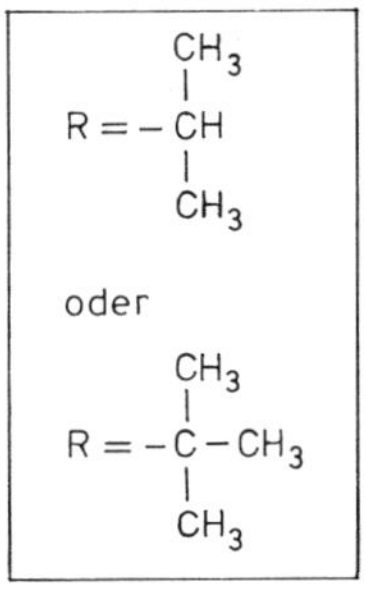

Labetalol und Sotalol, mit C-C-Bindung:

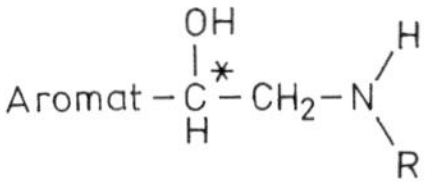

Alle β-Blocker haben mindestens 1 Asymmetriezentrum am C-2 oder am C-1 der Seitenkette. Das S(−)Enantiomere[5] (D-Form[6]) ist 50 bis 100mal stärker wirksam als die rechtsdrehende R(+)Form[5] (L(+)Form)[6].

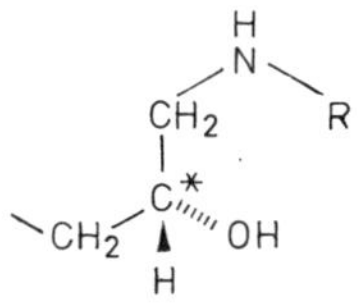

S-Form eines β-Blockers

Lediglich Penbutolol (Betapressin®) und Timolol (Temserin®) liegen als reine S-Form vor, alle anderen stellen eine äquimolare Mischung beiden Antipoden dar. Therapeutisch ist dies offensichtlich ohne Belang.

Tabelle 18 gibt die Strukturen aller in Deutschland derzeit im Handel befindlichen β-Blocker wieder.

---

[5] Cahn-Ingold Formulierung
[6] Fischer Konvention

Tab. 18 Strukturen und Metaboliten von β-Blockern

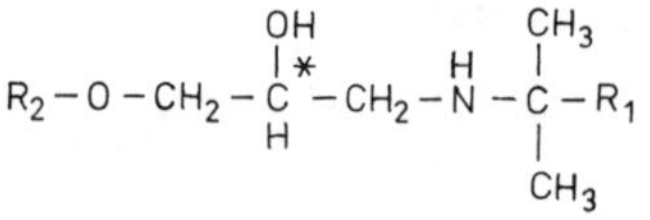

	R_1	R_2	wirksame Metaboliten	Wirksamkeit
Acebutolol (Neptal®, Prent®)	—H	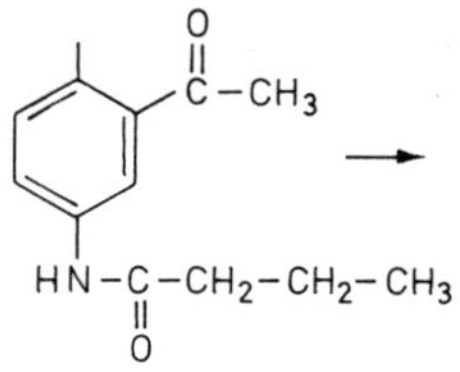	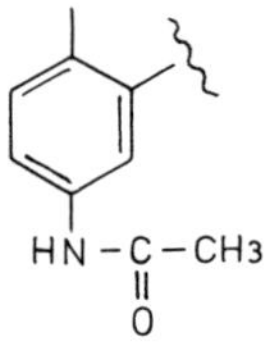	wie Acebutolol
Alprenolol (Aptin®)	—H	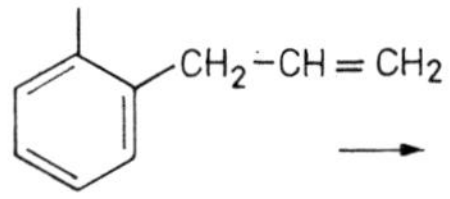	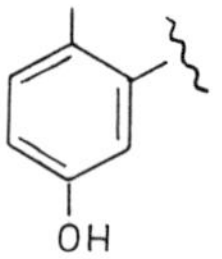	wie Alprenolol, geringere β_2-Blockade
Atenolol (Tenormin®)	—H	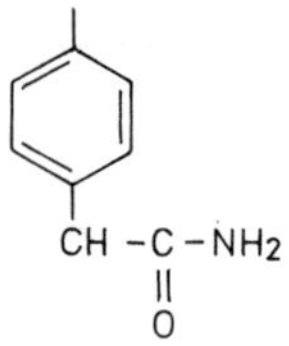		
Bunitrolol (Stresson®)	$—CH_3$	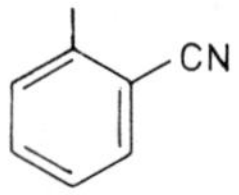	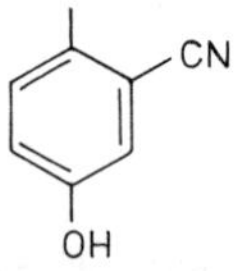	wie Bunitrolol
Bupranolol (Betadrenol®)	$—CH_3$	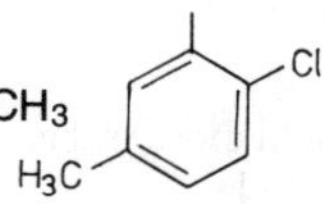	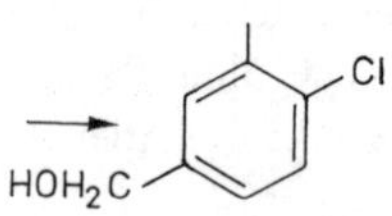	1/50 von Bupranolol
Carazolol (Conducton®)	—H	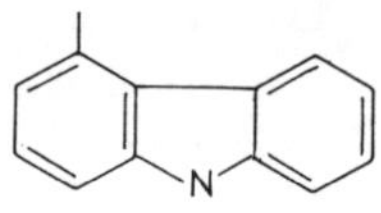	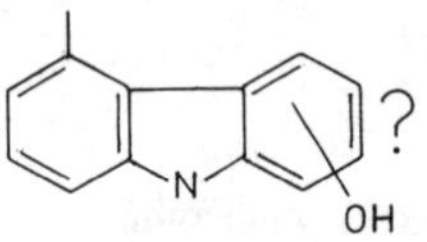	

Tabelle 18 (Fortsetzung)

	R_1	R_2	wirksame Metaboliten	Wirksamkeit
Carteolol (Endak®)	—CH_3	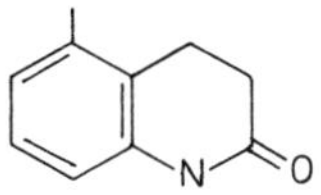	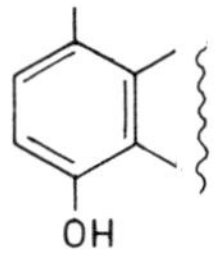	wie Carteolol
Mepindolol (Corindolan®)	—H	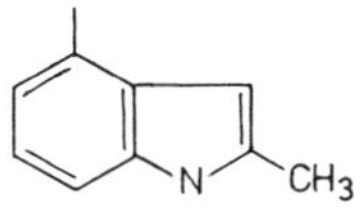		
Metipranolol (Disorat®)	—H	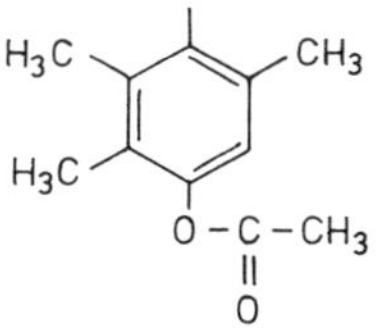	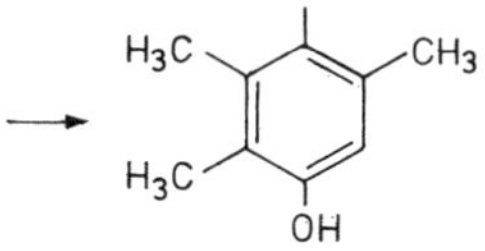	Wirkform von Metipranolol
Metoprolol (Beloc®, Lopresor®)	H	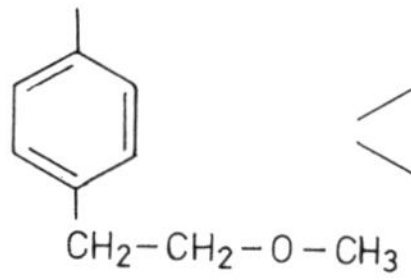	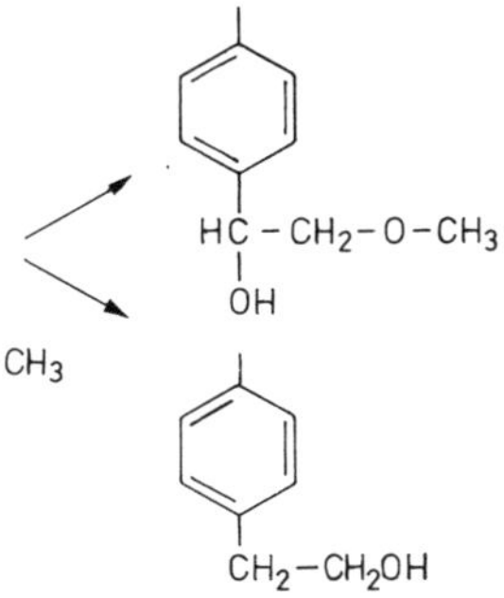	beide 1/5 von Metoprolol
Nadolol (Solgol®)	—CH_3	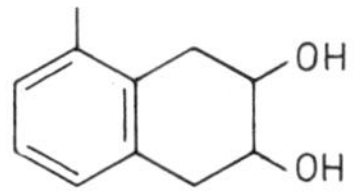		
Oxprenolol (Trasicor®)	—H	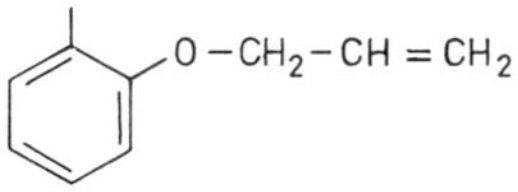	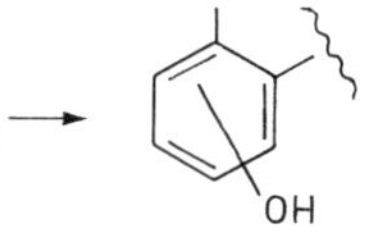	
Penbutolol (Betapressin®)	—CH_3	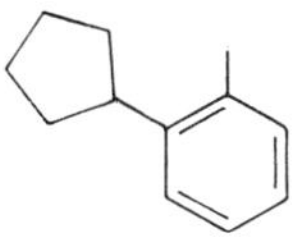	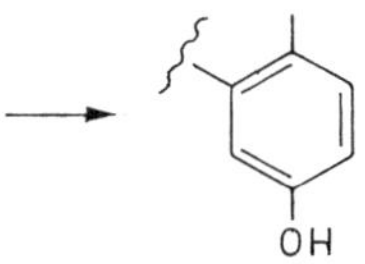	1/4—1/5 von Penbutolol

Tabelle 18 (Fortsetzung)

	R_1	R_2	wirksame Metaboliten	Wirksamkeit
Pindolol (Visken®)	—H	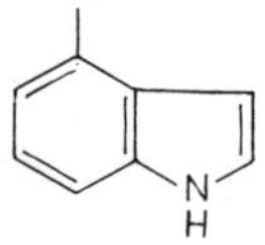		
Propranolol (Dociton® u. a.)	—H	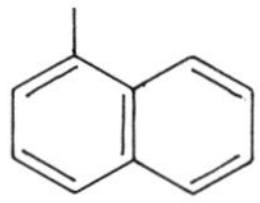	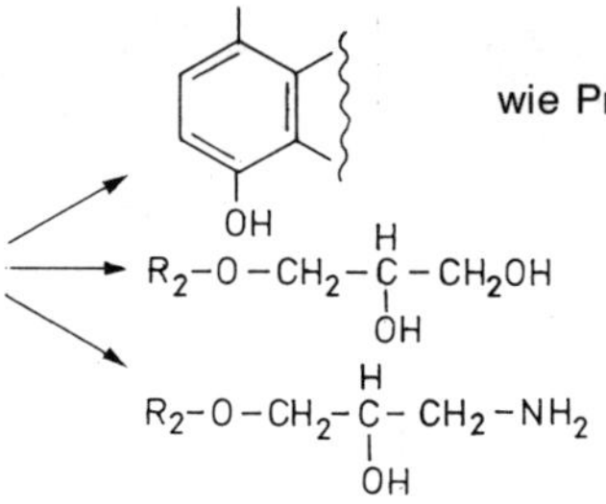	wie Propranolol
Timolol (Temserin®)	—CH_3	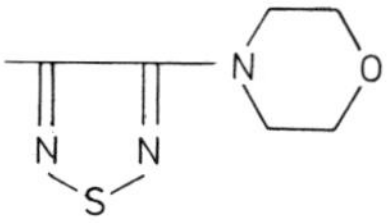	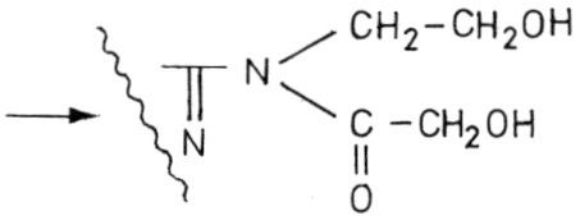	
Toliprolol (in Betapersantin®)	—H	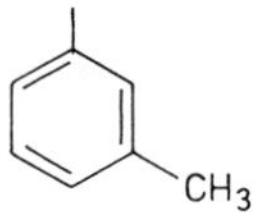	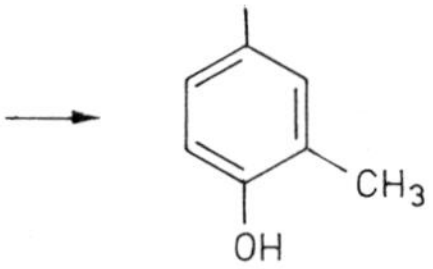	
Sotalol (Sotalex®)		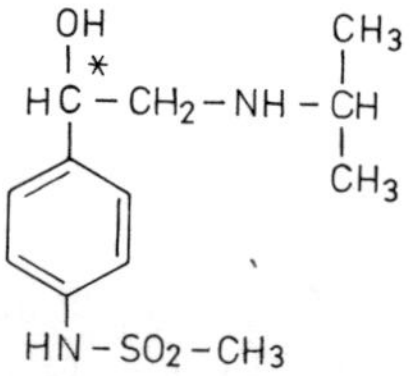		
Labetalol (Trandate®) α- und β-Blocker		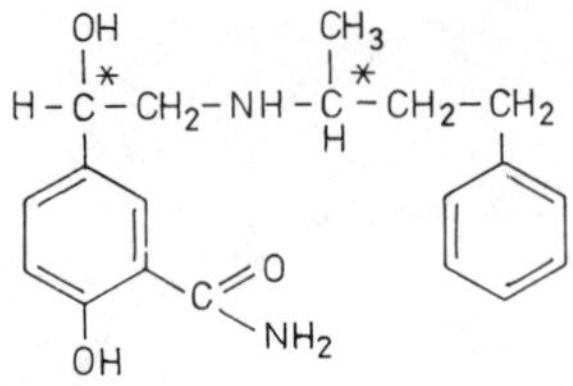		

Tab. 19: Anwendung von β-Blockern

Indikation	erwünschter Effekt
Angina pectoris	Verringerung der Anfallshäufigkeit
Myokardinfarkt	Akutbehandlung — Verminderung der Infarktausdehnung Prävention des Reinfarkts
Hypertonie	Senkung des Blutdrucks
Herzrhythmusstörungen	Senkung der Herzfrequenz
Hyperthyreose	Symptomatisch; Verringerung von Herzfrequenz, Nervosität, Tremor
Psychiatrisch-neurologische Symptome	Senkung der streßbedingten Erregung Verringerung der Angstsymptome (Lampenfieber)
Migräne	Senkung der Häufigkeit und Schwere der Attacken
Glaukom (lokal)	Senkung des Augeninnendrucks

1.4.4.2 *Indikationen von β-Blockern*

Die traditionellen Indikationen der β-Blocker sind die koronare Herzkrankheit und Tachyarrhythmien. Heute sind Hypertonie, Hyperthyreose und psychiatrisch-neurologische Erkrankungen dazugekommen. Lokal setzt man Timolol (Chibro-Timoptol®) und Bupranolol (Ophthorenin®) auch bei Glaukom zur Senkung des erhöhten Augeninnendrucks ein. Trotz minimaler Dosierung ($^{1}/_{20}$ der oral verabreichten Menge bei Timolol) wird dabei immer wieder systemischen Nebenwirkungen in Form von Bradykardie oder Bronchospasmen berichtet.

1.4.4.3 *β-Blocker und Hypertonie*

1964 entdeckte Prichard [35] eher zufällig, daß Pronethalol — ein heute nicht mehr verwendeter β-Blocker — bei Angina-pectoris-Patienten den Blutdruck senkte. Nur zögernd wurde dies medikamentös ausgenützt. Heute allerdings gelten die β-Blocker wie die Diuretika als erste Wahl zur Behandlung des erhöhten Blutdrucks. Über die Rangfolge beider Gruppen ist noch nicht entschieden. Prinzipiell hält man für Patienten über 50 bis 60 Jahren eher ein Saluretikum (gefäßbedingter Hochdruck), für jüngere eher einen β-Blocker (sympathisch bedingter Blutdruck) für günstig. Personen unter 40 sprechen auch mit 60 bis 70% deutlich besser an als die Altersgruppe von 45 bis 70 Jahren (20—40%).

β-Blocker senken, quantitativ den Saluretika gleichwertig, den systolischen Blutdruck um 15 bis 20%, den diastolischen um 10 bis 15% (maximal 30 bzw. 20 mmHg). Sie verringern akut das Herzzeitvolumen über eine Verringerung der Herzfrequenz und der Kontraktionskraft des Herzens. Reflektorisch und über eine Blockade der β_2-Rezeptoren ergibt sich ein Steigerung des peripheren Widerstandes mit der Konsequenz eines primär unveränderten Blutdrucks. Erst allmählich nimmt durch Anpassung der periphere Widerstand auf das ursprüngliche Maß ab, was dann in einer Blutdrucksenkung resultiert.

Die Drucksenkung korreliert dabei besser mit den Veränderungen des peripheren Widerstandes als mit der Verminderung des Herzzeitvolumens.

Aufgrund dieser Mechanik senken β-Blocker im allgemeinen den Blutdruck schonend und erst nach einer Latenzzeit von mehreren Wochen. Diese Vorstellungen sollen nicht darüber hinwegtäuschen, daß der Mechanismus der Vorgänge nicht geklärt ist. Es gibt folgende Hypothesen:

1. Senkung des sympathischen Tonus

a) peripher
Blockierung von präsynaptischen Nervenendigungen der glatten Gefäßmuskulatur, was zu einer Hemmung der reizbedingten Noradrenalinausschüttung und dadurch zu einer verringerten Gefäßverengung führt

b) zentral
Senkung der Noradrenalinkonzentration im Zentralnervensystem auf ähnliche Weise, also vergleichbar mit Clonidin, aber über β-Rezeptoren vermittelt. Dagegen spricht, daß hydrophile Substanzen wie Sotalol, die die Blut-Hirnschranke nur in geringem Ausmaß passieren, den Blutdruck ebenso senken wie die lipophilen, gut penetrierenden Substanzen

2. Steigerung der Empfindlichkeit der Blutgefäße

Lang andauernde Blockade der β-Rezeptoren soll die Empfindlichkeit der Rezeptoren für endogene gefäßerweiternde Mediatoren, wie Histamin und Prostaglandine, steigern.

3. Senkung der Reninproduktion in der Niere

Stimulation des sympathischen Systems erhöht die Reninausschüttung. Dies kann durch β-Blocker gehemmt werden.

Da aber einige β-Blocker die Plasmareninaktivität eher steigern oder zumindest nicht wesentlich beeinflussen (Pindolol, Alprenolol, Oxprenolol), ist die Veränderung der Reninwerte nicht von ausschlaggebender Bedeutung.

1.4.4.4 *Vor- und Nachteile von β-Blockern*

β-Blocker haben ähnlich den Diuretika bei guter Wirksamkeit relativ geringe Nebenwirkungsraten von insgesamt etwa 5%. Ihre Vorteile sind:

- Es fehlen erniedrigte K- und Mg- und erhöhte Serumharnsäurespiegel (wie bei Saluretika).
- Es fehlen Herzfrequenzerhöhungen, Herklopfen oder Wasserretention (wie z. B. bei Dihydralazin oder Prazosin)
- Es fehlen Mundtrockenheit, Müdigkeit (wie bei Methyldopa, Reserpin, Clonidin und Verwandte), Potenzstörungen sind seltener [73]
- Sie wirken antiarrhythmisch und antianginös.
- Sie glätten die bei Hypertonikern besonders kritischen belastungs- und streßbedingten Blutdruckspitzen. Abb. 9 verdeutlicht, daß bei Gabe eines β-Blockers zu einem Diuretikum die Blutdruckdifferenz zwischen Ruhe und ergometrischer Belastung um etwa 20 mmHg geringer ausfällt als mit Saluretikum alleine.

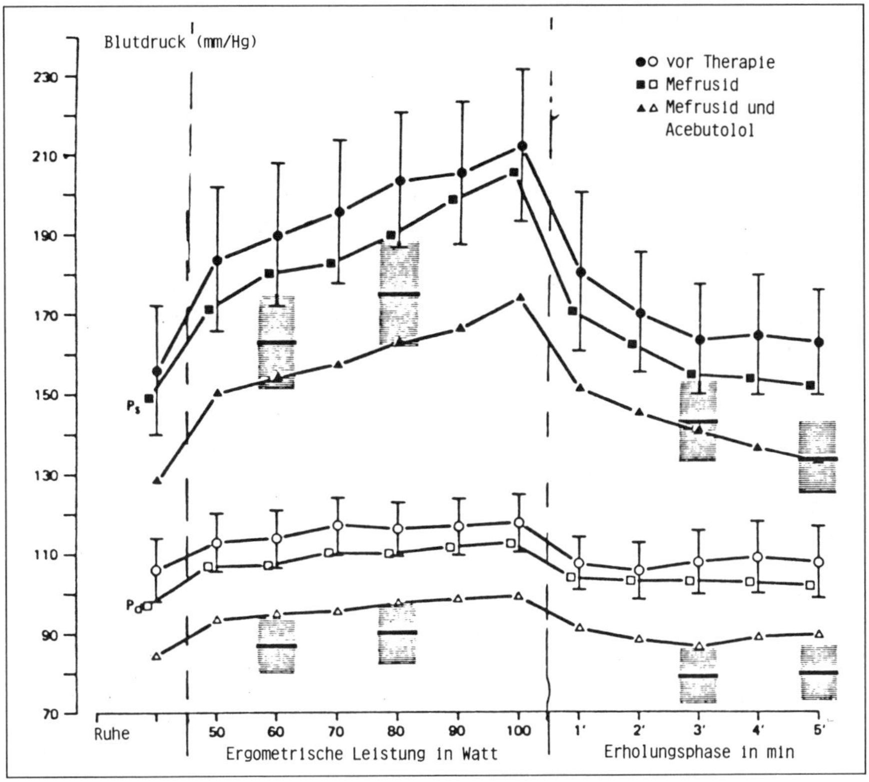

Abb. 9: Systolischer (P_s) und diastolischer (P_d) Blutdruck von 15 Hypertonikern vor und während einer Therapie mit Mefrusid (Baycaron®) bzw. Mefrusid und Acebutolol (Prent®) nach Franz [36].

Gegen *β*-Blocker sprechen:

- Periphere Durchblutungsstörungen mit kalten Extremitäten, Raynaud-Syndrome[7]; „Schaufensterbeine" insbesondere bei älteren männlichen Patienten [37].
- Alpträume, Schlafstörungen insbesondere bei Pindolol und Propranolol.
- Kontraindikationen schließen einen beachtlichen Teil gerade älterer Menschen von der Therapie aus, wie
  - Unbehandelte Herzinsuffizienz
  - Schwere Bradykardie
  - Spastische Bronchitis oder Bronchialasthma
  - Insulinabhängiger Diabetes
  - Überleitungsstörungen (AV-Block II und III)

---

[7] Anfallsweise Gefäßkrämpfe, meist an den Arterien der Finger, mit schweren Durchblutungsstörungen. Bei Frauen häufiger.

1.4.4.5 *Worin unterscheiden sich β-Blocker*

Nahezu 20 verschiedene β-Blocker sind in Deutschland im Handel, ein Ende ist sicher noch nicht erreicht. (In den USA waren dagegen 1980 lediglich Metoprolol, Propranolol und Timolol zugelassen.)

Wie bei den Benzdiazepinen und den Diuretika findet man in dieser Wirkstoffgruppe ein weites Feld für Pseudoinnovationen, das auch reichlich bestellt wird. Deshalb muß hier auch auf eine detaillierte Einzelbesprechung zugunsten einer tabellarischen Übersicht verzichtet werden.

Als blutdrucksenkende Substanz ist jeder β-Blocker gleich wirksam, wenn er nur in der Dosis gegeben wird, die seiner Wirkstärke entspricht. Unterschiede bestehen in der Wirkdauer, in der sympathomimetischen Eigenwirkung und im Ausmaß der Blockade von β_2-Rezeptoren. Darauf soll hier näher eingegangen werden, nicht aber auf die membranstabilisierenden (lokalanästhetischen, chinidinartigen, kardiodepressiven) Eigenschaften, die nach allgemeiner Meinung im Dosisbereich einer antihypertensiven Behandlung ohne Belang sind.

Labetatol blockt zusätzlich α_1-Rezeptoren (1.4.4.9), was möglicherweise auch für Mepindolol und Pindolol gilt.

1.4.4.5.1 Pharmakokinetik

β-Blocker haben meist kurze Halbwertszeiten bis zu 5 Stunden, die wenigen hydrophilen (Atenolol, Sotalol) zwischen 6 und 12 Stunden und nur beim Nadolol werden 24 Stunden erreicht.

Dennoch hält die blutdrucksenkende Wirkung zwischen 10 und 24 Stunden an. Der Logarithmus der Plasmakonzentration korreliert zwar mit der Wirkung auf die Pulsfrequenz, nicht aber mit der Drucksenkung.

Diese bei Antihypertonika recht häufige Beobachtung, daß die Plasmaspiegel kaum mit der Wirkstärke und nicht mit der Wirkdauer in Einklang zu bringen sind, erklärt

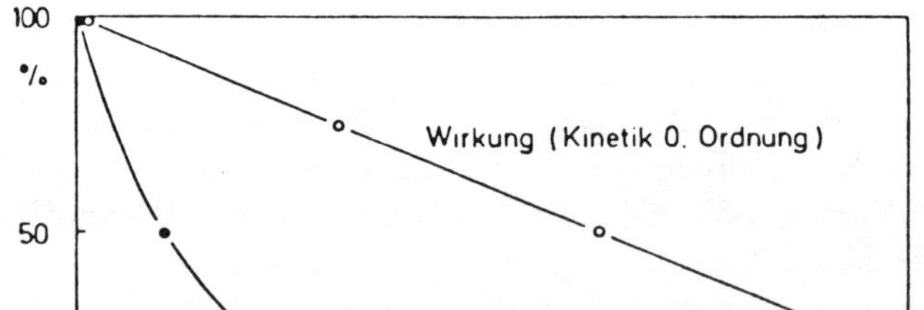

Abb. 10: Schematische Darstellung des Verhaltens von Serumkonzentration und Wirkung von Propranolol (nach Erdmann [38])

man sich bei den β-Blockern aus einer längeren Verweilzeit am Wirkort durch Haftung am Rezeptor. Eine weitere Deutungsmöglichkeit bietet die — zumindest für Propranolol gültige — Beobachtung, daß die Pharmakonzentration im Serum zwar exponentiell (Kinetik 1. Ordnung) abfällt, die Wirkung dagegen linear mit einer Kinetik 0. Ordnung und damit wesentlich langsamer (Abb. 10).

So ist bei Atenolol, Carteolol, Mepindolol und Nadolol eine einmalige tägliche Verabreichung möglich, was die Compliance fördert. Die anderen — Retardformen ausgenommen — sollten auf 2 bis 3 Tagesdosen verteilt werden, damit morgens eine genügende Restwirkung vorhanden ist und ein zu starker Blutdruckanstieg zu dieser Zeit vermieden wird.

Tab. 20: Dosierungen und Dosierungsintervalle von β-Blockern.
Empfehlungen der Deutschen Liga zur Bekämpfung des hohen Blutdrucks.

1 x täglich		2—3 x täglich	
Alprenolol ret. (Aptin® Duriles)	200—400	Acebutolol (Neptal®, Prent®)	2 x 200—2 x 400
Atenolol (Tenormin®)	50—100	Alprenolol (Aptin®)	2 x 50—2 x 200
Carteolol (Endak®)	5— 20	Bunitrolol (Stresson®)	2 x 10—2 x 20
Mepindolol[1] (Corindolan®)	5— 10	Bupranolol (Betadrenol®)	1 x 100—3 x 100
Metoprolol ret. (Beloc® Duriles, Prelis®)	200	Carazolol (Conducton®)	3 x 5—3 x 10
Nadolol (Solgol®)	60—240	Labetalol (Trandate®)	2 x 100—3 x 200
Oxprenolol ret. (Trasicor® ret.)	160—320	Metipranolol (Disorat®)	2 x 20—3 x 20
Propranolol ret. (Dociton® Ret.)	160—320	Metoprolol (Beloc®, Lopresor®)	2 x 50—2 x 100
		Oxprenolol (Trasicor®)	2 x 80—2 x 160
		Penbutolol (Betapressin®)	1 x 20—2 x 40
		Pindolol (Visken®)	2—3 x 5 1—2 x 15
		Propranolol (Dociton® u. a.)	2 x 40—2 x 160
		Sotalol (Sotalex®)	2 x 80—2 x 320
		Timolol (Temserin®)	2 x 5—3 x 10
		Toliprolol (in Betapersantin®)	3 x 10—3 x 50

[1] Firmenempfehlung

In Tabelle 20 finden sich die von der „Deutschen Liga zur Bekämpfung des hohen Blutdrucks" empfohlenen Dosierungen und Dosierungsintervalle. Im oberen Bereich der angegebenen Dosierung ist allerdings in vielen Fällen auch bei Substanzen der rechten Spalte eine Einmalgabe möglich, da die Wirkung dann länger anhält.

Die lipophilen β-Blocker unterliegen im allgemeinen einem starken first-pass-Effekt, der die Bioverfügbarkeit bis auf 10% vermindern kann. Bei solchen Substanzen gibt es starke interindividuelle Schwankungen der Plasmakonzentration bei gleicher Dosierung, die den Faktor 20 erreichen können. Diese Substanzen erfordern eine individuelle Dosiseinstellung.

Bei den hydrophilen (kleiner Verteilungskoeffizient) sind first pass und Blutspiegelschwankungen geringer (Tab. 21).

Tab. 21: Blutspiegelschwankungen, first pass und Lipophilie ([1]nach Bodem [39] [2]nach Cruickshank [40])

	Blutspiegelschwankungen (-fach)[1]	first pass	Verteilungskoeffizient[2] Octanol/Wasser
Alprenolol (Aptin®)	20	+ +	0,41
Propranolol (Dociton®)	20	+ +	4,80
Acebutolol (Prent®)	5	+	0,07
Metoprolol (Beloc®, Lopresor®)	5	+	0,14
Oxprenolol (Trasicor®)	5	+ +	0,15
Bunitrolol (Stresson®)	2—4	+ +	
Pindolol (Visken®)	2—4	(+)	0,06
Sotalol (Sotalex®)	2—4	—	0,0002
Nadolol (Solgol®)	1,5—2	—	0,005

1.4.4.5.2 Kardioselektivität

Einige wenige β-Blocker antagonisieren β_1-Rezeptoren deutlich stärker als β_2-Rezeptoren. Sie werden als kardioselektiv oder herzspezifisch bezeichnet (Kardiopräferenz wäre die exaktere Bezeichnung). Sie tragen in p-Stellung zur Etherfunktion am Aromaten eine Amidgruppe oder einen aliphatischen Rest.

An menschlichem Gewebe von Luftröhre und Vorhof wurde in vitro bei unspezifischen Blockern ein Konzentrationsverhältnis für die Blockade β_2/β_1 von etwa 2 ge-

Tab. 22: Kardioselektivität (nach Harms [41])

Substanz	Konzentrationsverhältnis für β_2/β_1-Blockade
Atenolol (Tenormin®)	51 : 1
Acebutolol (Prent®, Neptal®)	39 : 1
Metoprolol (Beloc®, Lopresor®)	29 : 1
Propranolol (Dociton®)	2 : 1
Pindolol (Visken®)	2 : 1

funden. Das bedeutet, daß die Konzentration des β-Blockers um den Faktor 2 gesteigert werden muß, um am β_2-Rezeptor einen gleich starken Effekt wie am β_1-Rezeptor auszulösen. Für die kardioselektiven Substanzen liegen die Werte dagegen mindestens um den Faktor 10 höher: Atenolol blockt die β_1-Rezeptoren etwa 50mal stärker als die β_2-Rezeptoren. Versuche am Hund in vivo brachten ähnliche Ergebnisse.

Betrachtet man die Organverteilung der Rezeptoren und die durch sie vermittelten Effekte (Tab. 16, 1.4), so sollten β_1-spezifische Blocker eine geringere Tonuserhöhung der Bronchialmuskulatur, der Gefäße und der Uterusmuskulatur verursachen und die Insulinfreisetzung wie die Glykogenolyse weniger vermindern. Dies stimmt in gewissem Maß bei niedriger und mittlerer Dosierung ist des β-Blockers. Bei höherer Dosierung ist kein Unterschied mehr zu den unspezifischen Blockern festzustellen.

Bei Patienten mit *obstruktiven Bronchialerkrankungen* neigen die kardioselektiven Blocker weniger dazu, eine Bronchialverengung und damit einen Asthmaanfall auszulösen. Außerdem blockieren sie nicht oder deutlich geringer die Bronchialerweiterung durch β_2-Agonisten, wie z. B. Isoprenalin (Aludrin®), Salbutamol (Sultanol®), Terbu-

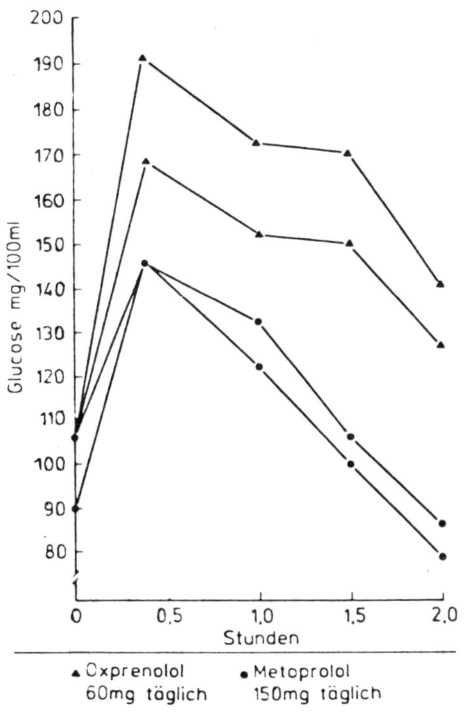

Abb. 11: Blutglucosespiegel während Glucosebelastung bei einem Patienten mit Diabetes in der Familienanamnese (nach Waal-Manning [42]

talin (Bricanyl®), Fenoterol (Berotec®) u. a. Wenn also einem Risikopatienten überhaupt ein β-Blocker gegeben werden muß, so ist ein herzspezifischer vorzuziehen[8].

β_2-Blockade kann durch die dann überwiegenden α-sympathomimetischen Reize *Uteruskontraktionen* verstärken, während gezielte Stimulation von β_2-Rezeptoren den Uterustonus senkt (Fenoterol als Wehenhemmer (Partusisten®) und Bronchodilatator (Berotec®). Ob dies bei der Therapie mit β-Blockern eine Bedeutung hat, ist umstritten.

Eine Nebenwirkung der β-Blocker besteht in Kältegefühl in den Extremitäten, die einer *Verringerung der peripheren Durchblutung* entspricht. Verursacht wird sie einmal ganz allgemein durch den abgesenkten Blutdruck, zum anderen wahrscheinlich durch ein Überwiegen gefäßverengender α-adrenerger Effekte bei Adrenalinausschüttung während Belastung oder Streß und gleichzeitiger Blockade der Gefäßerweiterung vermittelnder β_2-Rezeptoren. „Kalte Füße", Raynaud-Sydrome und „Schaufensterbeine" (Claudicatio intermittens) sind deshalb bei β_1-spezifischen Substanzen weniger häufig zu beobachten.

Blockade von β_2-Rezeptoren in der Pankreas kann die durch Glucose stimulierte *Insulinsekretion verringern.* Insbesondere bei Patienten mit Diabetes oder latentem Diabetes ist deshalb unter β-Blocker-Therapie eine Verringerung der Glucosetoleranz möglich. Abb. 11 zeigt, daß die Glucosespiegel im Belastungsversuch unter Therapie mit dem unspezifischen Blocker Oxprenolol deutlich höher liegen als bei Verabreichung von Metoprolol.

Von größerer klinischer Bedeutung ist die Tatsache, daß β_2-Blockade den durch Adrenalin stimulierten Abbau von Glykogen zu Glucose (Glykogenolyse) im Muskel hemmt. Belastung erhöht dann die Gefahr eines Blutzuckerabfalls bis in den hypoglykämischen Bereich. Dies bedeutet allgemein eine Einschränkung der körperlichen Leistungsfähigkeit.

Bei insulinpflichtigen Diabetikern kann es zum hypoglykämischen Koma kommen. Die Gefahr wird noch erhöht durch die Tatsache, daß β-Blockade die dem Patienten bekannten Warnzeichen einer Unterzuckerung, wie Pulssteigerung und Zittern, maskiert. Aus Abb. 12 ist zu ersehen, daß dieses Risiko unter Pindolol, nicht aber unter dem kardiospezifischen Metoprolol zu erwarten ist. Über Acebutolol liegen vergleichbare Ergebnisse vor [43].

Kardioselektive β-Blocker haben also Vorteile bei Patienten mit

- obstruktiven Bronchialerkrankungen
- Durchblutungsstörungen der Extremitäten
- Diabetikern

Bei Migräne scheinen allerdings kardioselektive Substanzen nicht oder zumindest schlechter zu wirken als unspezifische, da β_2-Blockade die Gefäßerweiterung bei Migräne günstig beeinflußt.

---

[8] Mindestens ebenso günstig ist in diesem Fall der α- und β-Blocker Labetalol (Trandate®).

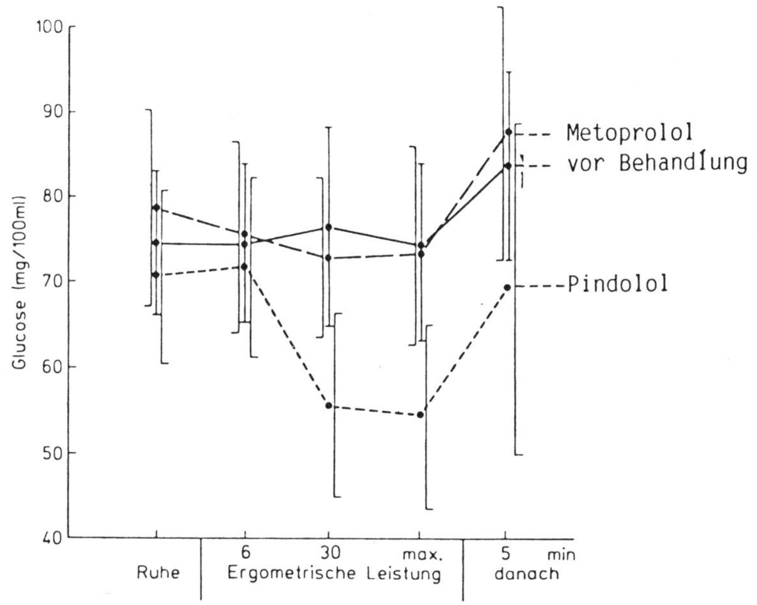

Abb. 12: Blutglucosespiegel bei Hypertoniepatienten während ergometrischer Leistung und β-Blockern (nach Lohmann [44])

1.4.4.5.3 ISA

Einige β-Blocker besitzen eine substanzeigene β_1-adrenerge Wirkung, die als „intrinsic sympathmimetic acitivity", ISA bezeichnet wird.
Substanzen mit ISA (abnehmende Wirkung):

Pindolol (Visken®)	Acebutolol (Prent®)
Alprenolol (Aptin®)	Bunitrolol (Stresson®)
Carteolol (Endak®)	Mepindolol (Corindolan®)
Oxprenolol (Trasicor®)	Penbutolol (Betapressin®)

Diese Substanzen senken den Blutdruck, senken aber den Puls in der Langzeittherapie weniger (Abnahme 2 bis 15 gegenüber 20 bis 25 Schläge/min). Sie verringern den peripheren Widerstand, das Herzzeitvolumen bleibt unverändert oder steigt.

Die Blutdrucksenkung ist bei diesen Substanzen nicht oder nur in geringem Maß mit einer Verringerung der Herzleistung verbunden, was für Patienten mit Herzinsuffizienz oder mit Bradykardie vorteilhaft ist. Periphere Durchblutungsstörungen sind unter solchen Blockern weniger ausgeprägt. Möglicherweise fällt auch die Bronchialverengung geringer aus. Plötzliches Absetzen führt seltener zum rebound mit Herzjagen, pektanginösen Anfällen und Rhythmusstörungen als bei Substanzen ohne ISA. Von Nachteil ist, daß bei hohen Dosen die Verbindungen mit starker sympathomimetischer Eigenwirkung (Pindolol, Oxprenolol und Alprenolol) die Herzfrequenz und den Blutdruck steigern können. Außerdem sind insbesondere bei Pindolol durch zentrale Erregung Unruhe, Schlafstörungen und Alpträume möglich.

Tab. 23: Daten von β-Blockern

	Kardio-spezifi-tät	ISA	Relative Wirk-stärke	$t_{1/2}$ Std.	Wirk-dauer Std.	Bioverfüg-barkeit %	first pass	Aktive[1] Meta-boliten
Acebutolol (Prent®, Neptal®)	+ +	+	0,2	6—12	24	80 (incl. Meta-boliten)	+	+
Alprenolol (Aptin®)	—	+ +	0,3—1	2—4	10—15	10	+	+
Atenolol (Tenormin®)	+ +	—	0,8—1	6—9	20—25	70—100	+	—
Bunitrolol (Stresson®)	(+)	+	4—5	1—3		13—44	+	+
Bupranolol (Betadrenol®)	—	—	1	2—4	14	? gering	+	(+)
Carazolol (Conducton®)	—	—		0,9	8—10	10	+	+?
Carteolol (Endak®)	—	+ +	6—10	5—7		90	—	+
Labetolol (Trandate®)	—	—	0,15—0,25	4		10	+	—
Mepindolol (Corindolan®)	—	(+)	20—30	4	24	80	(+)	—
Metipranol (Disorat®)	—	—	4	3—4	8	50	+	+
Metoprolol (Beloc®, Lopresor®)	+	—		1	3—4	50	+	(+)
Nadolol (Solgol®)	—	—	1	16—24	40	20—40	—	—
Oxprenolol (Trasicor®)	—	+ +	1	1—3	13	25—30	+	?
Penbutolol (Betapressin®)	—	(+)		1—2		100	—	(+)
Pindolol (Visken®)	—	+ + +	6—10	2—5	8	70—90	(+)	—
Propranolol (Dociton® u. a.)	—	—	1	2—4	10	10—30	+	+
Sotalol (Sotalex®)	—	—	1	6—15		70—100	—	—
Timolol (Temserin®)	—	—	6	2—5	15	50—75	+	?
Toliprolol (in Betapersantin®)	—	+		2—3	4—6			?

[1] Strukturen und Wirksamkeit siehe Tabelle 18

Kardioselektivität und β-sympathomimetische Aktivität modifizieren also bei β-Blockern die Quantität, nicht aber die Qualität der Nebenwirkungen. Im folgenden werden deshalb Nebenwirkungen, Kontraindikationen und Wechselwirkungen für alle β-Blocker gemeinsam dargestellt. Lediglich Labetalol wird als Einzelsubstanz abgehandelt, da es als einziger Substanz auch eine α-blockierende Wirkung besitzt und in gewisser Weise eine Kombination von Propranolol (Dociton®) und Prazosin (Minipress®) in einem Molekül darstellt.

1.4.4.6 *Nebenwirkungen von β-Blockern*

Die Nebenwirkungsrate ist bei β-Blockern gering. Wechselnde Angaben bewegen sich im Bereich von 5 bis 15%. Bei Beachtung der Kontraindikationen dürfte sie unter 5% liegen.

Spezifische, durch β-Blockade verursachte Nebenwirkungen

- Herzinsuffizienz durch Senkung von Frequenz, Kontraktionskraft und Leitungsgeschwindigkeit. Bei Substanzen mit ISA geringer
- Herzrhythmusstörungen, Bradykardie. Bei Substanzen mit ISA geringer
- Zunahme des Atemwegswiederstandes, Auslösen von Asthmaanfällen. Bei Substanzen mit Kardiospezifität, eventuell auch mit ISA geringer
- Hypoglykämie bei Belastung durch Verminderung von Insulinsekretion und Glykogenolyse. Bei Substanzen mit Kardiospezifität geringer
- Kalte Extremitäten und Raynaud-Syndrome wegen Gefäßverengung und Durchblutungsstörungen. Schmerzende Beine bei Belastung, Muskelschwäche. Bei Substanzen mit Kardioselektivität und ISA geringer

Unspezifische Nebenwirkungen:

- Halluzinationen, Schlaflosigkeit, Depressionen bei lipophilen Substanzen, welche die Blut-Hirn-Schranke durchdringen (Propranolol, Timolol) oder bei Substanzen mit hoher sympathomimetischer Eigenwirkung (Pindolol)
- Magen-Darmstörungen
- Verstopfung

1.4.4.7 *Kontraindikationen für β-Blocker*

Absolute Kontraindikationen

- Manifeste Herzinsuffizienz
- Überleitungsstörungen (AV-Block II und III)
- Bradykardie mit Herzfrequenz unter 50 Schlägen/min. Ab 50 können Substanzen mit hoher ISA, wie Pindolol, Atenolol, Oxprenolol, Carteolol versucht werden
- Asthma bronchiale

Relative Kontraindikationen

- Obstruktive Atemwegserkrankungen (kardiospezifische β-Blocker wählen, eventuell mit gleichzeitiger Verwendung von β_2-Mimetika wie Salbutamol (Sultanol®), Terbutalin (Bricanyl®) etc.
- Herzinsuffizienz (mit Digitalis und Diuretikum kombinieren)
- Periphere Durchblutungsstörungen (siehe oben)
- Diabetes mellitus (siehe oben)

1.4.4.8 *Wechselwirkungen bei der β-Blocker-Therapie*

Insulin, orale Antidiabetika	Verstärkung einer Hypoglykämie, Maskierung von Warnsymptomen
Digitalis u. a.	Verstärkung der negativ chronotropen Wirkung Kompensation der durch β-Blocker induzierten Verringerung der Kontraktionskraft
Antiarrhythmika (Chinidin)	Verstärkung der negativ inotropen Wirkung
Reserpin, Guanethidin	Verstärkung der β-Blockerwirkung durch Entleerung der adrenergen Speicher
Prazosin (Minipress®)	Verstärkung orthostatischer Fehlregulationen
Trizyklische Antidepressiva	Verstärkung der negativ inotropen Wirkung
Furosemid	bei Propranolol Verstärkung der Wirkung durch erhöhte Blutspiegel
Cimetidin (Tagamet®)	Verstärkung der Wirkung (Abbauhemmung?)
Indometacin (Amuno®)	verminderter antihypertoner Effekt von Propranolol, Mechanismus unbekannt.
Calciumantagonisten (außer Nifedipin)	Verstärkung der Kardiodepression

1.4.4.9 *Labetalol (Trandate®)*

Formel siehe Tabelle 18

Dosierung: 2 × 100—3 × 200 mg

Resorption: Fast vollständig, maximale Plasmakonzentrationen nach 1—2 Stunden

Bioverfügbarkeit: 10% (first pass)

$t_{1/2}$: 4 Stunden

Plasmaeiweißbindung: 50%

Metabolisierung: 90% durch Glucuronidierung an der alkoholischen (73%) und der Aminogruppe (16%)

Ausscheidung: Zu 60% über die Nieren, zu 40% über die Faeces

Nebenwirkungen:
Kribbeln von Haut und Kopfhaut bis 3%, substanzspezifisch;
orthostatische Fehlregulationen, dosisabhängig, insbesondere bei gleichzeitiger Saluretikatherapie;
Hautausschläge;
Müdigkeit, Kopfschmerzen;
Wadenschmerzen;
Potenzstörungen (durch α-Blockade? [73]
sehr selten Verstärkung einer Herzinsuffizienz oder eines Asthma bronchiale

Kontraindikationen:
wie alle β-Blocker

Wechselwirkungen:
Verstärkung der Wirkung von Antiarrhythmika

Labetalol hat zwei Asymmetriezentren. Es liegt in einem äquimolaren Gemisch der vier möglichen Isomeren vor.

Labetalol ist ein unspezifischer β-Blocker, der gleichzeitig α_1-Rezeptoren blockiert. Die Wirkung auf die β-Rezeptoren ist je nach Versuchsbedingungen um den Faktor 3 bis 16 stärker ausgeprägt. Labetalol scheint eine selektive Affinität für α_1-Rezeptoren zu besitzen, während wie bei Prazosin die hemmenden α_2-Rezeptoren nicht geblockt werden.

Labetalol besitzt also eine Kombination der Eigenschaften von Propranolol und Prazosin. Bei intravenöser Verabreichung verhält es sich eher wie eine Kombination von Propranolol und dem gefäßerweiternden Hydralazin.

Labetalol erweitert die Arterien, insbesondere die Arteriolen und scheint auch die venösen Gefäße zu erweitern. Im Gegensatz zu anderen gefäßerweiternden Substanzen löst Labetalol keine reflektorischen Herzfrequenzsteigerungen aus, was auf die β-Blockade zurückzuführen ist.

Die Blutdrucksenkung fällt stärker aus als bei Propranolol und ergibt sich hauptsächlich aus einer Verringerung des peripheren Widerstandes. Der Ruhepuls wird praktisch nicht beeinflußt, ebenso das Herzzeitvolumen in Ruhe. Auch bei Belastung sinken Puls und Herzzeitvolumen nur wenig. Bei Dauertherapie senkt Labetalol den Puls ohne Veränderung des Herzzeitvolumens im Gegensatz zu den reinen β-Blockern.

Durchblutungsstörungen in den Extremitäten (kalte Füße etc.) sind deshalb unter Labetaloltherapie sehr selten. Die Gefahr einer Bronchienverengung scheint ebenfalls sehr gering zu sein. Dagegen kommen orthostatische Fehlregulationen vor, was sich auch aus der Venenerweiterung ableiten läßt.

Labetalol eignet sich auch zur i. v. Injektion bei Hochdruckkrisen.

Trotz eines an sich interessanten Wirkungsspektrums hat es sich in der Bundesrepublik noch nicht durchgesetzt: Es lag 1982 unter den β-Blockern an Platz 18 der Umsatzrangliste.

1.5 Calciumantagonisten

Was man als Haupt, was als Nebenwirkung eines Arzneistoffs bezeichnen soll, hängt oft nur von der Betrachtungsweise ab. Die Calciumantagonisten sind ein prominentes und aktuelles Beispiel dafür.

Man weiß seit Jahren, daß manche Calciumantagonisten den Blutdruck senken können, klassifizierte dies aber eher als eine Nebenwirkung, die es insbesondere bei einer Kombinationstherapie mit Nitraten zu beachten galt.

Nach ersten entsprechenden Berichten werden nun seit wenigen Monaten einige Substanzen sozusagen im Umkehrschluß als ideale Antihypertonika mit erwünschten Begleitwirkungen auf das Myokard dargestellt.

Die „Deutsche Liga zur Bekämpfung des hohen Blutdrucks" schreibt hierzu (Juni 1983):

„Die Eignung der Calciumantagonisten für die Hochdruckbehandlung wird gegenwärtig intensiv untersucht. Die bisher vorliegenden Ergebnisse erlauben noch keine Einordnung in das Stufenschema."

Das Interesse gilt unter dem Aspekt der Blutdrucksenkung den stark wirkenden Vertretern Diltiazem (Dilzem®), Nifedipin (Adalat®) und Verapamil (Isoptin®, Cardibeltin®). Da derzeit in den Industrielaboratorien an neuen Substanzen, insbesondere an Analogen des Nifedipin gearbeitet wird, kann man in nächster Zeit mit einer deutliche Erweiterung der Palette rechnen.

Calciumantagonisten sind nach Fleckenstein Substanzen, die ihren hemmenden Einfluß auf calciumabhängige Funktionen im Myokard und in der glatten Muskulatur so stark ausüben, daß im therapeutischen Bereich alle anderen pharmakodynamischen Eigenschaften zurücktreten.

Als Wirkungsmechanismus nimmt man vor allem eine Hemmung des Calciumionen-Einstroms zum Wirkort an den Muskelfasern, den Myofibrillen, durch Blockierung „langsamer Calciumkanäle" an, möglicherweise auch eine Verminderung der Freisetzung von Calcium aus den Speichern in der Zelle.

Da Calcium den Zündfunken für die Energiefreisetzung zur Muskelkontraktion (aus ATP) darstellt und die Kontraktionskraft direkt mit dem freien intrazellulären Calcium korreliert ist, verringern Calciumantagonisten die mechanische Kontraktion der Muskelfasern.

Eine Wirkung dieser Art an den Zellen der glatten Gefäßmuskulatur bedeutet eine Verringerung der Kontraktilität, eine Erweiterung der Gefäße, eine Senkung des peripheren Widerstands und damit eine Abnahme des Blutdrucks.

Es gibt keine spezifische chemische Grundstruktur für Calciumantagonisten und die einzelnen Substanzen weisen beträchtliche Unterschiede in ihrem Wirkspektrum auf[9]: Verapamil und Diltiazem wirken antiarrhythmisch, Nifedipin praktisch nicht, verursacht aber die stärkste Gefäßerweiterung an den peripheren Arteriolen vor Vera

---

[9] So soll das im April 1983 ausgebotene Gallopamil (Procorum®) — obwohl lediglich ein Methoxy-Verapamil — nur eine statistisch nicht auffällige Bludrucksenkung hervorrufen.

pamil und Diltiazem. Nifedipin hat damit den stärksten drucksenkenden Effekt bei fehlender Beeinflussung des Reizleitungssystems des Herzens. Alle drei Verbindungen erweitern die Koronararterien.

Calciumantagonisten beginnen als ernstzunehmende Alternative mit anderen Antihypertonika zu konkurrieren. Ihren Vorteil gegenüber β-Blockern sieht man in folgenden Punkten:

- Sie verringern die periphere Durchblutung nicht, erhöhen die des Myokards.
- Sie verengen die Bronchien nicht, wirken eher bronchienerweiternd und sind daher auch bei Asthmatikern einzusetzen (möglicherweise sogar zur Asthmatherapie).
- Sie sind auch bei Myokardinsuffizienz zu verwenden.
- Zumindest Nifedipin kann auch bei Reizleitungsstörungen (AV-Block) eingesetzt werden.

Auch von der Gruppe der reinen Vasodilatatoren (Dihydralazin) unterscheiden sie sich vorteilhaft dadurch, daß sie keine Steigerung der Herzfrequenz und keine Wasserretention verursachen. Nifedipin muß hier ausgenommen werden, wenn auch seine Effekte in dieser Richtung wesentlich milder ausfallen.

Calciumantagonisten dürften vor allem — ähnlich den Diuretika — für die Hochdruckbehandlung älterer Patienten geeignet sein, deren Hypertonie gefäßbedingt ist.

Die Erfahrung mit Kombinationen ist noch vergleichsweise gering. Verapamil (wohl auch Diltiazem) sollten nicht mit einem β-Blocker kombiniert werden, da beide die Kontraktilität des Herzens senken und die Erregungsleitung dämpfen.

Nifedipin erlaubt die gleichzeitige Verabreichung eines β-Blockers, da sein kardialer Effekt gering ist. Es kann auch mit Diuretika und mit Methyldopa kombiniert werden. Im Gegensatz zu Verapamil und Diltiazem ist aber ein Zusatz von Nitraten problematisch, da sich die gefäßerweiternde Wirkung beider addiert und der Blutdruck zu weit absinken kann.

Ein plötzliches Absetzen von Calciumantagonisten ist zumindest bei Patienten mit koronarer Herzkrankheit zu vermeiden, da dies schwere Angina-pectoris-Anfälle auslösen kann, wahrscheinlich über einen verstärkten Calciumeinstrom in die Zellen des Myokards.

Nebenwirkungen

Allgemein Kopfschmerzen, Schwindel, Wärmegefühl (Flush) und Neigung zu Ödemen (bei Nifedipin etwa 0,6 %).
Diltiazem senkt die Herzfrequenz, Nifedipin steigert sie.
Bei Verapamil sind Obstipationen möglich.

Kontraindikationen

Allgemein Schwangerschaft, 1. Trimenon.
Bei Diltiazem und Verapamil manifeste Herzinsuffizienz und AV-Block.
Bei Verapamil und Nifedipin schwere Hypotension.

Wechselwirkungen

Mit anderen Antihypertonika Wirkungsverstärkung.
Mit β-Blockern Verstärken der Kardiodepression (Nifedipin nur bedingt).
Nifedipin verstärkt Blutdruckabfall durch Nitrate.
Verapamil verstärkt die Digoxintoxizität durch dosisabhängigen Anstieg der Serum-Digoxin-Konzentration.

1.5.1 **Nifedipin (Adalat®)**

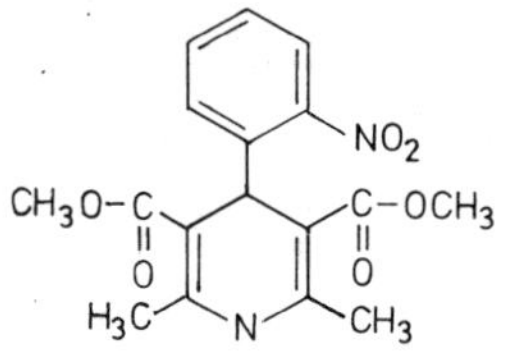

Nifedipin

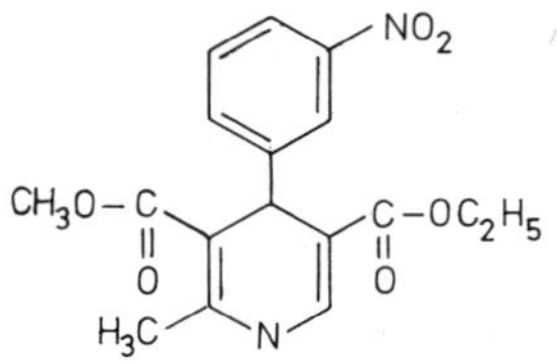

Nitrendipin

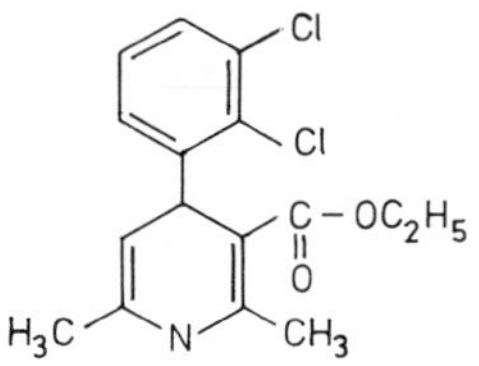

Felodipin

in nächster Zeit zu erwartende Analoge

Dosierung: 3 × 10—20 mg; 2 × 20—40 mg (Retardtbl.) Firmenempfehlung
Resorption: Mehr als 90%; max. Plasmaspiegel nach 1—2 Stunden
Bioverfügbarkeit: 20—70% (first pass)
$t_{1/2}$: 3—5 Stunden
Wirkdauer: 6—8 Stunden
Plasmaeiweißbindung: 90%
Metabolisierung: Vollständig zu unwirksamen Metaboliten unter Dehydrierung zur Pyrimidin, Esterspaltung, Oxidation der Methylgruppen
Ausscheidung: zu 80% renal
Nebenwirkungen, Kontraindikationen, Wechselwirkungen siehe 1.5.

Nifedipin erweitert die peripheren Gefäße stärker als Diltiazem oder Verapamil. Die Blutdrucksenkung ist deshalb deutlicher ausgeprägt und erreicht in Abhängigkeit von der Ausgangslage 25 bis 50 mmHg systolisch und 10 bis 30 mmHg diastolisch.

Nifedipin hat praktisch keinen Einfluß auf die Erregungsbildung und Reizleitung des Herzens, kann aber im Gegensatz zu Verapamil und Diltiazem die Herzfrequenz steigern.

Nifedipin eignet sich auch zur Behandlung hypertoner Krisen und kann hier als einzige Substanz oral verabreicht werden. Es werden 10 bis 20 mg sublingual (geöffnete Kapsel) empfohlen. Die Wirkung setzt nach 5 bis 10 Minuten ein und erreicht nach 30 bis 40 Minuten ihr Maximum [56, 57½].

Es kann wegen seiner stark gefäßtonusmindernden Wirkung Häufigkeit und Intensität von Gefäßkrämpfen mindern (Raynaud-Syndrom; koronare Gefäße [64].

1.5.2 **Diltiazem (Dilzem®)**

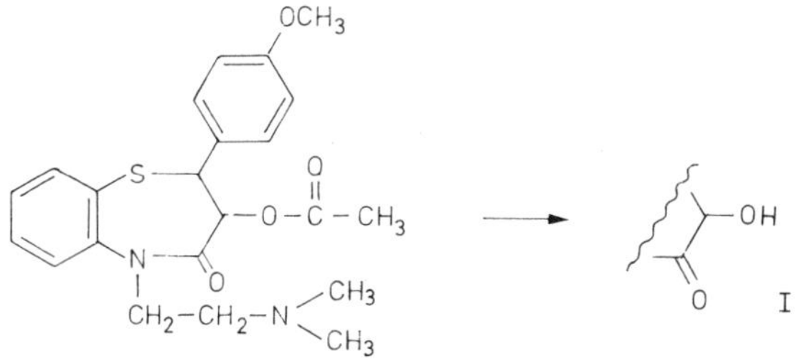

Dosierung: 3 × 30—3 × 120 mg; Firmenempfehlung

Resorption: Mehr als 90%, maximale Plasmaspiegel nach 3—4 Stunden (Retardtbl.)

Bioverfügbarkeit: 25—70% (first pass)

$t_{1/2}$: 4—9 Stunden

Wirkdauer: Etwa 8 Stunden (Retardtbl.)

Plasmaeiweißbindung: 80%

Metabolisierung: Fast vollständig unter Desacetylierung (Metabolit I) und O- bzw. N-Desalkylierung. Metabolit I ist schwach wirksam

Nebenwirkungen, Kontraindikationen, Wechselwirkungen siehe 1.5.

Diltiazem gleicht in seinen Eigenschaften Verapamil bei schwächerer peripherer Gefäßerweiterung.

Es soll den Blutdruck Normotoner praktisch nicht beeinflussen. Bei steigenden Werten beobachtet man zunehmende Drucksenkung, die systolisch bis etwa 35 mmHg und diastolisch bis etwa 18 mmHg bei Normdosierung erreichen kann (Abb. 13). Diltiazem wirkt herzfrequenzsenkend (neg. chronotrop) insbesondere bei Pulsfrequenzen über 60/Min.

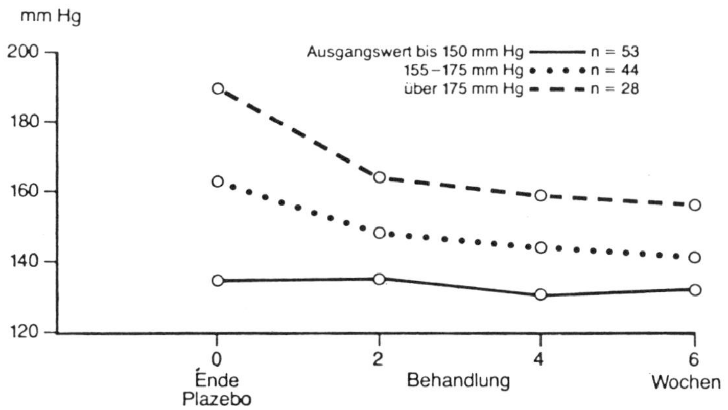

Abb. 13: Blutdrucksenkung durch Diltiazem in Abhängigkeit von der Ausgangslage

1.5.3 Verapamil (Cardibeltin®, Isoptin®)

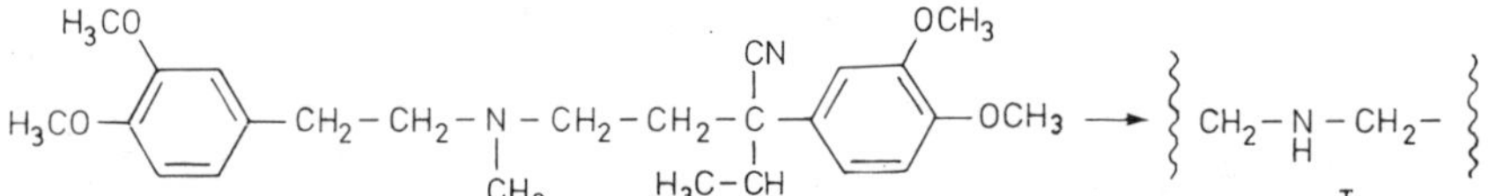

I

Dosierung: 3 × 80—120 mg; 2 × 120—240 mg (Retardtbl.); Firmenempfehlung

Resorption: 90 %, maximale Blutspiegel nach 30—45 Minuten

Bioverfügbarkeit: 10—22 % (first pass)

$t_{1/2}$: 5—6 Stunden, bei Dauertherapie 9—10 Stunden

Wirkdauer: 4—6 Stunden, Retardtbl. 6—14 Stunden

Plasmaeiweißbindung: 90 %

Metabolisierung: Fast vollständig unter N- und O-Desalkylierung und Spaltung der C-N-C Bindung. Norverapamil (Metabolit I) ist schwächer wirksam als Verapamil, kann sich aber durch eine längere Halbwertszeit von etwa 16 Stunden bei Dauertherapie anreichern.

Nebenwirkungen, Kontraindikationen, Wechselwirkungen siehe 1.5.

Verapamil hemmt wie Diltiazem die kardiale Erregungsbildung und -leitung. Der gefäßerweiternde und der blutdrucksenkende Effekt liegt zwischen Nifedipin und Diltiazem.

1.6 Vasodilatatoren

Alle Antihypertonika senken den Blutdruck ganz oder teilweise über eine Erweiterung der peripheren kleineren Arterien, also über eine Verringerung des peripheren Widerstandes. Ausnahmen hiervon sind lediglich die β-Blocker (außer Labetolol) und wahrscheinlich die Saluretika. Dennoch bezeichnet man diese Substanz nicht als Vasodilatatoren, denn die Gefäßerweiterung erfolgt nicht oder nicht ausschließlich durch direkten Angriff an der glatten Muskulatur der Gefäße, sieht man von Guanethidin, vor allem aber von den Calciumantagonisten ab.

Die Vasodilatatoren wirken dagegen direkt auf die Muskelzelle. Der Mechanismus ist unbekannt. Möglicherweise vermindern sie das freie Calcium an den kontraktilen Proteinen der Gefäßmuskelzelle — dann wären sie in irgendeiner Weise ebenfalls Calciumantagonisten.

Die Einteilung in Vasodilatatoren und andere Antihypertonika ist heute also in dieser Art nicht mehr schlüssig. Zum Teil werden die Calciumantagonisten, zumindest Nifedipin dieser Gruppierung zugezählt, zum Teil werden sie als direkt an der glatten Muskulatur angreifende Antihypertonika bezeichnet.

Prinzipiell aktiviert eine Gefäßerweiterung mit daraus resultierender Blutdrucksenkung über die Barorezeptoren den Sympathikus: Herzfrequenz und Herzzeitvolumen steigen, um den Blutdruckabfall abzufangen.

Bei der Mehrzahl der bisher besprochenen Antihypertonika verhindern substanzeigene Wirkungen auf den Sympathikus diese reflektorische Steigerung des Herzzeitvolumens ganz oder doch teilweise.

Die Vasodilatatoren verursachen hingegen eine deutliche Erhöhung der Herzfrequenz und des Herzzeitvolumens. Gemeinsam mit einer gleichzeitigen Steigerung der Plasmareninaktivität, also einer Plasmavolumenvermehrung durch Salz- und Wasserretention, vermindert das den blutdrucksenkenden Effekt dieser Substanzen bis hin zur völligen Kompensation.

Vasodilatatoren sollen deshalb stets mit β-Blockern (gegen die Steigerung des Herzzeitvolumens und der Reninaktivität) und mit Diuretika (gegen die Wasserretention) kombiniert werden. Folgerichtig gelten sie in den Empfehlungen der Deutschen Liga zur Bekämpfung des hohen Blutdruckes als Mittel für die 3. Therapiestufe.

Diazoxid und Nitroprussid-Na dienen praktisch ausschließlich der Behandlung hypertoner Krisen.

1.6.1 Hydralazin

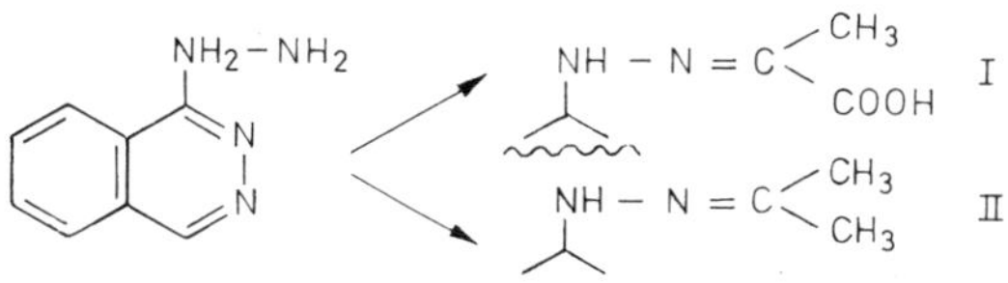

Dosierung: Maximal 300 mg/Tag auf 2—4 Dosen verteilt (Firmenempfehlung) in Kombinationen 1—4 × 25 mg (Firmenempfehlung)

Resorption: Nahezu vollständig; max. Plasmaspiegel nach 1—2 Stunden

Bioverfügbarkeit: Oral 30—35% (langsame Acetylierer)
Oral 10—16% (schnelle Acetylierer)
hoher first pass, der abzusättigen ist. Gleichzeitige Nahrungsaufnahme erhöht Bioverfügbarkeit auf das 2—3fache

$t_{1/2}$: 0,6—1,4 Stunden [46], 2—8 Stunden [45]

Wirkdauer: Mehr als 12 Stunden, bei Absetzen bis 2 Wochen

Plasmaeiweißbindung: 85%

Metabolisierung: 85—98%. Bei oraler Applikation hauptsächlich zum Pyruvat-hydrazon (I), außerdem zum Acetonid (II) und einem N-Acetylderivat, das wie I zyklisiert. II ist schwach wirksam; I nicht drucksenkend aber wahrscheinlich herzfrequenzsteigernd, kumuliert (Abb. 14)

Ausscheidung: 75% der Metaboliten renal; 1—14% unverändert renal.

Verteilung: Bei Ratten hohe Konzentration in Arterienwänden infolge starker Bindung mit einer Eliminationshalbwertszeit 30 Stunden

Nebenwirkungen:
Die Nebenwirkungen sind dosisabhängig und bei der heute in Kombinationen verringerten Dosis kaum mehr statistisch relevant!
Herzfrequenzsteigerung, pektanginöse Anfälle bis hin zum Infarkt bei Patienten mit koronarer Herzkrankheit, Schwindel, Kopfschmerz, Schwitzen, Hautrötung, verstopfte Nase, Ödeme, *Hy-*

dralazinsyndrom bei hohen Dosen über 300 mg und Personen mit rheumatischer Vorgeschichte: Rheumatoide Polyarthritis, Lupus erythematodes, Fieber. Klingt nach Absetzen ab, Frauen sind stärker betroffen. Polyneuritis bei langer Verabreichung (Vit. B_6 geben)

Kontraindikationen:
Rheumatische Erkrankungen,
Koronare Herzkrankheit (bei Monotherapie),
Mitralstenose (bei Monotherapie)

Wechselwirkungen:
Verstärkung anderer Antihypertonika,
Verstärkung des hypotensiven Effekts durch negativ inotrope Antiarrhytmika wie Procainamid, Ajmalin, Chinidin Wirkungsverstärkung durch Isoniazid (Konkurrenz um Acetylierung. Steigerung der Bioverfügbarkeit durch Nahrung (s. o.).

Hydralazin, 1945 synthetisiert, wird seit etwa 30 Jahren hauptsächlich in den USA als Antihypertonikum eingesetzt, während in Europa hauptsächlich Dihydralazin üblich ist. (Hydralazin in Trepress® und Docidrazin® mit β-Blocker und Saluretikum.) In den letzten Jahren erlebten beide Substanzen eine Art Renaissance durch die Kombination mit β-Blockern und Diuretika, die eine beachtliche Reduzierung der Dosis und der Nebenwirkungen ermöglicht (siehe 1.5).

Hydralazin hat praktisch keinen zentralen Effekt. Es senkt den peripheren Widerstand durch Erschlaffung der glatten Gefäßmuskulatur der kleine Arterien und Arteriolen im Bereich des Herzens, der Niere, des Gehirns und der Eingeweide. Die Venen werden nicht betroffen.

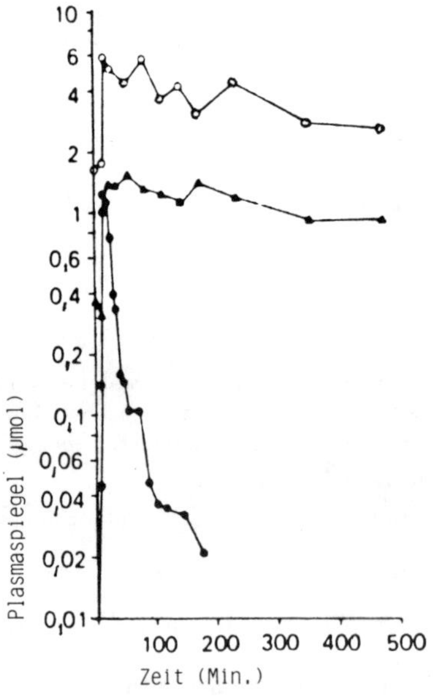

Abb. 14: Plasmakonzentration von Hydralazin ●, Metabolit I ▲ und daraus resultierende „scheinbare Hydralazinkonzentration" ○ nach 1 mg/kg oral, langsamer Acetylierer (aus Ludden 1982 [46])

Reflektorische Steigerungen der Herzfrequenz fängt man mit β-Blockern ab, die allerdings eine genügend lange Wirkdauer besitzen müssen, um eine „Durchbruchstachykardie" zu vermeiden. Ödeme verhindert man mit Saluretika (siehe 1.5).

Hydralazin ist ein interessantes Beispiel dafür, daß mit dem Phänotyp des Behandelten die Bioverfügbarkeit stark variieren kann: „Langsame Acetylierer", Personen mit genetisch bedingter geringer N-Acetyltransferase-Aktivtät in der Leber, haben höhere Blutspiegel an freiem Hydralazin und sprechen besser an. Auch die Nebenwirkungen sind aufgrund der höheren Plasmakonzentration ausgeprägter. Das Hydralazinsyndrom soll hauptsächlich langsame Acetylierer betreffen.

Es gibt beträchtliche Unterschiede in den Angaben der Halbwertszeit. Nach Ludden [46] liegt der Grund in einer unspezifischen Aufarbeitungstechnik bei der Bestimmung im Serum: Es wurde als „scheinbare Hydralazinkonzentration" die Summe von Hydralazin und Metabolit I gemessen, dessen Halbwertszeit etwa 3—4 Stunden beträgt, dessen Konzentration also langsamer abfällt (Abb. 14). Ludden kann deshalb auch keine Korrelationen zwischen Plasmaspiegel und drucksenkender Wirkung mehr feststellen. Man erklärt die lange, bis zu 2 Wochen anhaltende Wirkung mit einer Anreicherung von Hydralazin in den Arterienwänden aufgrund einer starken Bindung (siehe Verteilung).

1.6.2 **Dihydralazin (Nepresol, Dihyzin)**

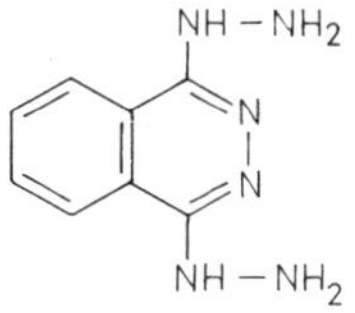

Dosierung: 3 × 12,5—50 mg; in Kombinationen 1—2 × 10 mg (Firmenangabe)
Resorption: ?
Bioverfügbarkeit: 22—30%
$t_{1/2}$: 2—4 Stunden langsame Acetylierer?
6—8 Stunden schnelle Acetylierer? [47]
Plasmaeiweißbindung: 84—90%

Dihydralazin hat in Europa größere Bedeutung als Hydralazin. Es entspricht diesem qualitativ in Wirkung, Nebenwirkungen, Wechselwirkungen und Kontraindikationen. Im Gegensatz zu Hydralazin sind noch keine Kombinationen mit β-Blockern im Handel (Elfanex®, Adelphan®, Adelphan-Esidrix® mit Reserpin, zum Teil mit Saluretikum).

Dihydralazin wirkt stärker als Hydralazin und kann deshalb um 30 bis 50% niedriger dosiert werden.

Die Beeinflussung der Halbwertszeit durch die Acetylierungsgeschwindigkeit (siehe Hydralazin) ist umstritten. Bei Hydralazin verändert dies zwar die Bioverfügbarkeit, nicht aber die Halbwertszeit [46].

1.6.3 **Minoxidil (Lonolox®)**

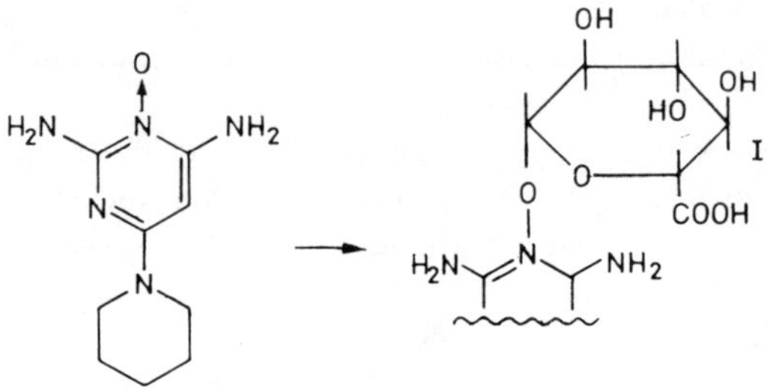

I

Dosierung: 5 mg, Steigerung bis auf maximal 100 mg/Tag (Firmenempfehlung)

Resorption: 95%; max. Plasmaspiegel nach 0,5—1 Stunde

Bioverfügbarkeit: ?

$t_{1/2}$: 3—4 Stunden
Wirkdauer: 24—75 Stunden

Plasmaeiweißbindung: 0

Metabolisierung: Zu mehr als 60% zum Glukuronid (I). Außerdem Hydroxylierung im Piperidinring. Metaboliten sind schwach wirksam.

Ausscheidung: zu 10% unverändert renal; inclusiv Metaboliten zu 90% renal

Nebenwirkungen:
Herzläsionen, -nekrosen und Perikardergüsse, bei Kombination mit β-Blockern vermindert
Hypertrichose bei 75% der Patienten und mehr (s. u.) Harnsäureretentionen, Salz- und Wasserretention, Tachykardie, Müdigkeit (26%),
Nausea (20%),
selten allergische Effekte, wie Hautrötung

Kontraindikationen:
Pulmonale Hypertonie, Schwangerschaft, Stillzeit

Wechselwirkungen:
Mit Guanethidin schwere orthostatische Reaktionen

Minoxidil befindet sich seit 1970 in der Erprobung und ist seit 1979 in den USA zugelassen für mittelschwere und schwere therapiefraktäre Hypertonien. Wie Hydralazin ist es ein direkter peripherer Vasodilatator und gilt als bisher stärkste oral verabreichbare gefäßerweiternde Substanz. Als Mechanismus wird ebenfalls eine Verringerung des freien Calciums vermutet.

Wie alle Vasodilatatoren steigert es Herzfrequenz und Herzzeitvolumen und führt über eine Zunahme der Reninaktivität zur Salz- und Wasserretention. Minoxidil *muß* daher mit einem β-Blocker und einem Saluretikum kombiniert werden (z. B. 80—160 mg Propranolol und 100 mg Hydrochlorothiazid oder 80 mg Furosemid täglich). Solche Kombinationen bewirken eine starke Blutdrucksenkung bis zu 25% systolisch und diastolisch auch in sonst schwer einstellbaren Fällen. Der maximale Effekt tritt dosisabhängig nach 3 Tagen bei 40 mg/Tag bzw. nach etwa 7 Tagen bei 10 mg/Tag ein.

Es besteht keine Korrelation zwischen Plasmakonzentration und Drucksenkung. Die lange Wirkdauer erklärt man wie bei Hydralazin durch eine starke Haftung im arteriellen Gewebe. Deshalb postuliert man einen Rezeptor in den Arterienwänden mit hoher Affinität zu Minoxidil. (In Ratten konnte eine lange Verweildauer im Gewebe arterieller Gefäße nachgewiesen werden.)

Eine spezifische Nebenwirkung von Minoxidil, welche die Anwendung stark einschränkt, ist eine Hypertrichose bei 75 % und mehr aller Patienten: Es kommt zu einer Steigerung des Wachstums, der Pigmentierung und der Ausdehnung der Lanugobehaarung. Die sonst unsichtbaren Wollhaare (Lanugo) werden dadurch im Gesicht (Schläfen), an Brust und Rücken auffällig. Bei fast allen betroffenen Patienten tritt dies nach 3- bis 6wöchiger Behandlung auf und ist 1 bis 6 Monate nach Absetzen reversibel.

Diese substanzeigene Nebenwirkung kommt so zuverlässig, daß man seit 1977 versucht, sie bei Glatzenbildung auszunutzen. Lokale Applikation in Form einer 1 %igen Salbe erzeugt nach 4 bis 6 Wochen einen Haarflaum, nach 4 Monaten langen Flaum und Haare. Über die Akzeptanz ist noch nicht entschieden [48].

1.6.4 Diazoxid (Hypertonalum®)

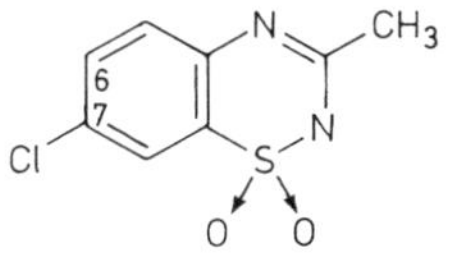

Diazoxid ist eine Substanz aus der Gruppe der Thiazide. Der Chlorsubstituent in 6-Stellung fehlt, die Sulfamoylgruppe an 7 wurde durch Chlor ersetzt. Die Substanz hat keine diuretische Wirkung mehr aber deutlich verstärkte „Nebenwirkungen" der Thiazide:

- Blutdrucksenkung durch Gefäßerweiterung
- Blutglucosesteigerung.

Diazoxid ist einer der stärksten peripheren Vasodilatatoren. Die Wirkung beruht möglicherweise auf einer Blockade von Calciumrezeptoren in der glatten Muskulatur.

Diazoxid wird parenteral bei Blutdruckkrisen eingesetzt. Die Wirkung setzt bei schneller i. v. Injektion nach 1—2 Minuten ein und ergibt eine Blutdrucksenkung systolisch um etwa 22 % und diastolisch um etwa 30 %, wobei die Herzfrequenz um etwa 25 % und das Herzzeitvolumen um etwa 30 % steigen.

Nur in Sonderfällen wird Diazoxid auch bei schwerer therapierefraktärer Hypertonie verabreicht, wobei danach die Ansprechbarkeit auf orale Antihypertonika wiederhergestellt sein kann.

Oral verursacht Diazoxid eine Steigerung des Blutglucosespiegels. In Form von Proglicem® Kapseln dient daher Diazoxid als Antihypoglykämikum.

1.6.5 Nitroprussid-Natrium (Nipruss®, Nipride®)

$$Na_2 [Fe(CN)_5NO] \cdot 2\ H_2O$$

Nitroprussid-Na ist ein starker peripherer Vasodilatator. Er wird ausschließlich zur Bekämpfung von Hochdruckkrisen in Intensivstationen in Form einer i. v.-Infusion angewendet. Dosierung etwa 3 g/kg/min. Seine kurze Wirkdauer von wenigen Minuten erlaubt ein „Titrieren“ des Blutdrucks. Die Gefahr einer Zyanidvergiftung wurde bisher offenbar unterschätzt. Sie kann ab einer Gesamtdosis von mehr als 0,5 mg/kg auftreten.

1.7 Pflanzliche Antihypertonika

Als pflanzliche Antihypertonika, über die pharmakologische Untersuchungen vorliegen, kommen nach Hänsel [58] nur wenige in Betracht:

Rauwolfia: (Extr. Rauwolfiae)	siehe Reserpin 1.4.3.1 Präparate sollten stets auf die Alkaloide standardisiert sein, was leider nicht immer der Fall ist (Rote Liste 1983 16001—16025)
Rhododendronblätter: (Extr. Rhododendri)	Das Grayanotoxin Andromedotoxin soll als wirksames Prinzip über einen direkten Angriff auf die Barorezeptoren den Blutdruck erniedrigen durch Senkung des Herzzeitvolumens (Pulssenkung bis zur Bradykardie) und des peripheren Widerstandes. Gleichzeitig kommt es zur Verlangsamung der Atmung. In Rauwoplant® standardisiert als Kombination mit Rauwolfia und Extr. Oleae (aber auch in Arthrosetten® und Dolo-Arthrosetten® enthalten!).
Olivenblätter (Extr. Oleae europ.)	Das Seco-Iridoid-Glykosid Oleuropin soll hypotensiv, koronardilatatorisch, antiarrhythmisch und spasmolytisch wirken. In Rauwoplant ® stand. (mit Rauwolfia und Rhododendron), in Hypercard® und Olivysat® nicht standardisiert, wie auch in Hyperdyst® (komb. mit Rauwolfia) in Olivysat® comp. mit Hydrochlorothiazid! (Qualitätsmängel [59])

Wenn allerdings der Patient ein pflanzliches Hochdruckmittel verlangt, dann meint er damit sicher nicht Rauwolfia, sondern ein mildes, sprich „unschädliches“ Präparat, das möglichst auch der Überlieferung aus der Volksmedizin entspricht. Hier ist die Auswahl wirksamer Zubereitungen gering und die Mehrzahl der Aussagen vorsichtig.

Knoblauch	Knoblauchextrakt senkt nach Hänsel [58] den Blutdruck durch direkten Angriff am Gefäß (bei der Katze nach 0,01—0,05 mg/kg Körpergewicht vorübergehende Drucksenkung).

Kräuterbücher empfehlen:

Bärlauch
Weißdorn
Mistel — als Pflanzensaft, als Tee zur „Unterstützung der ärztlichen Therapie (kalt angesetzt)
Hänsel erwähnt sie nur als Injektion zur unspezifischen Reizkörpertherapie bei Arthrosen u. ä.
Nur Maria Treben ist gewohnt siegessicher und aussagefreudig: Warum einen Brustkrebs riskieren, wenn wir doch die Mistel haben, die bei Bluthochdruck in jedem Fall noch geholfen hat. (Sie meint hier wohl das nicht bestätigte erhöhte Brustkrebsrisiko durch Rauwolfia)

Die Homöopathie hat ebenfalls nur wenige Präparate zur Verfügung. Es handelt sich dabei um Mischung von bis zu 17 Zubereitungen, oft mit Viscum oder auch mit Rauwolfia ∅ (Coradol®, Hyperidyst®, Rauwolsan®).

1.8 Hochdruck und Schwangerschaft

Normalerweise sinkt in der Frühschwangerschaft der diastolische Druck um 10 bis 15 mmHg ab und erreicht erst im 3. Trimenon wieder die Anfangswerte. Ein systolischer Druck von 140 mmHg und mehr und/oder ein diastolischer Wert von 90 mmHg und mehr ist in der Schwangerschaft bereits als eindeutig pathologisch anzusehen [53].

Eine antihypertone Behandlung senkt die Gefährdung der Mutter. Es läßt sich die Entwicklung einer Eklampsie verhindern (Ödeme, Bluthochdruck, Proteinurie, Kopfschmerzen, Flimmern vor den Augen, Brechreiz bei blitzartig auftretenden tonisch-klonischen Krämpfen; betrifft vor allem Erstlingsschwangerschaften). Eine antihypertone Behandlung verbessert auch die Prognose des Feten, dessen Morbidität und Mortalität bei hypertonen Müttern mit schwangerschaftsbedingter Verschlechterung (Propfgestose) deutlich steigt.

Eine antihypertensive Medikation wird bei Werten über 100 mmHg diastolisch stationär eingeleitet, bei niedrigeren Drücken versucht man eine Normalisierung durch Bettruhe [32].

Die Mehrzahl der Antihypertonika kommt in der Schwangerschaft nicht in Betracht.

Diuretika gelten als Kunstfehler [52], zumindest läßt sich ein Nutzen einer Anwendung nicht aufzeigen.

Über β-Blocker liegen einige positive Berichte vor, wobei kardiospezifische von Vorteil zu sein scheinen.

Im angelsächsischen Raum gilt Methyldopa als Mittel der Wahl, über das umfangreiche Erfahrungsberichte vorliegen. Dosierungen und Nebenwirkungen sind nicht anders als außerhalb der Schwangerschaft.

Auch über Hydralazin und Dihydralazin liegen beschränkte, aber günstige Erfahrungen vor. Dosierung 3 × 12,5—50 mg.

Als einziger Calciumantagonist wird Verapamil (Isoptin®) in der Schwangerschaft verwendet, allerdings zur Unterdrückung von Extrasystolen, die bei einer Behandlung mit β_2-Mimetika zur Wehenhemmung (Fenoterol = Partusisten®) auftreten können.

1.9 Kombinationstherapie

In den vorangegangenen Kapiteln klang immer wieder an, daß bei der Behandlung der Hypertonie die Kombinationstherapie einen unbestrittenen Stellenwert besitzt. Die Kombination mehrerer Wirkstoffe mit unterschiedlichen Angriffspunkten führt zu einer besseren Einstellung des überhöhten Drucks, sie gestattet in vielen Fällen eine Dosisreduktion einer oder mehrerer Einzelkomponenten, was das Nebenwirkungsrisiko mindert.

Sinn der Kombination ist es oft, den wirkungsmindernden gegenregulatorischen Effekt einzelner Substanzen zu kompensieren, wie dies am folgenden Beispiel zu sehen ist:

Dihydralazin steigert reflektorisch durch die Senkung des peripheren Widerstandes (Gefäßerweiterung) Herzfrequenz und Herzzeitvolumen. Gleichzeitig erhöht es wie viele Antihypertonika die Plasmareninaktivität und über eine Salz- und Wasserretention das Plasmavolumen. Beide Effekte vermindern die Blutdrucksenkung. Zusatz eines β-Blockers hebt die Steigerung von Herzfrequenz, Herzzeitvolumen und Plasmareninaktivität auf, Zusatz eines Diuretikums reduziert das Plasmavolumen, die Kombination wirkt nun senkend auf die beiden Stellgrößen Herzzeitvolumen *und* peripherer Widerstand.

	Herz-frequenz	Herzzeit-volumen	Peripherer Widerstand	Plasma-volumen	Plasma-renin-aktivität
Dihydralazin	↑	↑	↓	↑	↑
β-Blocker	↓	↓	(↑)	—	↓
Saluretikum	—	↓	↓	↓	↑
Kombination	(↓)	↓	↓	—	(↑)

Abb. 15 macht deutlich, daß eine schwere Hypertonie mit Diuretikum (Hydrochlorothiazid 100 mg) alleine nicht einzustellen ist. Zusatz eines β-Blockers (Propranolol 140 mg) senkt den noch zu hohen Druck weiter, aber erst der Vasodilatator (Hydralazin 225 mg) führt zur Normalisierung der Werte entsprechend dem obigen Schema.

Gross [55] hat in einer Übersichtstabelle die Möglichkeiten der Kombination blutdrucksenkender Substanzen zusammengefaßt (Tab. 24).

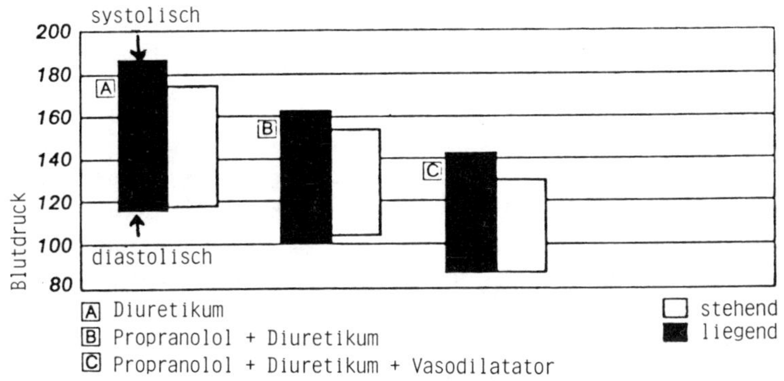

Abb. 15: Blutdruckwerte bei stufenweiser Anwendung verschiedener Therapieprinzipien [54]

Tab. 24: Kombinationsmöglichkeiten bei Antihypertonika

	Diuretika	Beta-Blocker	Prazosin	Reserpin	Methyldopa	Clonidin	Hydralazin	Minoxidil	Guanethidin	Captopril
Diuretika		ja	ja	ja	ja	ja	ja	unbedingt	ja	ja
Beta-Blocker	ja		ja	nein	(ja)	nein	ja	unbedingt	möglich	ja
Prazosin	ja	ja		?	ja	nein	möglich	?	nein	ja
Reserpin	ja	nein	?		nein	nein	ja	möglich	nein	möglich
Methyldopa	ja	(ja)	ja	nein		nein	ja	ja	(ja)	möglich
Clonidin	ja	nein	nein	nein	nein		ja	ja	?	?
Hydralazin	ja	ja	möglich	ja	ja	ja		nein	ja	möglich
Minoxidil	unbedingt	unbedingt	?	möglich	ja	ja	nein		ja	möglich
Guanethidin	ja	möglich	nein	nein	(ja)	?	ja	ja		?
Captopril	ja	ja	ja	möglich	möglich	?	möglich	möglich	?	

2. Hypotonie

Die Dauerhypotonie, eine konstitutionelle niedrige Blutdrucklage mit Ruhewerten unter 110/70 beim Mann und unter 100/70 bei der Frau, besitzt keinen Krankheitswert. Sie wird in den USA als „german disease" karikiert. „We do not have such a disease as hypotension in the States" (Goldberg 1976 [60]). Deshalb sind auch fast alle hier erwähnten Substanzen dort nicht in Gebrauch oder anderen Indikationen vorbehalten[10].

Die Hypotonie hat in Deutschland offensichtlich große volkswirtschaftliche Bedeutung. Die Schätzungen für die jährlichen Kosten schwanken je nach Ansatz zwischen 2 und mehr als 3 Milliarden DM. Die Statistik des Bundesverbandes der Ortskrankenkassen weist für 1978
4,8 Millionen ausgefallener Arbeitstage wegen Hypotonie, aber nur
3,1 Millionen ausgefallener Arbeitstage wegen Hypertonie aus,
eine Bestätigung für die Erfahrung, daß sich Hypotoniker krank fühlen, aber gesund sind, während Hypertoniker krank sind, sich aber wohlfühlen.

Als behandlungsbedürftig gelten ohne Diskussion hypotone Kreislaufregulationsstörungen, die wegen einer Mangeldurchblutung des Gehirns zu Schwindel, Schwäche, Herzklopfen, Schwarzwerden vor Augen und Bewußtseinstrübungen bis hin zum Kollaps führen. Im allgemeinen entspricht dies der „*orthostatischen Fehlregulation*". Darunter versteht man Störungen der Kreislaufregulation, die vorwiegend oder ausschließlich bei aufrechter Körperhaltung (Orthostase) oder beim Aufstehen auftreten und auf Störungen des normalen hämodynamischen Gleichgewichts im Blutumlauf beruhen.

Im Niederdrucksystem (Venen, Lungengefäße, rechtes Herz, linkes Herz diastolisch) sind etwa 85% des Gesamtvolumens enthalten. Die Venen haben eine 200mal so große Dehnbarkeit als die Arterien. Beim Übergang vom Liegen in die aufrechte Haltung können deshalb allein durch die Zunahme des hydrostatischen Drucks 400 bis 500 ml Blut in den Beinvenen versacken („venöses pooling"). Dieses Volumen wird dem Kreislauf entzogen, das Herzschlagvolumen nimmt ab.

Normalerweise erfolgt nun innerhalb einiger Sekunden beim Gesunden eine Sofortregulation durch Aktivierung des Sympathikus über die Barorezeptoren:

- Stimulation der α-Rezeptoren in den Arterien und Venen erhöht den peripheren Widerstand und vermindert das venöse pooling
- Stimulation der β_1-Rezeptoren erhöht die Herzfrequenz und das Schlagvolumen

Dadurch steigt der kurzzeitig erniedrigte systolische Druck in etwa auf das Ausgangsniveau, der erhöhte diastolische Druck fällt langsam ab. Als normal gelten nach etwa 40 Sekunden

---

[10] Dihydroergotamin für Migräne, Mineralocorticoide für Morbus Addison und androgenitales Syndrom

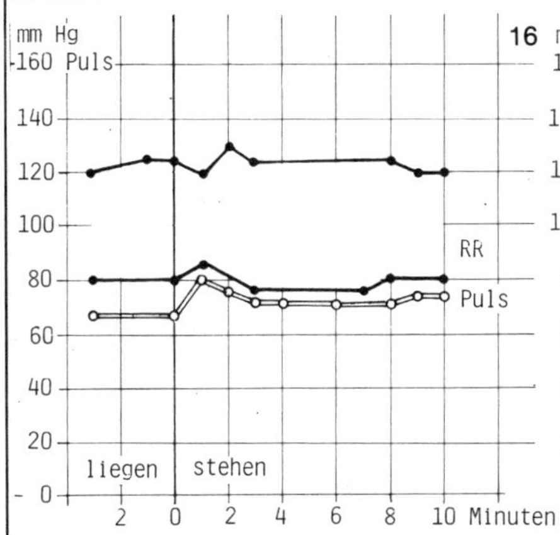

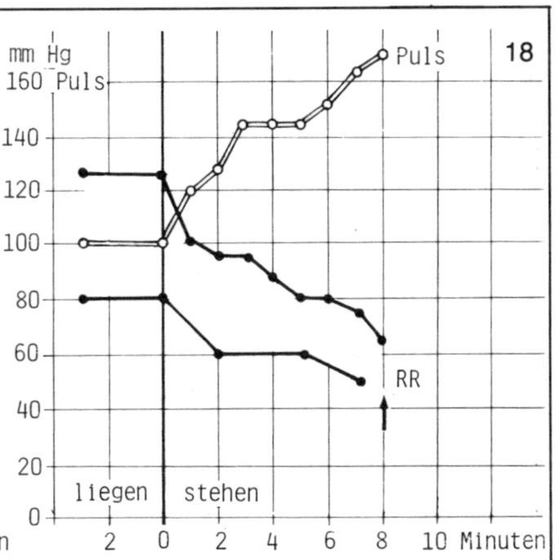

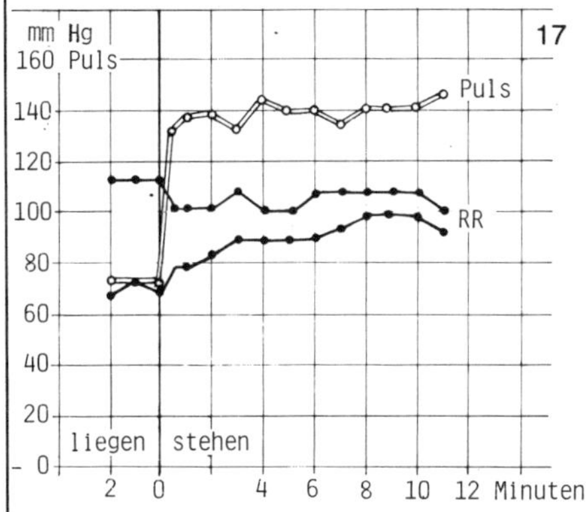

Abb. 16: Normale Kreislaufreaktionen beim Schellong-Test [61]

Abb. 17: Orthostatische Fehlregulation „hyperdiastolische Form" beim Schellong-Test [61]

Abb. 18: Orthostatische Fehlregulation „hypodiastolische Form" beim Schellong-Test [61]

Veränderung des systolischen Drucks um ± 15 mm
Erhöhung des diastolischen Drucks um 5—10 mm
Erhöhung der Herzfrequenz um bis zu 30 Schläge/min.

Es setzt nun eine Spätregulation ein, die über eine Volumenerhöhung die Abweichungen innerhalb einiger Minuten vermindert auf
systolisch ± 5 mm
diastolisch + 5 mm
Herzfrequenz + 10 bis 15 Schläge/min.

Abb. 16 zeigt diese Früh- und Spätregulation bei normaler Kreislaufreaktion beim Schellong-Test, einem der hier möglichen Untersuchungsverfahren.

Bei der Fehlregulation kommt es bei dieser Versuchsanordnung

- zu einem geringen Abfall des systolischen Drucks bei steigendem diastolischen Druck, die Blutdruckamplitude verkleinert sich deutlich. Gleichzeitig steigt die Herzfrequenz stark an. Diese „hyperdiastolische Form" ist die am häufigsten beobachtete Fehlregulation (Abb. 17).

oder

- zu einem deutlichen Abfall von systolischen und diastolischem Druck unter ebenfalls starkem Frequenzanstieg-„hypodiastolische Form“ (Abb. 18).

Allgemein ist eine Kreislauflabilität morgens und mittags am stärksten ausgeprägt.

Als Gründe für Dysregulationen kommen Veranlagung, Infekte, Schwangerschaft, Schrecksituationen und psychische Belastungen in Frage; aber auch Medikamente, wie Neuroleptika, trizyklische Antidepressiva oder die gefäßerweiternden Anihypertonika sind als Auslöser möglich.

Zur Verbesserung der Kreislaufregulation werden physikalische Methoden, wie Hautbürstungen, Wechselduschen, Dauerläufe, Schwimmen u. a. empfohlen.

Die medikamentöse Therapie kann an 3 Punkten angreifen, in jedem antagonistisch zur Behandlung der Hypertonie

1. Erhöhung des Blutvolumens (Zufuhr von Salz, Verringerung der renalen Salzausscheidung,
2. Steigerung des peripheren Widerstandes, Verringerung des venösen poolings (α-Sympathomimetika),
3. Veränderung der Herzdynamik (Frequenz, Schlagvolumen) (β_1-Sympathomimetika).

2.1 Erhöhung des Blutvolumens

2.1.1 Kochsalz

Zusätzliche Zufuhr von Kochsalz und reichlich Flüssigkeit lindert als diätetische Möglichkeit die orthostatischen Symptome.

In die gleiche Richtung zielen Mineralocorticoide.

2.1.2 Mineralocorticoide

Mineralocorticoide sind in der Hypotoniebehandlung von untergeordneter Bedeutung. Wegen ihrer Nebenwirkungen sollten sie nur für schwere, therapieresistente Formen von orthostatischer Fehlregulation durch zu niedrigen Ruheblutdruck zum Einsatz kommen.

Mineralocorticoide erhöhen das Blutvolumen durch Hemmung der Natriumausscheidung und dadurch bedingte Wasserretention. Sie wirken außerdem indirekt gefäßverengend durch Einlagerung von Natrium in die Gefäßwand, was deren Ansprechbarkeit auf Sympathikusreize erhöht (siehe 1.1.3). Über die Konstriktion der Arteriolen und Venolen steigt dadurch der periphere Widerstand.

Die Risiken einer solchen Therapie liegen in folgenden Nebenwirkungen:
- Stauungsherzinsuffizienz
- Ruhehypertonie
- Ödeme
- Kopfschmerzen
- Kaliumverarmung

Als Kontraindikationen gelten
- Herzinsuffizienz
- Ödeme
- Nephrosen
- Leberzirrhose
- Hirnarteriosklerose

Unbestrittene Indikation für Mineralocorticoide sind Morbus Addison (Verringerung der NNR-Hormonproduktion) und Salzmangel im androgenitalen Syndrom.

2.1.2.1 *Aldosteron (Aldocorten®)*

Wird nicht zur Hypotoniebehandlung empfohlen

2.1.2.2 *Desoxycorton (Docabolin®)*

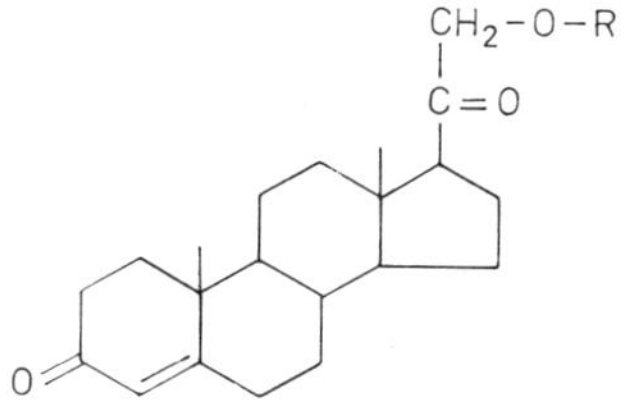

Dosierung: 4—6 Wochen lang alle 7—10 Tage 10 mg als Phenylproprionat i. m. Wiederholung nach 3—4 Monaten möglich.

Desoxycorton (Desoxycoricosteron) ist die Vorstufe von Aldosteron und wird wie dieses von der NNR abgegeben. Es wirkt qualitativ wie Aldosteron, quantitativ aber deutlich schwächer.

In Docabolin® ist es als Phenylpropionat gemeinsam mit dem Anabolikum Nandrolon enthalten, das die muskuläre Leistungsfähigkeit verbessern soll.

Zusätzliche Nebenwirkungen: Virilisierung durch Anabolikum.

Zusätzliche Kontraindikationen: Gravidität, Prostataadenom wegen Anabolikum.

2.1.2.3 *Fludrocortison (Astonin® H)*

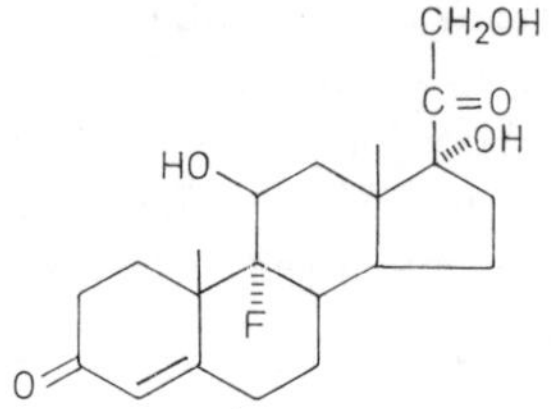

Dosierung: 0,1—0,3 mg; Hauptmenge morgens

Resorption: praktisch vollständig; max. Plasmaspiegel nach 60—100 Minuten bis 1,8 ng/ml inclusive Metaboliten

$t_{1/2}$: 1 Stunde, Metaboliten 4—5 Stunden

Plasmaproteinbindung: 40% ?

Metabolisierung: zu unbekannten Metaboliten; Wirksamkeit?

Fludrocortison wird als Acetat oral bei Morbus Addison (Fludrocortison Squibb) und parenteral als Glucocorticoid in Form der Kristallsuspension (Scherofluron®) verabreicht.

Fludrocortison weist etwa $^1/_6$ der Mineralocorticoidwirkung von Aldosteron auf. Daneben hat es glucocorticoide Wirkung, sie beträgt etwa das 10fache des Cortisol.

Fludrocortison steigert nach etwa 3 Tagen bis 2 Wochen über eine Volumenvermehrung das Herzzeitvolumen bei Abnahme der Herzfrequenz. Der periphere Widerstand nimmt zu, der arterielle Mitteldruck steigt bis etwa 20 mm über den Ausgangswert, wobei systolischer und diastolischer Wert etwa gleichstark angehoben werden.

2.2 Sympathomimetika

Die Sympathomimetika haben eine zentrale Bedeutung in der Behandlung der Hypotonie — ihre Wirksamkeit ist umstritten.

Sie sind entweder reine α_1-Mimetika, die nur tonisierend auf Arterien und/oder Venen wirken oder α_1/β-Mimetika, die zusätzlich die Herzleistung steigern.

Ein Teil wirkt zusätzlich oder ausschließlich indirekt über eine periphere Freisetzung von Noradrenalin an den Synapsen (Tab. 26).

Mit wenigen Ausnahmen sind sie chemisch vom Adrenalin oder Noradrenalin abgeleitet, wobei mindestens eine der phenolischen Hydroxylgruppen fehlt.

Die geringe Wirksamkeit führt Hengstmann [62] bei den Phenylethylaminen auf eine hohe first pass-Inaktivierung in der Darmwand zurück, die trotz guter Resorption im besten Falle 50% der oral verabreichten Dosis verfügbar macht (Tab. 25). Wie bereits unter 1.1.8 erläutert, bedingt dieser hohe first pass auch starke interindividuelle Schwankungen der Bioverfügbarkeit, die bei Etilefrin z. B. 30 Minuten nach Einnahme den Faktor 23, 60 Minuten nach Einnahme immer noch den Faktor 6 erreichen können. Es müßte also für jeden Patienten die individuelle wirksame Dosis ermittelt werden.

Tab. 25: Pharmakokinetische Daten von Antihypotonika (nach Hengstmann u. a. [62])

		Resorption oral %	Mittlere Bioverfügbarkeit %	$t_{1/2}$ Std.
Amezinium	Regulton®	80	60	9
Dihydroergotaminmesylat	Dihydergot®, DETMS® u. a.	30	5—12 30	20
Etilefrin	Effortil® u. a.	100	50	2,5
Etilefrin ret.	Effortil® Depot		25—30	
Heptaminol	Heptylon® u. a.	100	100	4
Midodrin	Gutron®	100	?	3,6
Norfenefrin	Novadral®	100	20	3,5
Octopamin	Norphen®	100	25	2,5
Oxilofrin	Carnigen®		50	3—4
Synephrin	Sympatol®	100	10; 22	2

Aus Retardpräparaten scheinen die Wirkstoffe trotz zufriedenstellender Freisetzung [63] noch schlechter verfügbar zu sein. Zumindest wird bei Etilefrin retardiert nur die Hälfte des Wertes einer Lösung erreicht. (Zusatz von Dihydroergotamin steigert dann überraschenderweise wieder auf 50% [71].)

Bei Berücksichtigung dieser Fakten ist es durchaus plausibel, daß man eine oft zu geringe Dosierung für die ungenügende Wirksamkeit bei oraler Verabreichung mitverantwortlich macht: Wenn Norfenefrin nur zu 20% bioverfügbar ist und in einer Retardform mit nur 3 mg (Ordinal® retard) oder 8 mg (Normotin P® protr.) enthalten ist, kann man einen Effekt aus dieser Komponente der Präparate schlechterdings nicht erwarten.

Eine Besprechung ist bei den meisten Substanzen ein schwieriges Unterfangen. Die Literatur ist spärlich — der angloamerikanische Raum fällt praktisch aus —, die Arbeiten sind zum Teil aus den 50iger und 60iger Jahren, die Versuchsbedingungen werden den heutigen Ansprüchen selten gerecht (viele offene Studien, Wiedergabe von „Befindlichkeiten“).

Die hämodynamischen Wirkungen scheinen eher im Ruhezustand, als unter Belastung, in der Orthostase, ermittelt zu sein: Senkung der Herzfrequenz heißt deshalb eher geringerer Anstieg, als man es bei einer orthostatischen Fehlregulation erwarten müßte (Abb. 17, 18).

Die einzelnen Sympathomimetika werden im folgenden alphabetisch abgehandelt. Da sie mit Ausnahme des komplexer wirkenden Dihydroergotamin im Grundmuster von Nebenwirkungen, Kontraindikationen und Wechselwirkungen übereinstimmen, werden diese hier vorangestellt und im Text nur durch spezielle Angaben ergänzt.

2.2.1 Risiken einer Therapie

Nebenwirkungen

- Herzklopfen
- Herzrhythmusstörungen
- Pektanginöse Beschwerden
- Miktionsbeschwerden

Kontraindikationen

- Thyreotoxikose
- Engwinkelglaukom
- Prostataadenom mit Restharnbildung
- Bedingt: Schwere organische Herz- und Gefäßveränderungen, Rhythmusstörungen

Wechselwirkungen

- Verstärkung der Wirkung durch Guanethidin
- Bei indirekten Sympathomimetika: Verstärkung der Wirkung durch MAO-Hemmer und trizyklische Antidepressiva möglich

2.2.2 Einnahmezeitpunkt

Da die Kreislauflabilität morgens und mittags am deutlichsten ausgeprägt ist, sollte die Dosis auf den Vormittag und den frühen Nachmittag verteilt werden. Die erste Einnahme erfolgt bei orthostatischen Dysregulationen am günstigsten so rechtzeitig vor dem Aufstehen, daß mit dem Lagewechsel bereits eine gewisse Wirkung erreicht ist, also 15 bis 30 Minuten vor dem Aufstehen.

Tab. 26: Strukturen und Wirktypen von Antihypotonika

		α	β	indir.
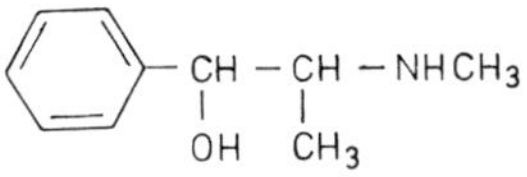	Ephedrin			+
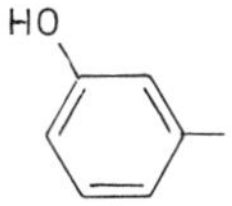 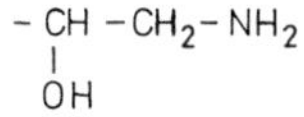	Norfenefrin (Novadral®)	+		
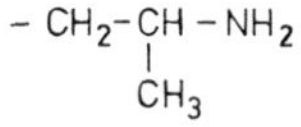	Gepefrin (Pressionorm®)	+		+
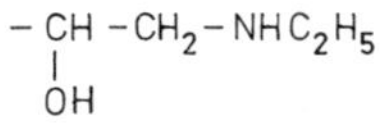	Etilefrin (Effortil® u. a.)	+	+	
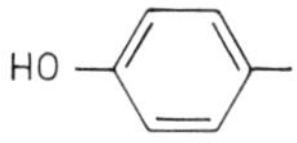 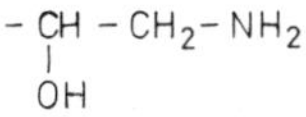	Octopamin (Norphen®)	+		+
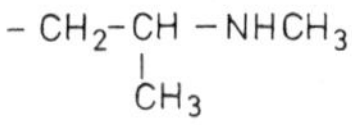	Pholedrin (Veritol®)	+		+
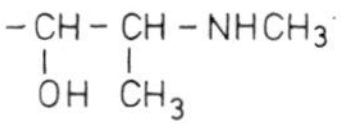	Oxilofrin (Carnigen®)	+	+	+
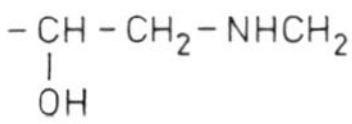	Synephrin (Sympatol®)	+	+	
Formeln siehe Substanzteil	Amezinium (Regulton®)			+
	Dihydroergotamin (Dihydergot® u. a.)	+		
	Cafedrin + Theodrenalin (Akrinor®)	+	+	
	Midodrin (Gutron®)	+		
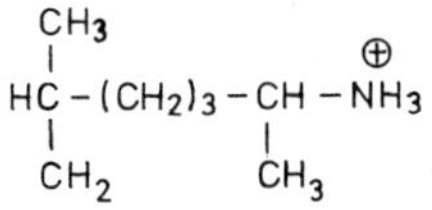 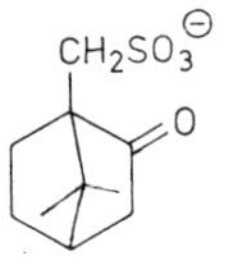	Octodrin-10-Camphersulfonat (in Ordinal®)		+	
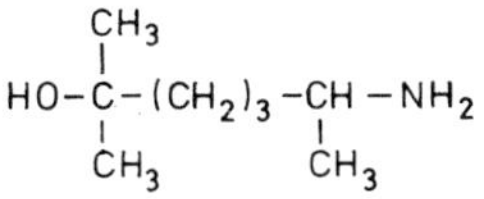	Heptaminol (Heptylon® u. a.			+

2.2.3 Einzelsubstanzen

2.2.3.1 *Amezinium (Regulton®)*

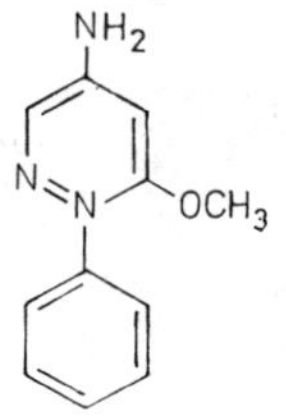

Dosierung: 3 × 10—20 mg
Resorption: 80%, maximale Plasmaspiegel nach 1,2—3 Stunden
Bioverfügbarkeit: 55—60%
$t_{1/2}$: β 1,5; 13 Stunden
Wirkdauer: 3—5 Stunden
Plasmaeiweißbindung: 20—25%
Metabolisierung: Zu mehr als 30% durch Oxidation zu einem Pyridazon und durch Hydroxylierung des Phenylrestes
Ausscheidung: Renal zu 50% unverändert, zu 20% in Form von Metaboliten

Amezinium ist ein indirektes Sympathomimetikum, das die Noradrenalinkonzentration an peripheren Rezeptoren der Erfolgsorgane erhöht. Dadurch ergibt sich eine Verstärkung der α- und β_1-adrenergen Erregung.
Als Wirkungsmechanismus wird angegeben:
1. Hemmung der Wiederaufnahme von Noradrenalin in das Neuron
2. Freisetzung von Noradrenalin aus den Speichergranula in geringem Ausmaß
3. Hemmung des intraneuronalen Noradrenalinabbaus durch MAO durch Enzymhemmung

Amezinium tonisiert die Widerstandsgefäße und die Venen hauptsächlich in der Skelettmuskulatur und in der Haut. Durch Erhöhung des peripheren Widerstandes und Verringerung des venösen poolings kommt es im Ruhezustand zu einer Blutdrucksteigerung bis zu 30 mm systolisch und 15 mm diastolisch (nach 20 mg oral). Die Blutdruckamplitude wird bis um 40% vergrößert.

Die gleichzeitige β_1-Anregung ergibt eine schwache Steigerung des Schlagvolumens, der Puls sinkt reflektorisch gering ab, bei hohen Dosen beschleunigt er sich. Bei Belastung (Orthostase) verringert Amezinium Frequenzsteigerungen und das Abfallen der beiden Druckwerte. Der Effekt ist hier geringer als unter Ruhebedingungen.

2.2.3.2 *Cafedrin + Theodrenalin (Akrinor®)*

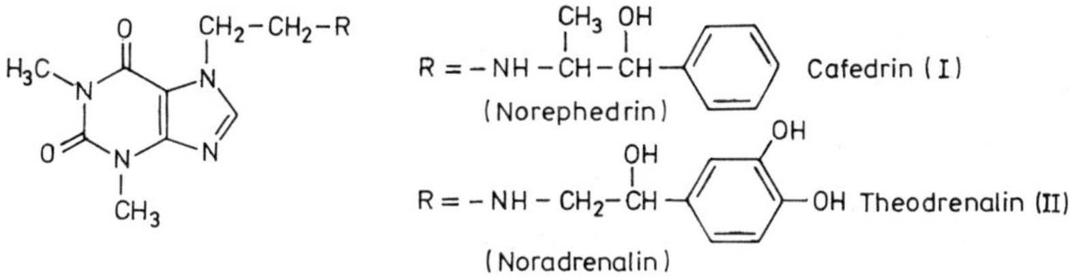

Dosierung: 1 × 1 bis 2 × 2 Tbl. (100 mg I, 5 mg II)
Resorption: 30% (I)
$t_{1/2}$: 4 Std. (I)
Wirkdauer: Oral etwa 8 Stunden, i. v. etwa 1—4 Stunden

Wechselwirkungen:
β-Blocker verstärken den Herzfrequenzabfall

Die beiden Ethyltheophyllinderivate Cafedrin und Theodrenalin werden aus Gründen der Stabilität nur als Gemisch verwendet. II wirkt rasch und kurz, I langsam einsetzend und anhaltend. Man nimmt eine direkte sympathomimetische Wirkung an, die nicht auf Metaboliten zurückzuführen sein soll. Die β-Wirkung herrscht vor, der α-Anteil ist geringer ausgeprägt. Daraus ergibt sich eine deutliche Steigerung des Schlagvolumens, das Herzzeitvolumen steigt, obwohl der Puls reflektorisch abfällt. Der periphere Widerstand wird höchstens geringfügig erhöht, der venöse Rückfluß nimmt durch Verengung der Beinvenen zu.

Akrinor® steigert den systolischen Blutdruck stärker als den diastolischen. Das Wirkungsspektrum gleicht dem des Etilefrin bei stärkerer Pulsabsenkung. Akrinor® wird bei Kreislaufversagen, Blutdruckabfall und Schockzuständen i. m. oder i. v. verabreicht. Bei 200 mg I und 10 mg II i. v. kann der systolische Druck bis zu 65%, der diastolische bis zu 20% steigen, die Blutdruckamplitude verdoppelt werden. Steigerung des Herzschlagvolumens um 50% und gleichzeitiges Absenken der Herzfrequenz um etwa 30% sind möglich.

2.2.3.3 *Dihydroergotaminmesylat*

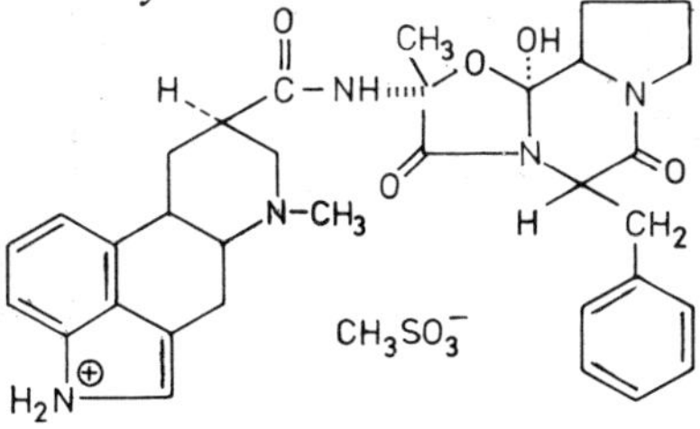

Dosierung: 2,5—10 mg oral
Resorption: 30%, maximale Plasmaspiegel nach 2,5—3 Stunden

Bioverfügbarkeit: 5—12% (first pass) [65] 30% [71]

$t_{1/2}$: 20 Stunden

Wirkdauer: Etwa 8 Stunden

Metabolisierung: Vollständig

Nebenwirkungen:
Übelkeit, Erbrechen (siehe Dihydroergotoxin),
allergische Hautreaktionen,
Kältegefühl durch periphere Gefäßverengung (Ergotismus),
Abortgefahr durch Uteruskontraktion?

Kontraindikationen:
Koronarinsuffizienz, unbehandelte Hypertonie,
periphere arterielle Gefäßerkrankungen,
schwere Leber- und Nierenfunktionsstörungen,
Schwangerschaft (bedingt)

Wechselwirkungen:
Nitrate können die Resorption steigern, aber die Wirkung antagonisieren.
Verstärkung oraler Antidiabetika (Steigerung der sulfonylharnstoffbedingten Insulinsekretion)

Dihydroergotamin bewirkt durch anhaltende Stimulierung peripherer α_1-Rezeptoren eine Verengung der venösen Blutgefäße, während die arteriellen Widerstandsgefäße nur schwach beeinflußt werden. Im allgemeinen werden Widerstandsgefäße erweitert, wenn der Gefäßwiderstand hoch ist, und verengt, wenn er niedrig ist.

Dihydroergotamin eignet sich daher gut zur Behandlung vom orthostatischen Fehlregulationen, weil es das Venenpooling verringert.

Die Wirkung kann nicht allein aus der Stimulation von α_1-Adrenorezeptoren resultieren, da sonst die Arterien gleichartig reagieren müßten. Man vermutet deshalb, daß eine weitere Komponente dieser Venenverengung mit einer gesteigerten Synthese prostaglandinähnlicher Substanzen verbunden ist, die Venen verengen und Arterien relaxieren. Zumindest kann ein Teil der Venentonisierung durch den Prostaglandinsynthetasehemmer Indometacin (Amuno®) aufgehoben werden [66].

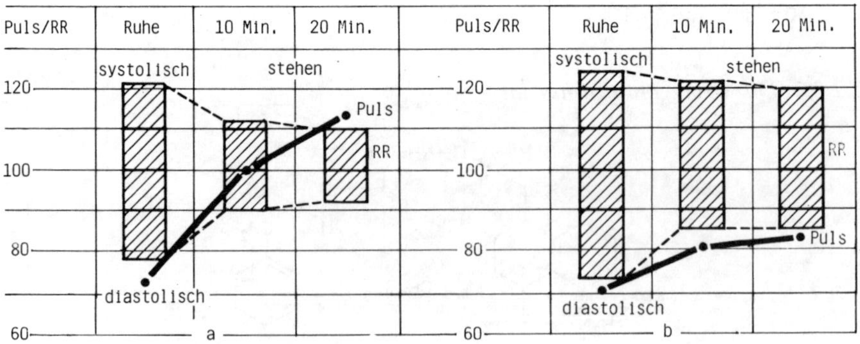

Abb. 19: Verhalten von Blutdruck und Puls vor (a) und nach (b) Behandlung mit Dihydroergotamin im Schellong-Test (aus Rieckert [61])

Durch die Steigerung des Venentonus werden im Liegen bis zu 350 ml Blut aus den Venen mobilisiert, im Stehen versackt weniger Blut in den unteren Extremitäten, die systolische Blutdrucksenkung fällt geringer aus, ebenfalls die reflektorische Pulssteigerung und das Ansteigen des diastolischen Drucks. Die Blutdruckamplitude ist beinahe verdoppelt (Abb. 19).

Neben der orthostatischen Hypotonie — auch infolge einer Behandlung mit Antihypertonika oder Psychopharmaka — ist die Migränebehandlung und -prophylaxe eine anerkannte Indikation für Dihydroergotamin. Der Migräneschmerz beruht auf einer Dehnung der Arterien innerhalb (und außerhalb ?) des knöchernen Schädels. Dihydroergotamin tonisiert diese Gefäße durch Stimulierung von Serotoninrezeptoren. (Die Muttersubstanz Ergotamin wirkt hier durch zusätzliche allgemeine Verstärkung des Noradrenalineffektes auf die Arterien intensiver. Bei längerer Anwendung erhöht sich aber das Risiko von peripheren Durchblutungsstörungen.)

2.2.3.4 *Ephedrin*

Formel siehe Tab. 26

Dosierung: 3 × 8—50 mg

$t_{1/2}$: 3 Stunden bei saurem Urin; wesentlich verlängert bei alkalischem Urin durch Rückresorption aus den Nierentubuli [67]

Wirkdauer: In Abhängigkeit vom Urin-pH 6 Stunden und mehr

Metabolisierung: Bei saurem Urin zu 10%, bei alkalischem bis zu 30% durch Hydroxylierung des Aromaten in p-Stellung zu 4-Hydroxyephedrin, das Octopamin gleicht. Wird wie Noradrenalin gespeichert, ist schwächer wirksam und kann daher als „falscher Überträger" sympatholytisch wirken.

Verteilung: Ephedrin durchdringt die Blut-Hirn-Schranke

Nebenwirkungen:
Zentrale Erregung mit Nervosität und Psychosen

(—)-Ephedrin oder das Racemat (Ephetonin) ist in etwa 200 Fertigarzneimitteln enthalten, hauptsächlich gegen Husten, Bronchitis u. ä. Die Anwendung als Antihypotonikum steht eindeutig im Hintergrund (Hypotonin®, Hypotonodynat®, Peripherin®, Ephetonin® Tbl.).

Ephedrin entleert Noradrenalin aus den Speichergranula der sympathischen Nervenendigungen und verhindert dessen Wiederaufnahme in das Neuron. Es kommt rasch zur Wirkungsabnahme (Tachyphylaxie), da nicht sofort genügend Noradrenalin nachgebildet werden kann.

Außerdem wirkt es zentralerregend, bei Überdosierung beobachtet man psychotische Symptome.

Seiner schwach drucksteigernden Wirkung und seines Suchtpotentials wegen ist die Anwendung als Antihypotonikum heute nicht mehr gerechtfertigt.

2.2.3.5 *Etilefrin (Effortil® u. a.)*

Formel siehe Tab. 26

Dosierung: 3 × 5—10 mg oral; 2 × 25 mg retardiert; i. v. 0,4 mg/min Infusion

Resorption: 100 %

Bioverfügbarkeit: 50 % (first pass) [62]; 35 % [71]; retardiert halbierte Bioverfügbarkeit; mit Dihydroergotamin auch in retardierter Form 50 % [71]

$t_{1/2}$: 2,5 Stunden

Plasmaeiweißbindung: 23 %

Metabolisierung: Konjugation mit Schwefelsäure; Ester ohne Wirkung

Ausscheidung: 80 % renal als Metaboliten

Wechselwirkungen:
Mit β-Blockern verstärkte Bradykardie möglich

Etilefrin ist ein β-Sympathomimetikum mit schwachem α-Anteil. Es erhöht den systolischen Druck, der diastolische wird wenig beeinflußt. Es steigert die Kontraktilität des Herzens mit einer Vergrößerung des Herzzeitvolumens bei geringem Einfluß auf den Puls, der reflektorisch abnehmen kann. Der periphere Widerstand bleibt unverändert, die Venen werden tonisiert. Etilefrin wird von der Mehrzahl der Autoren positiv beurteilt. Es wird häufig mit Dihydroergotamin kombiniert. Es resultiert eine verstärkte Venentonisierung und eine gesteigerte Bioverfügbarkeit von Etilefrin.

2.2.3.6 *Gepefrin (Pressionorm®)*

Formel siehe Tab. 26

Dosierung: 2—3 × 30 mg

Keine pharmakokinetischen Daten am Menschen

Gepefrin wirkt direkt α-sympathomimetisch und indirekt durch Steigerung der Noradrenalinkonzentration im synaptischen Spalt, was sich aus seiner amphetaminartigen Struktur (Kette nicht hydroxyliert) verstehen läßt. Es soll zusätzlich die Empfindlichkeit der Pressorezeptoren steigern, was bisher nicht bewiesen ist.
In einer Vergleichsstudie schnitt es besser ab als Etilefrin. Allerdings lag die Dosis mit 50 mg weit über der Normdosis [68].

Gepefrin wirkt über eine Steigerung des peripheren Widerstandes. Die Herzfrequenz sinkt reflektorisch ab.

2.2.3.7 *Heptaminol (Heptylon®)*

Formel siehe Tab. 26
Dosierung: 1—3 × 375 mg retardiert
Resorption: mehr als 90%
Bioverfügbarkeit: mehr als 90%
$t_{1/2}$: 4—6 Stunden
Metabolisierung: keine
Plasmaeiweißbindung: keine

Nebenwirkung:
Tachykardie, Flush

Kontraindikationen:
Schwere Tachykardie, maligne Hypertonie

Heptaminol wirkt indirekt sympathomimetisch durch Freisetzung von Noradrenalin aus den peripheren sympathischen Nervenendigungen und möglicherweise auch durch Hemmung der Rückresorption.

Heptaminol hat auch psychotonische Eigenschaften. Ein Suchtpotential wird diskutiert.

Heptaminol wirkt positiv inotrop und chronotrop. Durch Steigerung des Herzzeitvolumens steigt der Blutdruck dosisabhängig, der systolische stärker als der diastolische. Heptaminol ist an sich ein Kreislaufanaleptikum, wird aber vom Hersteller auch gegen hyposympathikotone Kreislaufdysregulation (Abb. 18) empfohlen.

2.2.3.8 *Midodrin (Gutron®)*

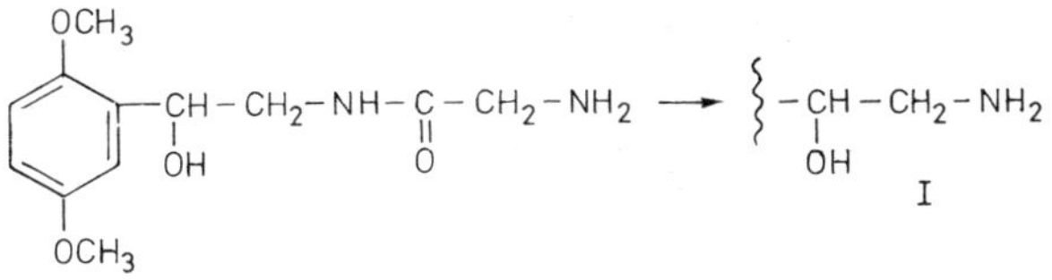

I

Dosierung: 2 × 1,25—2,5 mg
Resorption: 100% (Mitt. des Herstellers)
$t_{1/2}$: 3,6 Stunden
Metabolisierung: zu 50% durch Abspaltung von Glycin zum Metaboliten I, der die Wirkform darstellt. Er ist ein Nor-Methoxamin (Methoxamin in Rolinex®);
zu 40% zu anderen Metaboliten mit „geringer Wirkung"
Ausscheidung: renal, davon 10% unverändert.

Nebenwirkungen:
Gänsehautgefühl, Kältegefühl der Haut, Harndrang; selten Pulssteigerungen

Midodrin ist die Transportform des Metaboliten I und damit eine Depotform für dieses direkte periphere α-Sympathomimetikum. Die Wirkdauer wird als lang bezeichnet — zumindest erlaubt sie eine nur zweimalige Dosierung.

Midodrin bewirkt eine Tonisierung von Arterien und Venen. Der Blutdruck steigt systolisch bis zu 20 mmHg im Stehen und diastolisch bis zu 10 mmHg. Der Puls fällt reflektorisch ab bzw. steigt weniger stark an als vor Behandlung.

2.2.3.9 *Norfenefrin (Novadral®, Stagural®)*

Formel siehe Tab. 26
Dosierung: 2 × 15—3 × 45 mg oral;
Resorption: 100%: max. Plasmaspiegel nach 30—60 Minuten (wäßrige Lsg.)
Bioverfügbarkeit: 20% (first pass in der Darmwand [69])
$t_{1/2}$: 3,5 Stunden
Metabolisierung: fast vollständig, hauptsächlich durch Konjugation
Ausscheidung: renal inclusiv Metaboliten

Norfenefrin wirkt direkt α-sympathomimetisch. Durch Verengung der Widerstandsgefäße steigt der systolische Blutdruck stärker als der diastolische. Das Schlagvolumen steigt, die Frequenz fällt reflektorisch ab, das Herzzeitvolumen bleibt damit praktisch unverändert.

Die Wirkung wird als unzuverlässig beurteilt (Mutschler).

2.2.3.10 *Octodrin-10-camphersulfonat (in Ordinal®)*

Formel siehe Tab. 26
Dosierung: 1—2 × 100 mg gemeinsam mit Norfenefrin
Keine pharmakokinetischen Daten. $t_{1/2}$ möglicherweise 8 Stunden

Die Substanz soll hauptsächlich die β-Rezeptoren stimulieren und durch Steigerung der Herzfrequenz und des Schlagvolumens den systolischen Druck steigern, während der diastolische praktisch unverändert bleibt.

2.2.3.11 *Octopamin (Norphen®)*

Formel siehe Tab. 26
Dosierung: 2 × 60—3 × 120 mg; 2 × 150 mg retardiert
Resorption: 100%
Bioverfügbarkeit: 25%
$t_{1/2}$: 2,5 Stunden
Metabolisierung: durch MAO zu p-Hydroxy-mandelsäure

Octopamin ist ein direktes α_1-Sympathomimetikum mit zusätzlicher indirekter Wirkung über die Erhöhung der Noradrenalinkonzentration im synaptischen Spalt. Es tonisiert die Arterien, vorwiegend aber die Venen. Das Herzzeitvolumen steigt durch Zunahme des Schlagvolumens, während die Frequenz praktisch keine Veränderung zeigt. Die Berichte verschiedener Studien sind widersprüchlich. Danach steigt der systolische Druck nicht, 5 oder 10 mmHg an, der diastolische nicht oder stärker als der systolische.

Nach Mutschler unzuverlässige Wirkung.

Octopamin ist wie Synephrin wahrscheinlich eine körpereigene Substanz.

2.2.3.12 *Oxilofrin (Carnigen®)*

Formel siehe Tab. 26
Dosierung: 1—3 × 16—32 mg
Resorption: 100% ?, max. Plasmaspiegel nach 1—2 Stunden
Bioverfügbarkeit: 50%
$t_{1/2}$: 3—4 Stunden

Oxilofrin ist in Carnigen® gemeinsam mit Adenosin (Pankreas-Trockenextrakt) enthalten, das zur Wirkung nichts beiträgt.

Oxilofrin erregt peripher α_1- und β-Rezeptoren und wird wie Noradrenalin gespeichert. Außerdem erhöht es die Noradrenalinkonzentration durch Freisetzung und durch Hemmung der Speicherung und soll gleichzeitig die Noradrenalin-Biosynthese steigern.

Oxilofrin vermindert durch Tonisierung der Venen die Venenkapazität. Die Beeinflussung der Arterien bleibt gering, der periphere Widerstand sinkt leicht ab.

Oxilofrin steigert das Herzzeitvolumen durch Verstärkung der Schlagkraft, die Herzfrequenz fällt reflektorisch ab. Insgesamt hebt es den systolischen und den diastolischen Druck an. In der Orthostase fällt der systolische Druck weniger ab, der diastolische wird wenig beeinflußt, die Pulsbeschleunigung wird vermindert.

Oxilofrin besitzt keine zentral Wirkung.

2.2.3.13 *Pholedrin (Veritol®)*

Formel siehe Tabelle 26
Dosierung: mehrmals täglich 10—25 mg
$t_{1/2}$: 4—8 Stunden

Nebenwirkungen:
Herzklopfen, zentrale Erregung mit Nervosität
Kontraindikation:
Hypertonie

Pholedrin ist ein direktes Sympathomimetikum mit möglicherweise zusätzlicher indirekter Wirkung durch Freisetzung von Noradrenalin aus den Speichern. Es soll hauptsächlich die venösen Gefäße tonisieren unter Verringerung des venösen poolings. Der periphere Widerstand bleibt unverändert, das Herzzeitvolumen steigt schwach an, die Frequenz ist unbeeinflußt oder fällt schwach ab.

Pholedrin kann wie Ephedrin zentral erregend wirken.

2.2.3.14 *Synephrin (Sympatol®)*

Formel siehe Tab. 26
Dosierung: 3 × 0,2—0,3 g lingual; 1—2 × 60 mg s c, i. m., i. v.

Resorption: 100 %, max. Plasmaspiegel nach 1—2 Stunden
Bioverfügbarkeit: 10—22 %
$t_{1/2}$: 2 Stunden

Synephrin (= Oxedrin) ist ein direktes α- und β-Sympathomimetikum. Es wirkt am Herzen positiv inotrop und tonisiert Arterien, Arteriolen und Venen. Per os gilt Synephrin als nicht oder weniger wirksam.

Synephrin ist wie Octopamin aller Wahrscheinlichkeit nach eine körpereigene Substanz.

2.3 Pentetrazol (Cardiazol®)

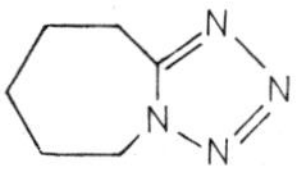

Dosierung: 3—4 × 100 mg
Resorption: Schnelle Resorption über die Mundschleimhaut
Wirkdauer: 30—40 Minuten
Metabolisierung: Rasche Umwandlung in der Leber; Metaboliten nicht aktiv.
Ausscheidung: Renal in Form der Metaboliten

Nebenwirkungen:
Erregung, Nervosität bei Dosen über 500 mg/Tag

Kontraindikationen:
Zerebrale Anfallsleiden (zentrale Erregung)

Pentetrazol stimuliert zentral das Vasomotorenzentrum (und das Atemzentrum) und erhöht dadurch den Blutdruck. Es hat keine Wirkung auf Herz und Gefäße. Bei Altershochdruck ist auch eine Blutdrucksenkung möglich.

Pentetrazol wird bei Kreislaufschwäche und Kollapsneigung auch in Kombination mit Sympathomimetika (Veriazol) eingesetzt.

2.4 Pflanzliche Antihypotonika

Pflanzliche Antihypotonika enthalten wie die entsprechenden homöopathischen Zubereitungen meist positiv inotrop wirkende Extrakte (Adonis, Crataegus, Convallaria) mit den verschiedensten anderen Zusätzen teils beruhigender (Passiflora), teils erregender Art (Pentetrazol).

Hervorzuheben sind:

Coffein oder Extractum Coffeae:	Coffein steigert den Blutdruck kurzzeitig (siehe 1.1.9), kann aber Dysregulationen verstärken.
Ephedra oder Ephedrin:	Der drucksteigernde Effekt ist gering, insbesondere bei Verwendung von Herba Ephedrae. (siehe 2.2.3.4).
Spartein oder Herba Scopariae:	Spartein wirkt antiarrhythmisch und schwach negativ inotrop [58]. Es wird zu 70% resorbiert. Da es auch die Venen tonisiert und damit Blut aus den Venen dem Kreislauf zuführt, ist eine Anwendung bei Hypotonie möglich. Kontraindikationen: Gravidität; AV Block [58].

3. Literatur

(Auswahl, weitere Literatur beim Verfasser)

Bock, K. D., Hochdruck, Georg Thieme Verlag 1981
Meng, K. und *Loew, D.*, Diuretika, Georg Thieme Verlag 1974
Rieckert, H., Hypotonie, Springer Verlag 1979
Mutschler, E., Arzneimittelwirkungen, Wissenschaftliche Verlagsgesellschaft, Stuttgart 1981
Forth, W., Henschler, D., Rummel, W. (Hrsg.), Pharmakologie und Toxikologie, BI Wissenschaftsverlag 1975
Scriabine, A., Pharmacology of Antihypertensive Drugs, Raven Press 1980
Ammon, H. P. T. (Hrsg.), Arzneimittelneben- und wechselwirkungen, Wissenschaftliche Verlagsgesellschaft, Stuttgart 1981
Hänsel, H. und *Haas, H.*, Therapie mit Phytopharmaka, Springer Verlag 1983
Lemmer, B., Chronopharmakologie, Wissenschaftliche Verlagsgesellschaft, Stuttgart 1983
Dinnendahl, V. und *Fricke, U.* (Hrsg.), Arzneistoffprofile, Govi Verlag 1982

4. Tabellen der Arzneimittel

4.1 Antihypertonika
(Alle Angaben in mg)

Präparat	Darr. form	Saluretikum Thiazid (T), Schleife (S) K-sparendes (K)	Hemmung der adrenergen Reizübertragung	β-Blocker kardioselekt. (K)	Vasodilatatoren, Calciumantag. (Ca)	andere Substanzen
Acelat 50/100	Kps.	Spironolacton(K) 50/100				
Adalat, -5	Kps.				Nifedipin(Ca) 10/5	
Adalat retard	Tbl.				Nifedipin(Ca) 20	
Adelphan	Tbl.		Reserpin 0,1		Dihydralazin 10	
Adelphan Esidrix	Tbl.	Hydrochlorothiazid(T) 10	Reserpin 0,1		Dihydralazin 10	
Aldace 50/100	Kps.	Spironolacton 50/100				
Aldactone 25/50/100	Drg.Kps.	Spironolacton(K) 25/50/100				
Aldactone 50 Saltucin	Drg.	Spironolacton(K) 50 Butizid(T) 5				
Aldactone Saltucin forte	Kps.	Spironolacton(K) 100 Butizid(T) 10				
Aldometil	Tbl.		Methyldopa 250			
Aldopur 50/100	Drg.	Spironolacton(K) 50/100				
Antra	F-Tbl.	Hydrochlorothiazid(T) 10		Alprenolol 100		
Aptin	F-Tbl.			Alprenolol 50		
Aptin Duriles	F-Tbl.			Alprenolol 200		
Aquaphor 10/40	Tbl.	Xipamid(T) 10/40				
Aquareduct 50/100	Tbl.	Spironolacton(K) 50/100				
Arelix, -mite	Tbl.	Piretanid(S) 6/3				
Arte Rautin forte	Trpf.		Extr. Rauw. stand. 0,6/ml			Extr. Fol. Oleae sicc. 6,38; Extr. Visci 0,7; Extr. Crataeg. Junip., Valer. u. a./ml

Arumil	Tbl.	Amilorid(K) 5			
Asgoviscum forte	Trpf.		Rad. Rauw. stand. Ges. alkal. 1,2 mg/ml		Extr. Herba Visci, 450, Bulb. Allii 1,8, Frct. Crataegi 45 u. a./ml
Asgoviscum forte	Kps.		Extr. Rad. Rauw. stand. Ges. alkal. 1,2		Extr. Visci 30; Extr. Crataegi 6, Bulb. Allii 1 u.a.
Baycaron	Tbl.	Mefrusid(T) 25			
Bellaserp	Drg.		Extr. Rauwolf. stand. 8, Dihydroergocristin 0,05		Phenobarbital 5, Atropinsulf. 0,05 u. a.
Beloc, -mite	Tbl.			Metoprolol(K) 100/50	
Beloc comp.	Tbl.	Hydrochlorothiazid(T) 12,5		Metoprolol(K) 100	
Bendigon, -mite	Kps.	Mefrusid(T) 15/7,5	Reserpin 0,15/0,075		Inositolnicotinat 150/150
Betadrenol 50/100/200	Tbl.			Bupranolol 50/100/200	
Betapressin	F-Tbl.			Penbutolol 40	
Betasemid	F-Tbl.	Furosemid(S) 20		Penbutolol 40	
Beta Tablinen 40/80	Tbl.			Propranolol 40/80	
Betathiazid	F-Tbl.	Hydrochlorothiazid(T) 12,5, Triamteren (K) 25		Propranolol 80	
Brinaldix	Tbl.	Clopamid(T) 20			
Briserin, -mite	Drg.	Clopamid(T) 5/2,5	Dihydroergocristin 0,58/0,4 Reserpin 0,1/0,05		
Calmoserpin	Drg.	Hydrochlorothiazid(T) 25 Triamteren(K) 50	Reserpin 0,125		
Caprinol	Drg.	Mefrusid(T) 10	Reserpin 0,1 Methyldopa 125		

Tabellen der Arzneimittel (Fortsetzung)

Präparat	Darr. form	Saluretikum Thiazid (T), Schleife (S) K-sparendes (K)	Hemmung der adrenergen Reizübertragung	β-Blocker kardioselekt. (K)	Vasodilatatoren, Calciumantag. (Ca)	andere Substanzen
Cardiotensin	F-Tbl.	Bemetizid(T) 10 Triamteren(K) 25		Bupranolol 100		
Catapresan 150/300	Tbl.		Clonidin 0,15/0,30			
Catapresan Depot Perl.	Kps.		Clonidin 0,25			
Chlortalidon 100 Stada	Tbl.	Chlortalidon(T) 100				
Combipresan 75/150 Perl.	Kps.	Chlortalidon(T) 15	Clonidin 0,075/0,15			
Conducton	Tbl.			Carazolol 5		
Corindolan, -mite	Tbl.			Mepindolol 5/2,5		
Darebon, -mite	Tbl.	Chlortalidon(T) 50/25	Resperin 0,25/0,125			
DCCK	Tbl.		Dihydroergotoxin 1			
DCCK	Trpf.		Dihydroergotoxin 1/ml			
DCCK ret.	Kps.		Dihydroergotoxin 2,5			
Detensitral	Drg.	Paraflutizid(T) 2,5	Rescinnamin 0,5			Meprobamat 200, Folescutol 20
Dibenzyran 1/5/10	Kps.		Phenoxybenzamin 1/5/10			
Di-Chlotride 25/50	Tbl.	Hydrochlorothiazid(T) 25/50				
Dihyzin	F-Tbl.				Dihydralazin 25	
Dilzem	Ret.tbl.				Diltiazem (Ca) 60	
Dimapres	F.-Tbl.	Cyclothiazid(T) 2,5	Clonidin 0,15			
Dirautheon	Drg.		Extr. Rauwolf. 0,09 stand.			Digitoxin 0,03, Theobromin-Na-salizylat 125

Disorat 10/20	Tbl.			Metipranolol 10/20		
Diu 25	Drg.	Hydrochlorothiazid(T) 25				Diethylamino-methylrutosid 65
Diucomb	Drg.	Bemetizid(T) 25 Triamteren(K) 50				
Diuraupur	Drg.	Benzylhydrochlorothiazid (T) 5	Reserpin 0,1; Rescinnamin 0,25			Ajmalin 0,19; Yohimbin 0,6 KCl 550; Raupin 0,01
Diuraupur sine	Drg.	Benzylhydrochlorothiazid 7,5	Rescinnamin 0,25			Ajmalin 0,19; Yohimbin 0,8 KCl 550; Raupin 0,01
Docidracin	Kps.	Bendroflumethiazid(T) 2,5		Propranolol 80	Hydralazin 25	
Dociretic	Kps.	Bendroflumethiazid(T) 2,5		Propranolol 80		
Dociteren	Tbl.	Hydrochlorothiazid(T) 12,5 Triamteren(K) 25		Propranolol 80		
Dociton 10/40/80	Tbl.			Propranolol 10/40/80		
Dociton retard	Kps.			Propranolol 160		
Dociton 80 Aldace Kombi +	Tbl. Kps.	 Spironolacton(K) 50		Propranolol 80		
Dociton 80 Dytide H Kombi +	Tbl. Tbl.	 Hydrochlorothiazid(T) 25 Triamteren(K) 50		Propranolol 80		
Dopa Hexal	Tbl.		Methyldopa 250			
Drenusil	Tbl.	Polythiazid(T) 2				
Drenusil R	Tbl.	Polythiazid(T) 1	Reserpin 0,25			
Durotan	Tbl.	Xipamid(S) 4	Reserpin 0,1			
Dytide H	Tbl.	Hydrochlorothiazid(T) 25 Triamteren(K) 50				
Ebrantil	Ret.kps.		Urapidil 30			
Efektolol 40/80	F-Tbl.			Propranolol 40/80		
Efektolol retard 80/160	Kps.			Propranolol 80/160		
Elfanex	Drg.	Hydrochlorothiazid(T) 10	Reserpin 0,1		Dihydralazin 10	KCl retardiert 300

Tabellen der Arzneimittel (Fortsetzung)

Präparat	Darr. form	Saluretikum Thiazid (T), Schleife (S) K-sparendes (K)	Hemmung der adrenergen Reizübertragung	β-Blocker kardioselekt. (K)	Vasodilatatoren, Calciumantag. (Ca)	andere Substanzen
Elkapin, -mite	Tbl.	Etozolin(S) 400/200				
Endak, -mite	Tbl.			Carteolol 10/5		
Esidrix	Tbl.	Hydrochlorothiazid(T) 25				
Esimil	Tbl.	Hydrochlorothiazid(T) 25	Guanethidin 10			
Esiteren	Tbl.	Hydrochlorothiazid(T) 25 Triamteren(K) 50				
Esmarin	Tbl.	Trichlormethiazid(T) 4				
Estulic 1/2	Tbl.		Guanfacin 1/2			
Euteberol 100	Tbl.	Spironolacton(K) 100				
Furo-Puren	Tbl.	Furosemid(S) 40				
Furosemid ratiopharm 40	Tb.	Furosemid(S) 40				
Furosemid 40 Stada	Tbl.	Furosemid(S) 40				
Fusid	Tbl.	Furosemid(S) 40				
Hydro-long Tablinen	Tbl.	Chlortalidon(T) 100				
Hydrorapid Tablinen	Tbl.	Furosemid(S) 40				
Hygroton, -mite	Tbl.	Chlortalidon(T) 100/50				
Hyperidyst	Drg.		Rad. Rauwolf. 70			Fol. Olivae 20, Rad. Arnicae 0,3 Herba Visci 10
Indobloc 10/40/80	F-Tbl.			Propranolol 10/40/80		
Intensain 150-Modenol	Drg.	Butizid(T) 3,3	Reserpin 0,07; Raubasin 0,7; Rescinnamin 0,07			Carbocromen 150; KCl 300
Ipharon	Drg.	Clofenamid(T?) 30	Extr. Rauwolf. stand. 2,44		Dihydralazin 8,5	Theophyllin 17
Ismelin 25/10	Tbl.		Guanethidin 25/10			
Isoptin 40/80	Tbl.				Verapamil(Ca) 40/80	
Isoptin ret.	F-Tbl.				Verapamil(Ca) 120	

K + Hygroton Kombi	Tbl.	Chlortalidon(T) 50				
	+ Tbl.					KCl 750
Lasix	Tbl.	Furosemid(S) 40				
Lasix long 30	Kps.	Furosemid(S) 30				
Lofetensin 200	F-Tbl.		Lofexidin 0,2			
Lofetensin plus	F-Tbl.	Hydrochlorothiazid(T) 10	Lofexidin 0,15			
Lonolox 2,5/10					Minoxidil 2,5/10	
Lopirin 25/50/100	Tbl.					Captopril 25/50/100
Lopresor, -mite	F-Tbl.			Metoprolol(K) 100/50		
Lopresor Hygroton	F-Tbl.			Metoprolol(K) 100		
Kombi	+ Tbl.	Chlortalidon(T) 25				
Methyldopa 250 Stada	Tbl.		Methyldopa 250			
Minipress 1/2/5			Prazosin 1/2/5			
Mirfat	Tbl.	Furosemid(S) 40				
Modenol	Drg.	Butizid(T) 3,3	Reserpin 0,07, Raubasin 0,7 Rescinnamin 0,07			KCl 300
Moducrin	Tbl.	Hydrochlorothiazid(T) 25 Amilorid(K) 2,5		Timolol 10		
Moduretik	Tbl.	Hydrochlorothiazid(T) 50 Amilorid(K) 5				
Natrilix	Tbl.	Indapamid(T) 2,5				
Navidrex	Tbl.	Cyclopenthiazid(T) 0,5				
Neotri	Tbl.	Xipamid(T) 10 Triamteren(K) 50				
Nepresol	Tbl.				Dihydralazin 25	
Neptal, -400	L-Tbl.			Acebutolol(K) 200/400		
Nitrisken ret., -mite	L-Tbl.			Pindolol 7,5/4		Isosorbiddinitrat 30/5 ret.

Tabellen der Arzneimittel (Fortsetzung)

Präparat	Darr. form	Saluretikum Thiazid (T), Schleife (S) K-sparendes (K)	Hemmung der adrenergen Reizübertragung	β-Blocker kardioselekt. (K)	Vasodilatatoren, Calciumantag. (Ca)	andere Substanzen
Nortensin, -mite	Kps.	Furosemid(S) 60/30	Reserpin 0,4/0,2			
Oedemase	Tbl.	Furosemid(S) 40				
Oedemase long	Tbl.	Chlortalidon(T) 100				
Olivysat	Trpf.					Extr. Fol. Oleae fld. 1000/g
Olivysat comp.	Drg.	Hydrochlorothiazid(T) 10				Extr. Fol. Oleae sicc. 14; KCl 150
Orpidan 150	Tbl.	Chlorazanil(T) 150				
Osyrol 50/100	Drg.	Spironolacton(K) 50/100				
Osyrol 50/100-Lasix	Kps.	Furosemid(S) 20/20 Spironolacton(K) 50/100				
Oxycardin, -ret.	Tbl.			Bupranolol 40/150		Isosorbiddinitrat 5/40
Pacepir	Drg.	Hydroflumethiazid(T) 50	Rad. Rauwolf. 50			KCl 150
Panimit 50/100	Tbl.			Bupranolol 50/100		
Pertenso	F-Tbl.	Bemetizid(T) 10 Triamteren(K) 20		Bupranolol 20	Dihydralazin 20	
Polypress	Tbl.	Polythiazid(T) 0,25	Prazosin 0,5			
Prelis	Ret.Tbl.			Metoprolol(K) 200		
Prent, -400	Tbl.			Acebutolol(K) 200/400		
Presinol, -mite, -500	Tbl.		Methyldopa 250/125/500			
Propranolol 40/80 Stada	Tbl.			Propranolol 40/80		
Propranolol 160 ret. Stada	Kps.			Propranolol 160		
Propranolol/Tri.-Thiazid Stada + Komb.	Kps. Tbl.	 Hydrochlorothiazid(T) 25 Triamteren(K) 50		Propranolol 160 ret.		

Propranur 20/40/80/160	F-Tbl.			Propranolol 20/40/80/160	
Propra ratiopharm	L-Tbl.			Propranolol 40/80	
Purinetten	Kps.		Extr. Rauwolf. stand. 0,028		Knoblauch, Mistel, Weißdorn u. a.
Purinetten forte	Kps.		Reserpin 0,25 Extr. Rauwolf. 0,028		Knoblauch, Mistel, Weißdorn u. a.
Raucolyt	Drg.		Rad. Rauwolf. stand. 1 mg Alkaloide		Convallaria Glykoside 0,9
Raucombin D	Drg.	Hydrochlorothiazid-Diethylaminoethylrutosid (T) 34	Reserpin 0,08 Rauwolfiaalkaloide 0,5		Extr. Fr. Crataegi 20; KCl 145
Rau D Tablinen	Tbl.	Benzylhydrochlorothiazid (T) 5	Reserpin 0,2		
Raufuncton	Drg.		Extr. Rauwolf. stand. 2		Extr. Fol. Oleandri stand. 15 Extr. Scillae, Adonidis, Convall Phenobarb. 15, Rutosid 10
Rau Tablinen	Drg.		Extr. Rauwolf. stand. Gesamtalkaloide 2		
Rauwoplant	Kps.		Extr. Rauwolf. stand. 1		Extr. Rhododendri stand. 15; Extr. Oleae 5; Extr. Crataegi stand.
Rauwopur	Drg.		Reserpin 0,1, Rescinnamin 0,25		Raupin 0,01; Ajmalin 0,19; Yohimbin 0,6;
Regulaserp forte	Drg.	Hydrochlorothiazid(T) 10	Reserpin 0,10, Rescinnamin 0,020		Ajmalin 0,17, KCl 250 u. a.
Repicin	Drg.	Bendroflumethiazid(T) 2	Reserpin 0,1		KCl 200

Tabellen der Arzneimittel (Fortsetzung)

Präparat	Darr. form	Saluretikum Thiazid (T), Schleife (S) K-sparendes (K)	Hemmung der adrenergen Reizübertragung	β-Blocker kardioselekt. (K)	Vasodilatatoren, Calciumantag. (Ca)	andere Substanzen
Resaltex	Tbl.	Hydrochlorothiazid(T) 25 Triamteren(K) 50	Reserpin 0,125			
Reserpin Hameln	Tbl.		Reserpin 0,25			
Reserpin Saar 0,1/0,25	Tbl.		Reserpin 0,1/0,25			
Ricrat	Drg.		Reserpin 0,25			Extr. Crataegi sicc. 50
Risicordin	F-Tbl.	Hydrochlorothiazid(T) 50 Spironolacton(K) 50				
Rivadescin	Drg.		Rad. Rauwolf. stand. Ges-alkaloide 2,3			
Rivapress	Tbl.	Benzylhydrochlorothiazid (T) 5	Rescinnamin 0,3			
Sagisal 50/100	Kps.	Spironolacton(K) 50/100				
Sali-Aldopur, -forte	Drg.	Bendroflumethiazid(T) 2,5/5 Spironolacton(K) 50/100				
Sali Prent	L-Tbl.	Mefrusid(T) 20		Acebutolol(K) 400		
Sali Presinol	Tbl.	Mefrusid(T) 10	Methyldopa 250			
Sali Raufuncton	F-Tbl.	Benzthiazid(T) 15	Extr. Rauwolf. stand. 3			Extr. Fol. Olean-dri stand. 0,83 Extr. Convall., Scillae, Adon. stand.; K-Hydro-genaspartat 150
Saltucin	Tbl.	Butizid(T) 5				
Seda Repicin	Drg.	Bendroflumethiazid(T) 2	Reserpin 0,1			Methiomeprazin 3
Sembrina, -500	Drg.		Methyldopa 250/500			
Sembrina-Saltucin	Drg.	Butizid(T) 1	Methyldopa 250			

Serpasil		Tbl.		Reserpin 0,25	
Sigasalur		Tbl.	Furosemid(S) 40		
Sincomen 50/100		Drg.	Spironolacton(K) 50/100		
Sinesalin		Tbl.	Bendroflumethiazid(T) 5		
Slimin		F-Tbl.	Hydrochlorothiazid(T) 25 Triamteren(K) 50		
Spiro Tablinen		Tbl.	Spironolacton(K) 100		
Spiro comp. ratiopharm		Tbl.	Furosemid(S) 20 Spironolacton(K) 50		
Spironolacton 50 ratioph.		Kps.	Spironolacton(K) 50		
Spironolacton 50/100 Stada		Kps.	Spironolacton (K) 50/100		
Spironothiazid		F-Tbl.	Hydrochlorothiazid(T) 50 Spironolacton(K) 50		
Solgeretik		Tbl.	Bendroflumethiazid(T) 5		Nadolol 60
Solgol, -mite		Tbl.			Nadolol 125/60
Soltalex, -mite		Tbl.			Sotalol 160/80
Sotaziden		Tbl.	Hydrochlorothiazid(T) 25		Sotalol 160
Stresson		Tbl.			Bunitrolol 10
Supra-Puren 50/100		F-Tbl.	Spironolacton(K) 50/100		
Temserin		Tbl.			Timolol 10
Teneretic, -mite		F-Tbl.	Chlortalidon(T) 100/50		Atenolol(K) 100/50
Tenormin 100/50		F-Tbl.			Atenolol(K) 100/50
Tensocalm		F-Tbl.	Clorexolon(T) 6		
Terbolan		Tbl.	Furosemid(S) 15	Reserpin 0,1	
Torrat		Tbl.	Butizid(T) 2,5		Metipranolol 20
Trandate, -forte, -mite		F-Tbl.			Labetalol 200/400/100
Trandate Esidrix		F-Tbl.			Labetalol 200
Kombi	+	Tbl.	Hydrochlorothiazid(T) 25		
Trasicor 40/80		Tbl.			Oxprenolol 40/80
Trasicor ret.		F-Tbl.			Oxprenolol 160
Trasicor 80 Esidrix		Tbl.			Oxprenolol 80
Kombi	+	Tbl.	Hydrochlorothiazid(T) 25		

Tabellen der Arzneimittel (Fortsetzung)

Präparat	Darr. form	Saluretikum Thiazid (T), Schleife (S) K-sparendes (K)	Hemmung der adrenergen Reizübertragung	β-Blocker kardioselekt. (K)	Vasodilatatoren, Calciumantag. (Ca)	andere Substanzen
Trasitensin	Drg.	Chlortalidon(T) 10		Oxprenolol 80		
Trasitensin ret.	L-Tbl.	Chlortalidon(T) 20		Oxprenolol 160		
Treloc	F-Tbl.	Hydrochlorothiazid(T) 12,5		Metoprolol(K) 100	Hydralazin 25	
Trepress	Drg.	Chlortalidon(T) 10		Oxprenolol 80	Hydralazin 25	
Triamteren comp. ratioph.	F-Tbl.	Hydrochlorothiazid(T) 25 Triamteren(K) 50				
Triamthiazid	Tbl.	Hydrochlorothiazid(T) 25 Triamteren(K) 50				
Tri-Thiazid Stada	Tbl.	Hydrochlorothiazid(T) 25 Triamteren(K) 50				
Tri-Thiazid Reserpin Stada	Tbl.	Hydrochlorothiazid(T) 25 Triamteren(K) 50	Reserpin 0,125			
Tri Torrat	Drg.	Butizid(T) 2,5		Metipranolol 20	Dihydralazin 25	
Turfa	Tbl.	Hydrochlorothiazid(T) 25 Trimateren(K) 50				
Verus	Trpf.				Convall.	Tct. Visci 400, Tct. Frct. Juniperi 50, Tct. Adon., Crataegi u. a./g
Verus forte	Trpf.		Extr. Rad. Rauwolf. stand. Ges.alkal. 2			wie Verus Tr.
Viscosal R	Trpf.		Extr. Rad. Rauw. fl. 30/ml			Perkolat Hb. Visci, Flor. Crat., Bulb. Alii sat. u. a.
Viscoserpin	Trpf.		Extr. Rauw. stand. Ges. alkaloide 0,75 mg/20 Tr.			Extr. Crataegi, Visci, Melissae u. a.
Viscysat	Trpf.					Preßsaft Hb. Visci 850/g
Viskaldix	Tbl.	Clopamid(T) 5		Pindolol 10		
Visken	Trpf.			Pindolol 5/ml		
Visken, -mite -15	Tbl.			Pindolol 5/2,5/15		
Visken ret.	Tbl.			Pindolol 20		
Zaroxolyn, -mite, -forte	Tbl.	Metolazon(T) 5/2,5/10				

4.2 Antihypotonika
(Alle Angaben in mg)

Präparat	Darr. form	Verschr. pfl.	Sympathomimetika	Mineralokortikoide	Xanthinderivate und Analeptika	andere Substanzen
Adyston	Ret.Kps.	—	Norfenefrin 25, Pholedrin 25			
Agit Depot	Kps.	+	Dihydroergotaminmes. 5			
Aixolein	Drg.	—	Synephrin 25		Coffein 50	Extr. Saroth. scopar. 25 Campher 75, Extr. Adonid. 25 u. a.
Akrinor	Tbl.	—	Cafedrin 100 Theodrenalin 5			
Anigoton	Trpf.	—				Crataeg. Ø 500, Convall. Ø 125, Adonis Ø, Cactus Ø 30/g u. a.
Ascensil	Trpf.	—	Ephedrin 10		Coffein 25	4-Methyl-2-aminopyridin 10
Astonin H	Tbl.	+		Fludrocortison 0,1		
Bayrotren	Kps.	—	Heptaminol 100 Norfenefrin 10			
Bioflutin	Trpf.	—	Etilefrin 5/ml			Extr. Melissae fl. 200/ml
Cardalept	Trpf.	—				Extr.: Rosmar. 110, Convall. 110, Adonid. 110, Crataeg. 230, Mel. 220/ml u. a.
Cardaminol	Drg.	—			Pentetrazol 10	Extr.: Ephedrae 5, Sarothamn. 10, Crataegi 15 u. a.
Cardaminol	Trpf.	—			Coffea D6 100 Pentetrazol 10/g	Ephedra Ø 90, Tct. Spartii 100, Crataegus Ø 150/g u. a.

Antihypotonika (Fortsetzung)

Präparat	Darr. form	Verschr. pfl.	Sympathomimetika	Mineralokortikoide	Xanthinderivate und Analeptika	andere Substanzen
Cardanat	Trpf.	—			Metamfepramon 50/ml	Campher 30, Tct. Crataegi 550, Tct. Convall. 25/ml u. a.
Cardanat	Kps.	—			Metamfepramon 10	Campher 2,5, Extr.: Convall. stand. 5, Crataeg. 11 u. a.
Cardiazol	Trpf.	—			Pentetrazol 100	
Carnigen, -forte	Drg.	—	Oxilofrin 16/32			Adenosin 2,4/4,8
Carnigen. -forte	Trpf.	—	Oxilofrin 20/40/ml			Adenosin 3/6/ml
Circupon RR	Kps.	—	Etilefrin 25			
Coffein	Compr.	—			Coffein 200	
Coramin Adenosin	Perlen	+			Nicethamid 100 Theophyllin 37,5	Adenosin 1
Coramin Adenosin	Trpf.	+			Nicethamid 200/ml Theophyllin 75/ml	Adenosin 1/ml
Cordalin	Drg.	+			Etofyllin 42,5 Theophyllin 12,5	
Cordalin	Trpf.	+			Etofyllin 85/ml Theophyllin 25/ml	
DET MS	Tbl.	+	Dihydroergotaminmes. 1			
DET MS	Trpf.	+	Dihydroergotaminmes. 2/ml			
DET MS retard	Kps.	+	Dihydroergotaminmes. 2,5			
DH-Ergotamin ret. Tablinen	Tbl.	+	Dihydroergotaminmes. 2,5			
Dihydergot, -forte	Tbl.	+	Dihydroergotaminmes. 1/2,5			
Dihydergot retard	Tbl.	+	Dihydroergotaminmes. 2,5			

Dihydergot	Trpf.	+	Dihydroergotaminmes. 2/ml			
Dihydergot plus	Tbl.	+	Dihydroergotaminmes. 2 Etilefrin 20 retardiert			
Docabolin	Spr.Amp.	+		Desoxycortonphenyl-propionat 10		Nandrololphenylpropio-nat 25
Effortil	Tbl.	—	Etilefrin 5			
Effortil	Saft	—	Etilefrin 1/ml			
Effortil	Trpf.	—	Etifefrin 7,5/ml			
Effortil Depot Perl.	Kps.	—	Etilefrin 25			
Effortil plus Retard	Kps.	+	Etilefrin 25 Dihydroergotaminmes. 2,5			
Effortil plus	Trpf.	+	Etilefrin 10/ml Dihydroergotaminmes. 2/ml			
Emacosan	Trpf.	—	Norfenefrin 6/ml			Pentetrazol 75/ml
Endophleban retard	Kps.	+	Dihydroergotaminmes. 5			
Entrodyn Retard	Drg.	—	Phenylephrin 17,6		Coffein 22,4	
Entrodyn	Trpf.	—	Phenylephrin 11,27/ml		Coffein 10,73/ml	
Ephetonin	Tbl.	—	DL-Ephedrin 50			
Ergomimet retard	Kps.	+	Dihydroergotaminmes. 2,5			
Ergomimet forte	Tbl.	+	Dihydroergotaminmes. 2,5			
Ergomimet Depot	Kps.	+	Dihydroergotaminmes. 5			
Ergomimet	Trpf.	+	Dihydroergotaminmes. 2/ml			
Ergont retard	Tbl.	+	Dihydroergotaminmes. 2,5			
Ergont	Trpf.	+	Dihydroergotaminmes. 2/ml			
Esbuphon	Kps.	—	Norfenefrin 15			
Etilefrin	Tbl.	—	Etilefrin 5			

Antihypotonika (Fortsetzung)

Präparat	Darr. form	Verschr. pfl.	Sympathomimetika	Mineralokortikoide	Xanthinderivate und Analeptika	andere Substanzen
Etilefrin	Trpf.	—	Etilefrin 7,5/ml			
Eti-Puren retard	Kps.	—	Etilefrin 25			
Gilutensin	Drg.	—				Etifelmin 11, Etifelminnicotinat 5,75
Gutron	Tbl.	—	Midodrin 2,5			
Gutron	Trpf.	—	Midodrin 10/ml			
Heptylon	Tbl.	—	Heptaminol 187,8			
Heptylon	Trpf.	—	Heptaminol 305/ml			
Heptylon retard	Tbl.	—	Heptaminol 375,6			
Hypocarton	Trpf.	—			Extr. Coffeae tost. 0,44/ml	Extr. Testes 0,11/ml
Hypolind A	Drg.	—	Norfenefrin 2			Extr. Sarothamini stand. 62,5, Extr. Strychni 2, Campher 3, Extr. Convall. und Crataegi stand.
Hypolind forte	Drg.	—	Norfenefrin 24			Spartein 40
Hypolind ret.	Drg.	—	Norfenefrin 12			Spartein 20
Hypologes	Drg.	—	Synephrin 25			Extr. Spartii stand. 25., Campher 50, Extr. Adonidis stand, Cacti stand. u. a.
Hypotonin	Tbl.	—	Ephedrin 0,28			Campher 0,03, Spartein 0,11, Extr. Crataegi 8,4, Extr. Convall. 8,4
Hypotonin Tinktur	Trpf.	—	Ephedrin 2/ml			Extr. Crataegi 60, Extr. Convall. 60, Spartein 0,8 Campher 0,24/ml
Hypotonin forte	Kps.	—	Ephedrin 10		Nicethamid 30	Spartein 10
Hypotonodynat	Drg.	—	Ephedrin 10		Coffein-Na-salicylat 50	Arnica D2 10, Cocculus D4 10

Hypotonodynat	Trpf.	—	Ephedrin 33/ml	Coffein-Na-salicylat 165/ml	Arnica D2 33, Cocculus D4 33/ml
Katovit	Drg.	—		Prolintan 10	Vitamine
Movellan	Tbl.	+			Strychnin-N-oxid 7,5
Norfenefrin ret. forte ratio	L-Tbl.	—	Norfenefrin 45		
Norfenefrin „Ziethen“	Trpf.	—	Norfenefrin 6/ml		
Normotin	Drg.	—	Ephedrin 5		Spartein 5, Campher 2,5, Extr.: Spartii 5, Convall. 5, Crataegi 4 u. a.
Normotin	Trpf.	—	Ephedrin 10/g		Campher 2,5, Tinct.: Spartii 270, Convall. 80, Crataegi 180/g u. a.
Normotin P protrahiert	Drg.	—	Norfenefrin 8, Heptaminol 100	Etamivan 10	
Normotin R rapid	Trpf.	—	Norfenefrin 4, Heptaminol 50/ml	Etamivan 20/ml	
Normotin R rapid	Drg.	—	Norfenefrin 2, Heptaminol 50	Etamivan 10	
Norphen	Trpf.	—	Octopamin 150/ml		
Norphen retard	Drg.	—	Octopamin 150		
Norphen Zerbeißkps. Konz.	Kps.	—	Octopamin 60		
Norphenovit	Tbl.	—	Octopamin 60		Vitamine
Novadral liqu.	Trpf.	—	Norfenefrin 6/ml		
Novadral retard	Tbl.	—	Norfenefrin 15		
Novadral retard forte	Drg.	—	Norfenefrin 45		
Ordinal forte	Drg.	—	Norfenefrin 20, Octodrin-10-Camphersulfonat 100		
Ordinal retard	Drg.	—	Norfenefrin 3, Octodrin-10-Camphersulfonat 100		Adenosin 7
Orthoheptamin Perlen	Drg.	—	Heptaminol 20		Etifelmin 5
Orthoheptamin ret.	Drg.	—	Heptaminol 40		Etifelmin 10

Antihypotonika (Fortsetzung)

Präparat	Darr. form	Verschr. pfl.	Sympathomimetika	Mineralokortikoide	Xanthinderivate und Analeptika	andere Substanzen
Parmanil	Drg.	—			Etofyllin 220	Adenosin 4
Percoffedrinol	Tbl.	—	Ephedrin 13		Coffein 50	
Peripherin	Trpf.	+	Ephedrin 21,4/ml		Etofyllin 65/ml Theophyllin 43,4/ml	
Poikiloton	Drg.	—	Etilefrin 2		Nicethamid-CaSCN 25, Pentetrazol 5, Extr. Colae 25	
Poikoloton	Trpf.	—	Ephedrin 13,3/ml		Etofyllin 93,3, Proxyphyllin 39,9, Pentetrazol 66,6/ml	
Pressionorm	Kps.	+	Gepefrin 30			
Pressionorm mite	Kps.	+	Gepefrin 15			
Regulton	Tbl.	+	Amezinium 10			
RR-plus	Drg.	—	Ephedrin 8		Coffein 25	Spartein 5, Extr. Crataegi 10, Extr. Sem. Aescul. hipp. stand. 15
Stagural retard	Kps.	—	Norfenefrin 25			
Sympatocard	Trpf.	—	Synephrin 75/ml		Pentetrazol 75/ml	
Sympatol	Trpf.	—	Synephrin 100/g			
Theo Heptylon	Tbl.	—	Heptaminol-theophyllinacetat 0,5			
Theo Heptylon	Trpf.	—	Heptaminol-theophyllinacetat 0,4/ml			
Ton 0_2	Drg.	+	Heptaminol 50			Amfetaminil 5, Adenosin 4
Tonolift retard	Drg.	—	Norfenefrin 25		Etofyllin 50 Etamivan 50	
Tonopress	Trpf.	+	Dihydroergotaminmes. 2/ml			
Tonopress forte	Tbl.	+	Dihydroergotaminmes. 2,5			
Tonovit	Kps.	—	Norfenefrin 5			Vitamine
Tonus F Tablinen	Tbl.	—	Etilefrin 25			
Vasazol retard	Drg.	+	Norfenefrin 12		Endomid 120	
Veriazol	Trpf.	—	Pholedrin 10/g		Pentetrazol 100/g	
Veritol	Trpf.	—	Pholedrin 10/g			

Sachverzeichnis

A

B

C

D

E

F

G

H

I

J

K

L

M

T

U

V

W

X

Y

Z